Frieda Lamberti

ALIAS
Nora Parker

Montlake
Romance

Das Buch

Du glaubst nicht, dass sich aus heiterem Himmel alle Mitmenschen gegen dich verschwören? Dann lies diese Geschichte. Caroline ist sich sicher, dass ihr genau das gerade passiert. Von außen betrachtet, führt sie ein stinknormales Leben. Jahrelang hat sie sich mit der Position in der zweiten Reihe zufriedengegeben und lebt als Hausfrau und Mutter von zwei erwachsenen Kindern mit ihrem karrierebewussten Mann Tom in der Vorstadt, in der jeder jeden kennt. Was keiner weiß: Caroline ist eine aufstrebende Autorin, die heimlich Liebesromane schreibt und diese unter dem Pseudonym »Nora Parker« veröffentlicht. Es gibt nur eine Person, die ihr Geheimnis kennt: ihre Agentin Judith. Sie überredet Caroline, ihre Anonymität aufzugeben und sich der Öffentlichkeit zu stellen. Nach ihrem Outing überschlagen sich die Ereignisse, und in der Vorstadtidylle ist nichts mehr wie vorher.

Die Autorin

Frieda Lamberti, gebürtige Hamburgerin, ist Langzeitehefrau, Mutter, Oma von vier Enkelkindern und lebt mit ihrem Mann in der Lüneburger Heide. Sie zählt sich zu den spätberufenen Schreiberinnen. Erst im Alter von fünfzig Jahren veröffentlichte sie ihren Debütroman »Ausgeflittert«. Frieda liebt Geschichten, die das Leben schreibt. Ob Komödie, Melodrama oder Romanze, in ihren Familiengeschichten kommen Humor, Spannung und Tragik nie zu kurz. Neben ihren zahlreichen Titeln, die sie als Selbstverlegerin herausbringt, veröffentlichte Frieda Lamberti bereits ihre Romane »Lila ist der Duft der Wahrheit«, »Frühstück inklusive«, »Herzklopfen und kalte Füße«, »Herzklopfen und kalte Hände«, »Kalte Milch und Kummerkekse« und »Warme Milch und Kummerkekse« bei Montlake Romance.

FRIEDA LAMBERTI

ALIAS
Nora Parker

Roman

Montlake Romance

Deutsche Erstveröffentlichung bei
Montlake Romance, Amazon Media EU S.à r.l.
5 Rue Plaetis, L-2338 Luxembourg
Oktober 2016

Umschlaggestaltung: bürosüd° München, www.buerosued.de
Umschlagmotiv: © Petrified Collection /Getty; © nevodka /Shutterstock; © LiliGraphie /Shutterstock; © Rachel Moon /Shutterstock; © Africa Studio / Shutterstock; © Vladvm /Shutterstock
1. Lektorat: Hilke Bemm M. A., Neusäß
2. Lektorat: Media-Agentur Gaby Hoffmann, www.profi-lektorat.com
Printed in Germany
By Amazon Distribution GmbH
Amazonstraße 1
04347 Leipzig, Germany

ISBN: 978-1-503-94045-1

www.amazon.de/montlakeromance

Nicht gerade prickelnd

Anders als der Rest meiner Familie mache ich kein unnötiges Aufheben um meinen Geburtstag. Dieses Brimbamborium brauche ich nicht. Ich bin eher der Typ, der nicht gern im Mittelpunkt steht. Bei meinem Mann Tom und unseren beiden erwachsenen Kindern sieht es anders aus. Wenn es nach ihnen ginge, sollten an ihrem Ehrentag in der ganzen Stadt die Flaggen gehisst werden. Nachdem Nelli und Jasper ihr Abitur bestanden haben, leben sie seit fast zwei Jahren in England. Ihr stolzer Vater zahlt einen beträchtlichen Betrag dafür, dass sie an einer privaten Elite-Uni studieren können. Was das angeht, ist er überaus großzügig. Er hat ihnen sogar Flüge spendiert, damit sie an diesem Wochenende nach Hause kommen können, um mich hochleben zu lassen. Lieber wäre es mir gewesen, er hätte mich auf einen Trip nach London eingeladen. Sich dort mit unseren Kindern zum Essen zu treffen, hätte mir tausendmal besser gefallen, als einen anstrengenden Einkaufsmarathon hinzulegen und stundenlang kochen zu müssen. Ich bin heute nicht in Feierlaune, daran ändert auch die kostbare Halskette nichts, die Tom mir geschenkt hat. Mit einem gequälten Lächeln lege ich sie vor seinen Augen an.

»Gefällt sie dir nicht? Wir können sie umtauschen, und du suchst dir etwas anderes beim Juwelier aus. Du kannst es mir ehrlich sagen.«

Ehrlich sagen? Ehrlich bin ich schon lange nicht mehr zu ihm. Wenn er spätabends nach Hause kommt und mich fragt, wie mein Tag war, antworte ich nur knapp: »Okay.«

Damit gibt er sich zufrieden, nimmt eine Dusche, isst die belegten Brote, die ich für ihn vorbereitet habe, und fällt kurz darauf todmüde ins Bett.

Sobald er eingeschlafen ist, setze ich mich wieder an meinen Laptop und schreibe weiter. Wenn ich im Fluss bin, vergesse ich Raum und Zeit und lasse meiner Fantasie bis in die frühen Morgenstunden freien Lauf. Das Resultat meiner Arbeit kann sich sehen lassen. In den vergangenen zwei Jahren habe ich bereits fünf Romane verfasst, von denen es einer sogar auf die Bestsellerliste geschafft hat. Weil ich weder von meiner Familie noch von meinen Freunden wegen meiner spät entdeckten Leidenschaft belächelt werden will, habe ich mir vor der Veröffentlichung meines ersten Romans ein Pseudonym zugelegt. Unter dem Decknamen »Nora Parker« erscheinen meine Liebes- und Frauenromane, die ich liebevoll meine *Babys* nenne. Meine Agentin Judith, die mittlerweile meine engste Vertraute ist, hat sich nicht nur diesen wohlklingenden Namen für mich ausgedacht, sie hat auch meine Vita geschönt. So erfährt kein Leser, dass ich eigentlich Caroline Winter heiße, verheiratet bin, nach dem Auszug der Kinder allein mit meinem Mann zurückgezogen in der Vorstadt von Hamburg lebe, keine Hobbys habe, total unsportlich bin und mich nur auf Anraten des Arztes zweimal wöchentlich mit meinen Nachbarinnen zum Schwimmen verabrede. Um bei der Wahrheit zu bleiben, muss ich gestehen, dass ich eigentlich nur noch einmal pro Woche das Hallenbad besuche und bereits nach zwei Bahnen wieder aus dem Becken steige, um mit den Mädels gemütlich bei einem Fruchtcocktail am Bartresen zu schnattern.

Zuerst hatte ich Bedenken, was meine neue Identität betrifft und fühlte mich regelrecht unwohl dabei, vorzugeben, jemand anderer zu sein. Doch Judith meinte, mit meiner Biografie sei kein Blumentopf zu gewinnen. Außerdem sei es in der Branche durchaus üblich, zu übertreiben. Ich solle mir also keinen Kopf machen.

Als ich das erste Mal mein gedrucktes Buch in den Händen hielt und las, was auf der letzten Seite über mich geschrieben stand, musste ich laut loslachen.

Nora Parker hat es nach ihrer Ausbildung als Sommelière in die Welt verschlagen. Nach Stationen in Napa Valley, Kapstadt und Bordeaux lebt sie heute als überzeugter Single mit Hund und zwei Katzen auf einer nordfriesischen Insel. Wenn sie nicht gerade schreibt, unternimmt sie lange Strandspaziergänge.

Pah! Lange Strandspaziergänge? An meinen letzten Strandaufenthalt kann ich mich noch so gut erinnern, als wäre es gestern gewesen. Dabei liegt unser Ausflug genau ein Jahr zurück. Nach wochenlangem Betteln konnte ich meinen Mann endlich überreden, mit mir ans Meer zu fahren. Da wir wegen seiner Arbeit schon das dritte Jahr in Folge keinen Urlaub machen konnten, wollte ich wenigstens einen einzigen Sommertag gemeinsam mit ihm in freier Natur verbringen.

Es wurde ein sehr kurzer Ausflug. Tom hatte bereits nach zehn Minuten genug von Wind und Wellen und zog mich zurück in seinen Wagen. Während der gesamten Rückfahrt führte er geschäftliche Gespräche über die Freisprechanlage und nahm keinerlei Notiz von mir.

»War doch schön, mal rauszukommen«, meinte er allen Ernstes zu mir, als wir zwei Stunden später wieder zu Hause eintrafen.

»Ja, das war ganz super, einfach unvergesslich, Tom, recht herzlichen Dank für die schöne Zeit«, antwortete ich sarkastisch und zeigte ihm in Gedanken einen Vogel.

Der Grund für meine Übellaunigkeit ist nicht der Tatsache geschuldet, dass ich schon wieder ein Jahr älter geworden bin. Nein, das ist es bestimmt nicht. Auch die Kette ist nicht schuld an meiner Niedergeschlagenheit, denn sie gefällt mir wirklich. Was Schmuck angeht, hat Tom von jeher einen exzellenten Geschmack bewiesen. Mir liegt noch immer das Telefonat mit Judith im Magen. Sie hat mir zögerlich mitgeteilt, dass mein letztes Manuskript nicht veröffentlicht werden würde. Der Verlag habe es abgelehnt. Drei Monate harte Arbeit für die Katz! »Warum? Mit welcher Begründung?«, wollte ich von ihr wissen, aber sie erwiderte bloß, dass wir persönlich darüber sprechen sollten. Heute wäre eine gute Gelegenheit, sie nach den Gründen zu fragen, denn sie hat zugesagt, mich zu besuchen. Ich hoffe, dass sie vor den Kindern eintrudelt, damit wir uns ungestört unterhalten können. Noch einen weiteren Tag ertrage ich diese Ungewissheit nicht. Doch so wie es aussieht, werde ich mich in Geduld üben müssen, denn Jasper und Nelli fahren bereits mit dem Taxi vor.

Ich kann mich kaum von ihnen lösen. Noch einmal atme ich den Geruch meiner Kids tief ein, bevor ich sie nach einer langen Umarmung endlich wieder freigebe.

Wie früher sitzen wir zu dritt am Tisch, und ich frage ihnen Löcher in den Bauch. Ich will alles von ihnen wissen, aber sie erzählen mir nur das, was ich aus den zurückliegenden Telefonaten ohnehin schon weiß. Nelli schaut irritiert auf meine bereits erledigte To-do-Liste und fragt, ob ich tatsächlich vorhabe, an meinem Jubeltag selbst zu kochen.

»Na sicher, wer denn sonst?«

»Du sicher nicht!«, mischt Jasper sich ein. Mein Ältester erhebt sich vom Stuhl und fordert mich auf, mir winddichte Sachen anzuziehen. »Du hast fünf Minuten, dann geht es los.«

»Los? Wohin? Was habt ihr denn vor?«, frage ich verdutzt. Was auch immer die beiden ausgeheckt haben, sie lassen sich nicht davon abbringen und bestehen darauf, dass ich ihnen folge. Zunächst nur bis zur Garage.

Jasper fährt meinen Wagen vor und bleibt auf der Fahrerseite sitzen. Während der Fahrt frage ich unentwegt: »Wo geht es denn hin? Was habt ihr denn vor? Kinder, nun macht es doch nicht so spannend.«

Als Jasper bremst und mitten auf der Landstraße neben einem frisch gemähten Kornfeld hält, lässt meine Spannung augenblicklich nach und schlägt in Ernüchterung um, denn nur wenige Meter von uns entfernt entdecke ich einen Heißluftballon, der sich vor unseren Augen aufbläht. Mir rutscht das Herz in die Hose, und aus Ernüchterung wird blankes Entsetzen. »Bitte nicht! Sagt, dass das ein Scherz ist!«

Beim Gedanken an eine Ballonfahrt wird mir angst und bange. »Da steige ich nicht ein! Ihr wisst doch, dass ich Höhenangst habe. Nette Idee, aber da spiele ich nicht mit.«

»Mama! Papa wollte dir eine Freude machen«, keift Nelli mich schrill an.

»Mir? Es scheint mir eher so, als wolle sich dein Vater einen Traum erfüllen. Soll er doch in die Lüfte steigen, aber ohne mich!«, schimpfe ich. Nach vierundzwanzig Jahren Ehe sollte Tom eigentlich wissen, dass ich für diese Art von Outdoor-Vergnügen nicht zu haben bin. Wie gedankenlos von ihm, ärgere ich mich.

Breit grinsend kommt mein Ehemann auf uns zu und ruft: »Überraschung!«

»Was habe ich getan, dass du mich bestrafen willst?«, frage ich im ernsten Ton.

»Ich habe den perfekten Tag für uns geplant«, entgegnet er ganz euphorisch. Offensichtlich hat er mich noch gar nicht angesehen, denn an meinem Gesichtsausdruck könnte er klar und deutlich ablesen, dass ich seine Euphorie nicht teile. »Es dauert ungefähr eine Stunde, dann …«, beginnt er, und ich unterbreche ihn sogleich.

»Ich fliege da nicht mit!«

»Caroline, es heißt fahren. Ein Heißluftballon fliegt nicht, er fährt«, korrigiert er mich und bringt mich mit seiner Besserwisserei noch weiter auf die Palme.

»Ich steige da nicht ein!«

»Aber dann bringst du meinen ganzen Plan durcheinander! Nach der Fahrt geht es zum …«

»Wohin? Etwa zum Bungeespringen?«

»Unsinn! Ich habe … Moment bitte, mein Handy klingelt«, entschuldigt er sich und greift in die Hosentasche. »Ist wichtig. Sorry, ich muss kurz rangehen!«

Das ist zu viel! Vielleicht wäre ich nach dem Genuss von einem Liter Alkohol tatsächlich über meinen Schatten gesprungen und hätte mich dazu durchgerungen, trotz meiner Panik in den Korb zu steigen, als ich jedoch feststelle, wie er ungeniert am freien Samstagnachmittag seinen Geschäften nachgeht, platzt mir der Kragen.

»Gib mir den Wagenschlüssel!«, herrsche ich meinen Sohn an. »Viel Vergnügen! Mir reicht es!«

»Wo willst du denn jetzt hin, Mama?«, ruft Nelli, während Tom mir noch immer den Rücken zudreht und telefoniert.

»Nach Hause!«

»Aber das geht doch nicht«, entrüsten sich die Kinder.

Und wie das geht! Ich steige einfach in meinen Wagen, und schon bin ich weg.

Noch bevor ich die Haustür aufschließe, klingelt mein Handy. Ich bin drauf und dran, meinen Mann einfach wegzudrücken, aber weil ich in meinem Alter nicht mehr kindisch reagiere, nehme ich seinen Anruf entgegen.

»Du kannst doch nicht einfach abhauen, Caroline.«

»Hör auf, Tom! In zwei Stunden trudeln meine Gäste ein, und ich hab noch reichlich zu tun. Für diesen Quatsch fehlt mir nicht nur die Lust, sondern auch die Zeit. Genießt eure Fahrt, aber beeilt euch. Ich will nicht allen Freunden und Nachbarn erklären müssen, weshalb mein Geburtstag ohne meine Familie stattfindet.«

»Es wird niemand kommen, Caroline. Zu Hause wirst du vergeblich auf ihr Erscheinen warten.«

Och nee! Sie haben tatsächlich eine Überraschungsparty für mich geplant, die ich ihnen bereits vor Beginn versaut habe.

»Wohin soll ich denn kommen?«, erkundige ich mich schuldbewusst.

»Zum Clubhaus«, erwidert er knapp. Sein Tonfall signalisiert mir mehr als deutlich, dass er richtig sauer auf mich ist.

Ich will mich rechtfertigen und ihm erklären, dass es nicht so weit gekommen wäre, hätte er nur einen Ton zu mir gesagt. Aber es gelingt mir nicht mehr, mich zu entschuldigen. Er hat bereits beleidigt aufgelegt.

»Im Clubhaus vom Golfclub«, wiederhole ich mit gerümpfter Nase. Wie einfallsreich! Ich golfe nicht und kann diese Typen aus Toms Runde auch nicht besonders gut leiden. In meinen Augen handelt es sich bei diesen langweiligen Spießern um eine Truppe alternder Männer, die nur damit prahlen, wer das größte Haus, den schnellsten Wagen und die jüngste Frau an seiner Seite hat. Letztere bin ich eindeutig nicht mehr.

Um mich auf Hochglanz zu polieren, bleibt mir nur noch wenig Zeit. Ich bin noch mit meinem Make-up beschäftigt, als es an der Tür klingelt.

Judith steht vor dem Eingang und schaut mich erstaunt an. Ob sie sich im Tag geirrt habe, fragt sie und überreicht mir einen Strauß Sommerblumen.

»Kurzfristige Planänderung. Meine Familie hat umdisponiert. Die Feier findet im Golfclub statt.«

»Wie standesgemäß«, lacht sie und folgt mir in die Küche. Ich nehme eine Vase aus dem Schrank, fülle sie mit Wasser und stelle die Blumen hinein.

»Ich stehe nicht auf diese Leute. Diese abgehobenen Golfer sind einfach nicht meine Welt.«

Ich bitte sie, mir ins Bad zu folgen, damit ich die Restaurierungsarbeiten an meinem Gesicht vor dem Vergrößerungsspiegel fortsetzen kann. Während ich meine Wimpern tusche und meine Wangen mit etwas Rouge kenntlich zeichne, hockt sie auf dem Badewannenrand und beobachtet mich.

»Nun sag schon! Mit welcher Begründung wurde mein Manuskript abgelehnt«, fordere ich sie auf.

Sie atmet laut durch die Nase aus und fragt, ob wir wirklich heute an meinem Ehrentag darüber sprechen wollen.

»Unbedingt und jetzt sofort! Es lässt mir schon seit Tagen keine Ruhe. Ich muss es wissen.«

»Das Skript war ihnen irgendwie nicht aufregend genug. Es fehlte das Prickeln. Du weißt, was ich meine.«

»Nee, weiß ich nicht. Was genau meinst du mit *Prickeln*?«

»Es hätte nach Meinung der Lektorin gern etwas heißer zugehen können. Mehr Sex …, das ist es, was Frauen heutzutage lesen wollen.«

»Ich soll das hundertste Buch über einen reichen Mann und ein unerfahrenes Mädchen schreiben, das über Nacht zu einer Liebesgöttin mutiert? Eine Geschichte, deren Handlung nur aus Orgasmen in der Dusche, im Lift, in der Tiefgarage, auf dem Klavier und vor dem Klavier besteht? Erwartet sie das wirklich von mir? Das kann ich nicht, und das will ich auch nicht schreiben. Für Cinderella-Pornos bin ich eindeutig die Falsche.«

»Schade! Aber warum? Hast du mit Tom kein aufregendes Liebesleben, über das du berichten könntest?«

»Wir wohnen ebenerdig, und ein Klavier besitzen wir auch nicht«, antworte ich und muss augenblicklich kichern.

»Es liegt also lediglich an der Ausstattung?«, fragt sie und begutachtet mich prüfend.

Es gefällt mir nicht, wie sie mich mustert, und ihr scheint nicht zu gefallen, was sie sieht. »Du solltest ein wenig mehr auf dich achten. Du bist erst sechsundvierzig geworden und kleidest dich wie eine alte Frau.«

»Was passt dir nicht an meinem Outfit?«

»Fangen wir mal unten an. Was sind das für entsetzlich hässliche Schuhe?«

»Ich trage immer flache Ballerinas oder Turnschuhe. Die sind bequem.«

»Okay, für zu Hause lasse ich sie durchgehen, aber von Nora Parker wird ein anderer Look erwartet.«

»Was soll das denn heißen?«

»Wenn dir ernsthaft an der Fortsetzung deiner Karriere gelegen ist, musst du dein Schneckenhaus verlassen und dich endlich der Öffentlichkeit stellen. Allerdings nicht so!«

»Das geht nicht! Ich kann mich nicht outen.«

»Dann bleibst du wohl oder übel ein One-Hit-Wonder. Schade, dass du dein Talent so leichtfertig aufs Spiel setzt! Aus dir könnte ich eine sehr erfolgreiche Schriftstellerin machen.«

Wir müssen die Unterhaltung abbrechen, denn es klingelt an der Tür.

Jasper ist mit Toms Wagen vorgefahren, um mich abzuholen. Ich stelle ihm Judith vor, die sofort bemerkt, dass mein Sohn seinem Vater wie aus dem Gesicht geschnitten ähnelt.

»Stimmt, optisch kommt er ganz nach Tom, aber sein Wesen hat er von mir. Bei Nelli verhält es sich genau umgekehrt. Komm, du wirst sie gleich kennenlernen.«

Ohne Jasper betreten wir den Clubraum. »Und hier soll dein Geburtstag gefeiert werden? Wo sind denn all die Leute, von denen du gesprochen hast?«, wundert sich Judith, als wir sehen, dass lediglich zwei Tische besetzt sind.

»Frau Winter? Sie werden draußen erwartet«, sagt die Kellnerin und deutet auf die Terrasse.

Aber auch dort entdecke ich kein bekanntes Gesicht. Erst als ich meinen Sohn im heranfahrenden Golfcart erkenne, ahne ich, dass es weitergeht. Über einen holprigen Weg bringt er uns zu Loch sieben, das an eine Rasenfläche grenzt, die nicht mehr zur Anlage gehört. Im Schein leuchtender Fackeln sehe ich rund zwanzig Leute auf dem Boden sitzen.

»Es gibt keine Stehparty«, lacht Jasper. »Wir haben ein Picknick für dich organisiert.«

Und richtig. Nach und nach erheben sich Freunde, Bekannte und Nachbarn von den Decken und eilen auf mich zu, um mir zu gratulieren.

»Wie ungewöhnlich!«, findet Judith. Sie beneidet mich in diesem Moment sicherlich nicht nur um mein flaches, bequemes Schuhwerk.

»Nicht ungewöhnlich, es ist einfach nur wunderbar«, rufe ich freudestrahlend aus und halte Ausschau nach meinem Mann, der sich für diese tolle Überraschung einen dicken Kuss verdient hat.

»Ist das wenigstens nach deinem Geschmack oder habe ich heute alles falsch gemacht?«, fragt er mich, und ich bekomme auf der Stelle ein schlechtes Gewissen.

»Es ist ganz toll, und ich freue mich wie verrückt.« Dankbar lege ich meine Arme um ihn.

Er drückt mich fest an sich und nennt mich: »Ewiger Angsthase.« Ich nicke zustimmend, doch als sein Handy in der Hosentasche vibriert, erhält er prompt einen ermahnenden Blick von mir.

»Stell das Ding endlich aus, Tom! Wenigstens heute.«

Weshalb mein Mann mich einen Angsthasen nennt, will Judith wissen, und ich berichte ihr von der geplatzten Ballonfahrt.

»Wie konntest du da nur ablehnen? Ich wäre ausgetickt vor Freude.«

»Ich ticke gleich aus, wenn er nicht sofort sein Telefon ausstellt«, knurre ich, als ich sehe, dass Tom noch immer sein Smartphone ans Ohr hält und seine wichtige Chefpose einnimmt.

Kopfschüttelnd setze ich mich auf eine Decke und stoße mit meinen Gästen an. Statt die vielen Köstlichkeiten zu genießen, die sich als appetitliches Fingerfood in den Körben befinden, denke ich darüber nach, was ich mit all den Lebensmitteln machen soll, die zu Hause im Kühlschrank auf ihre Zubereitung warten. Tom und ich werden tagelang Rinderfilet und Meeresfrüchte essen müssen. Keine wirklich schlimme Vorstellung, denke ich und lasse mir nachschenken.

Mit Einbruch der Dunkelheit verabschieden sich die ersten Gäste. Die Letzten gehen erst nach Mitternacht. Sie haben den ganzen Abend mit uns gefeiert, getanzt und mir einen der schönsten Geburtstage beschert.

Nach einem ausgedehnten Frühstück im Kreis der ganzen Familie ist am Sonntagvormittag allgemeines Kofferpacken angesagt. Die Kinder stopfen ihre Klamotten kurzerhand in ihre

Rucksäcke. Tom legt seine von mir gebügelten Oberhemden akkurat in den mittelgroßen Reisekoffer. Zusammen werden sie ohne mich zum Flughafen fahren. Für Jasper und Nelli geht es zurück nach London, während Tom kurzfristig für einige Tage nach Chicago fliegt, um sich mit Mitarbeitern aus dem Mutterhaus zu treffen.

Für mich bedeutet dieser Aufbruch sturmfreie Bude. Ich würde Zeit haben, um ungestört und ohne Unterbrechung weiterschreiben zu können, vorausgesetzt, ich hätte noch vor, weiterzuschreiben. Aber warum sollte ich das tun? Wenn meine Geschichte laut Aussage der Lektorin so prickelnd wie ein Glas abgestandenes Wasser ist, kann ich mir die Mühe auch sparen. Ich mache Schluss mit meinem Leben als Autorin und beerdige Nora Parker! Besser, ich verbringe meine Zeit sinnvoller. Ich könnte mich um den Garten kümmern, der hat es bitter nötig. Und nach getaner Arbeit werde ich sicher so müde sein, dass ich auch wieder eine Nacht durchschlafen kann. Ich nehme mir vor, von Kaffee auf Kräutertee umzusteigen und auch wieder regelmäßig zum Schwimmen zu gehen. Das klingt zwar furchtbar langweilig, aber genau das ist mein Plan.

Sachen gibt's

Gestern musste die Gartenarbeit wegen des anhaltenden Regens ausfallen. Heute habe ich keine Ausrede mehr und hole den Motormäher aus dem Schuppen. Auf unserer Rasenfläche befindet sich mehr Moos als Gras, stelle ich nüchtern fest. Ich hätte mir im Frühjahr doch die Mühe machen und vertikutieren sollen. Doch diese Einsicht kommt drei Monate zu spät. Ich entsorge gerade den letzten Korb mit Grünabfällen, als mein Handy klingelt.

»Es ist toll hier. Eine wirklich aufregende Stadt«, schwärmt Tom. »Ich habe dir ein kurzes Video per Mail geschickt. Hast du es schon gesehen?«

»Noch nicht«, antworte ich, verspreche aber, es mir gleich anzuschauen.

»Wenn du dich endlich dazu durchringen könntest, dir ein Smartphone zuzulegen, müsste ich dir nicht ständig sagen, dass du deine Mails checken sollst.«

»Ich mag mein altes Handy. Außerdem komme ich so in den Genuss, wenigstens einmal am Tag deine Stimme zu hören«, entgegne ich und lande mit meiner Antwort einen glatten Punktsieg, denn Tom widerspricht nicht und gibt mir sogar recht.

»Wenn das so ist, dann rufe ich dich später noch mal an. Jetzt muss ich dringend los.«

»Ja, mach das. Bis nachher.« Ich lege auf und gehe ins Haus.

Ich koche mir in der Küche einen frischen Kaffee und fahre den Laptop hoch. Noch bevor ich den ersten Schluck trinke, muss ich laut loslachen. Tom hat während der Fahrt mit dem Taxi einen Kurzfilm gedreht und ihn gesanglich mit dem Lied *Chicago ... that toddling town* untermalt. Während er aus voller Brust den Frank Sinatra für Arme gibt, ziehen verwackelte Bilder der Skyline am Fenster vorbei. Ich schaue mir das Video noch ein zweites Mal an, bevor ich den Account wechsle und nachsehe, ob Nachrichten für Nora Parker eingegangen sind.

Was das Vertragliche betrifft, kommunizieren Judith und ich immer über diese Mailadresse. Manchmal erhalte ich auch Nachrichten von Lesern, die fragen, ob ich in den sozialen Netzwerken vertreten sei, weil sie sich gern mit mir befreunden würden. Ich bei Facebook, Instagram oder Twitter? Niemals! Mir war es schon nicht lieb, dass meine Mailadresse in den Büchern abgedruckt wurde, aber Judith meinte, das sei heutzutage nicht nur üblich, sondern notwendig, um den Kontakt zur Fanbase nicht zu verlieren. Auch jetzt befinden sich zwei ungelesene Nachrichten in meinem Eingangsordner. Eine Bea757 fragt in einem Einzeiler, ob es noch eine Fortsetzung zu meinem letzten Roman geben werde.

»Leider nicht, Bea757. Ich habe das Schreiben aufgegeben«, murmele ich betrübt und schreibe ihr, dass kein weiterer Band geplant sei, weil es sich um eine abgeschlossene Geschichte handele.

Die zweite Mail ist länger. Sie stammt von Chris Rowland, UK. Nanu, ein Engländer? Wie kommt der denn auf mich?

Meine Bücher erscheinen doch gar nicht im Vereinigten Königreich. Ich lese:

Sehr geehrte Mrs Parker,
ich hoffe, Sie nehmen es mir nicht übel, Sie so direkt anzuschreiben. Meine Mutter feiert in einigen Tagen einen runden Geburtstag und stellt mich vor die unlösbare Aufgabe, ihr ein Geschenk zu machen, über das sie sich wirklich freut. Doch was schenkt man einer Frau, die schon alles hat und vorgibt, wunschlos glücklich zu sein? Da ich weiß, dass sie ein großer Fan Ihrer Romane ist, möchte ich fragen, ob Sie mir Ihren Titel Licht- und Schattenseiten *signieren würden. Ich bin bereits im Besitz einer Ausgabe und würde Ihnen diese, Ihr Einverständnis vorausgesetzt, gern mit entsprechendem Rückporto zusenden. Bitte helfen Sie einem verzweifelten Sohn dabei, seine Mutter glücklich zu machen.*
Mit freundlichen Grüßen
Chris Rowland

Über den letzten Satz muss ich schmunzeln. Ich entscheide mich spontan, ihm den Gefallen zu tun, und maile ihm.

Chapeau, Mr Rowland,
Söhne wie Sie braucht diese Welt. Sehr gern signiere ich das Buch für Ihre Mutter. Allerdings können wir uns die von Ihnen vorgeschlagene Prozedur sparen. Nennen Sie mir einfach den Vornamen Ihrer Mom, und ich sende Ihnen das Exemplar an die gewünschte Adresse.
Mit freundlichen Grüßen
Nora Parker

Noch bevor ich wieder offline gehe, erhalte ich seine Antwort.

Verehrte Mrs Parker,
Sie sind meine Rettung! Ich freue mich total über Ihre Zusage. Meine Mutter wird Augen machen. Sie heißt Victoria. Allerdings bin ich nicht damit einverstanden, dass Sie das Buch zur Verfügung stellen und auch noch die Portokosten übernehmen. Bitte nennen Sie mir Ihre Kontoverbindung, damit ich Ihnen die Auslagen erstatten kann.
Meine Adresse lautet …
Mit freundlichen Grüßen
Chris Rowland

Vergiss es, Junge! Du wirst weder meine Adresse noch meine Bankverbindung erfahren. Du bekommst ein signiertes Buch für deine Mama, und das war's. Noch heute werde ich es zur Post bringen und anschließend ins Freibad fahren. Das Wetter ist einfach zu schön, um in der Halle zu schwimmen.

Schon als ich an der langen Schlange vor dem Kassenhäuschen anstehe, bereue ich meinen Entschluss. Es sind Sommerferien, und das Schwimmbad ist mehr als gut besucht. Beim Blick auf das überfüllte Becken vergeht mir die letzte Lust, aber weil ich schon mal da bin, stürze ich mich ins Getümmel. Genau wie ich es befürchtet habe, ist es nicht möglich, nur eine Bahn durchzuschwimmen, ohne dass mir jemand vor den Kopf springt. Früher gab es Schwimmmeister, die für Ordnung gesorgt haben, heute herrscht hier blanke Anarchie.

»Geht's noch?«, fauche ich einen Teenager an, dessen Arschbombe genau auf meinem Rücken landet und mir Höllenschmerzen bereitet.

Statt einer Entschuldigung, die ich für bitter nötig halte, rotzt der Bengel mich frech an und empfiehlt mir, mich der Seniorengruppe anzuschließen, die morgens zwischen sechs und sieben Uhr das Becken allein für sich hat. »Um die Zeit hast du deine Ruhe, Mutti!«, lacht er mich dreckig aus.

Dieser Lümmel nennt mich *Mutti*? Auf so eine Frechheit gibt es nur eine passende Reaktion. Ich tauche und greife nach den Badeshorts dieses Rüpels. Mit einem Handgriff ziehe ich ihm die Hose aus und schwimme damit zum Beckenrand. Ich ignoriere sein aufgebrachtes: »Hey, geben Sie mir sofort meine …«

Weil seine Freunde sich mittlerweile am Bassin versammelt haben und ihn gellend auslachen, spricht er seine Forderung nicht aus.

»Die Alte spinnt doch!«, ruft er ihnen aufgebracht zu, doch seine Empörung stachelt seine Kumpel nur zu weiteren Lachsalven an.

»Die Alte wird ihm jetzt eine Lektion erteilen. Mal sehen, wie lange er es ohne Hose aushält«, sage ich zu seinen Jungs, die keine Anstalten machen, ihrem Freund aus der Klemme zu helfen. Wir stehen in einer Reihe nebeneinander und betrachten den Nacktbader, der seine Hände schützend zwischen seine Beine klemmt und verzweifelt versucht, sich durch bloßes Strampeln über Wasser zu halten. Gerade will ich ihn erlösen, als er mich wütend anbrüllt: »Das ist sexuelle Belästigung, Mutti!«

»Sexuelle Belästigung?«, lache ich ihn aus. »Wieso sollte ich dich belästigen? Ich stehe nicht auf kleine Mädchen!«

»Wieso sagen Sie Mädchen?«, fragt mich einer seiner Freunde.

»Was denn sonst? Unten herum konnte ich beim besten Willen nichts erkennen. Vielleicht wächst ihm ja noch was, aber solange er kein Benehmen und keinen Respekt an den Tag legt, sehe ich schwarz für ihn«, frotzele ich und werfe die Shorts zurück ins Wasser. Ich verkünde das Ende der Show und stolziere zurück in die Umkleidekabine. Das war's mit

Schwimmen für mich. Künftig werde ich kalt duschen, wenn ich eine Abkühlung brauche. Und was meine Fitness angeht …? Darüber werde ich mir zu gegebener Zeit Gedanken machen.

Zu Hause koche ich mir eine Kanne Tee und pflanze mich gemütlich aufs Sofa. Im Fernsehen läuft nur Mist, deshalb beschließe ich, lieber zu lesen. Ich nehme mein eigenes Skript aus dem Ordner und überprüfe jeden einzelnen Satz. Was passt der Lektorin nicht an diesem Text, frage ich mich immer wieder. Die Geschichte ist spannend, humorvoll, teilweise sogar witzig, und sie endet völlig überraschend. Ich bin wirklich kritikfähig, aber ihr Urteil kann und will ich einfach nicht akzeptieren. Zu wenig Romantik? Zu wenig Sex? Die Protagonistin ist genau in meinem Alter. Da spielt Sex doch gar keine große Rolle mehr, oder doch? Zeig mir ein Paar, das es nach fünfundzwanzig Jahren Beziehung noch immer hemmungslos miteinander treibt. Ich könnte meine Nachbarin Sarah von gegenüber fragen, wie es sich bei ihr und ihrem Mann verhält, denn sie klopft gerade ans Fenster. Zwar sind die beiden kinderlos und erst sechzehn Jahre miteinander verheiratet, aber meine Freundin entspricht genau der Zielgruppe meiner erwachsenen Leserschaft. Bevor ich die Tür öffne, verstecke ich meine Ausdrucke in der Schublade des Sekretärs.

Sarah geht sofort ins Wohnzimmer und fragt, ob ich einen Sundowner ausgeben würde.

»Nichts lieber als das!«, antworte ich und mixe uns einen Cocktail.

»Ist Tom noch immer verreist?«, fragt sie, und ich nicke. »Ich käme mit dem ständigen Alleinsein nicht so gut zurecht wie du.«

Wer sagt denn, dass ich mit seiner ständigen Abwesenheit gut klarkomme? Aber statt zuzugeben, dass mir Toms Arbeitseifer gehörig stinkt, erwidere ich: »Das musst du ja auch nicht.

Dein Mann ist doch abends immer zu Hause.« Ich reiche ihr ein Glas, in dem sich frischer O-Saft, gestoßenes Eis, weißer Rum und ein Spritzer Grenadine befinden.

»Lars ist zwar anwesend, aber irgendwie ist er auch nicht da. Eigentlich bin ich genauso allein wie du«, beschwert sie sich. Sarah späht auf die Uhr und meint, dass er bestimmt schon wieder auf dem Sofa eingenickt sei.

Eine gute Gelegenheit, um sie über Romantik und Sexualität in ihrer Beziehung auszufragen.

»Ja, wir haben noch Sex«, antwortet sie kurz. So wie sie es sagt, klingt es allerdings nicht nach unbändiger Lust. Sie nennt es eine notwendige Routine und gesteht, dass der Akt für sie eher eine Pflichtübung darstelle.

»Es verhält sich wie mit dem Fensterputzen. Ich mag es nicht besonders, aber es muss getan werden.«

»Das klingt ja furchtbar«, entgegne ich Anteil nehmend.

»Du brauchst mich nicht zu bemitleiden, ich komme schon klar«, sagt sie mit einem Lächeln und fügt an: »Mir geht es ohnehin nicht um den schnöden Akt. Andere Gefühle sind doch viel wichtiger. Ich rede von Sehnsucht, von diesem besonderen Prickeln, das nur Frischverliebte verspüren.«

»Du meinst Schmetterlinge im Bauch?«, bohre ich nach, denn mit dem Wort Prickeln habe ich seit jüngster Zeit bekanntlich meine Probleme.

»Genau«, stimmt sie mir zu und grinst über das ganze Gesicht. »Seit ein paar Wochen flattern sie wieder wie verrückt, und es fühlt sich wahnsinnig gut an.«

»Sag bloß, du hast einen Lover?« Leichtes Entsetzen schwingt in meiner Stimme mit. Von vielen Frauen kann ich mir ausmalen, dass sie eine Affäre haben, aber Sarah gehört eindeutig nicht dazu.

Doch wider Erwarten nickt sie und nimmt einen kräftigen Schluck.

»Hm, lecker, gibt es noch Nachschub?«

Ich bitte sie, mir in die Küche zu folgen, und fordere sie auf, mir haargenau zu berichten, mit wem sie ihren Ehemann betrügt.

»Kenne ich ihn?«

»Bestimmt nicht!«

»Und Lars hat keine Ahnung?«

Während ich unseren zweiten Drink mixe, erklärt sie: »Ich betrüge ihn nicht. Es ist nichts Körperliches. Noch nicht!« Ihr Kichern macht mich neugierig, und ich sage, sie soll endlich mit Details aufwarten.

»Er ist Kanadier. Wir haben uns auf Facebook kennengelernt. Mittlerweile schreiben wir uns täglich. Es ist so aufregend, Caroline. Du ahnst ja gar nicht, was dieser Mann in mir auslöst. Es fing ganz harmlos an, aber mittlerweile kann ich mir mein Leben ohne ihn nicht mehr vorstellen. Er ist wie eine Droge. Ich glaube, ich liebe ihn.«

»Und wo trefft ihr euch?«

»Gar nicht! Wie denn auch? Er wohnt in Québec.«

»Ihr habt euch noch nie gesehen?«

»Doch, er hat mir Fotos geschickt. Ich kann dir sagen, er ist ein absoluter Traummann. Wahnsinnig attraktiv, muskulös, und er hat Augen …«, schwärmt sie.

»Ihr habt euch noch nie persönlich getroffen, und du sprichst von Liebe?« Ich ziehe meine Brauen verständnislos hoch.

»Ich glaube, dass wir Seelenverwandte sind. Wir können über alles reden. Es gibt keine Tabus zwischen uns. Ich bilde mir ein, Rick besser zu kennen als meinen Ehemann, denn er spricht im Gegensatz zu ihm über seine Gefühle. Ich merke sofort, wenn ihn etwas bedrückt.«

»So? Was bedrückt ihn denn?«

»Rick hat es nicht leicht. Er ist Witwer und zieht seine kleine Tochter ganz allein groß. Eine Nanny kümmert sich um das Kind, während er tagsüber als Anwalt in seiner Kanzlei arbeitet.«

»Er ist Anwalt? Dann sollte es für ihn doch kein finanzielles Problem sein, einen Flug zu buchen und dich zu besuchen.«

»Sobald die Kleine Ferien bekommt, wird er kommen. – Warum siehst du mich so ungläubig an, Caroline? Glaubst du mir etwa nicht? Ich kann ihn dir zeigen. Fahr deinen Laptop hoch, und dann geh auf meine Facebook-Seite.«

»Mach du das! Ich mixe uns derweil einen neuen Drink.« Als ich zurückkomme, tippt Sarah bereits in die Tasten.

»Er ist online«, quietscht sie und bietet mir an, ihr über die Schulter zu sehen. Ich betrachte die Fotos ihres Kanadiers und erkenne einen stattlichen Mann, der sowohl im Anzug als auch in Boxershorts eine extrem gute Figur macht. Wenn er kein Anwalt wäre, könnte er sein Geld auch als Model verdienen. Ich folge ihrem Schriftverkehr und lese: *Hello Honey, how are you today. I miss you so much. Kiss*

»I miss you too, my darling«, haucht sie und antwortet ihm genau mit diesen Worten. »Er nennt mich Honey, ist das nicht süß? Sieh nur, er schreibt, ich wäre seine Prinzessin.«

»Ganz entzückend!«, gebe ich ironisch zurück und frage mich, wie es sein kann, dass sich eine erwachsene Frau in Nullkommanichts in einen albernen Teenager verwandelt. Sie teilt ihm mit, dass sie gerade eine Nachbarin besuche und ihn später anrufen werde. Er schreibt, dass er es kaum erwarten könne, ihre liebliche Stimme zu hören. *Give me five minutes,* tippt sie hektisch und rennt wie von Sinnen davon.

»Lass dich nicht aufhalten!«, rufe ich ihr noch hinterher, aber sie ist schon zu weit entfernt, um mich zu hören.

»Sachen gibt's«, sage ich laut zu mir und schließe kopfschüttelnd die Haustür.

Neuer Look

Sollte Tom pünktlich landen, hat mein Strohwitwerdasein in spätestens zwei Stunden ein Ende. Ich habe heute vegetarisch für uns gekocht, denn nach einer Woche Surf and Turf steht mir der Sinn nach Gemüse. »Es soll Blumenkohlplätzchen geben. Sie werden wie Kartoffelpuffer zubereitet, nur, dass ich statt roher Kartoffeln geraspelte Blumenkohlröschen verwende«, erkläre ich Judith am Telefon.

Sie ruft angeekelt: »Igitt!« Für sie wäre es unvorstellbar, nur einen Tag ohne Fleisch oder Fisch auszukommen. Aber sie hat mich nicht angerufen, um über gesunde Ernährung mit mir zu diskutieren, sondern nutzt das Gespräch, um mir ins Gewissen zu reden. »Du wirst das Schreiben nicht an den Nagel hängen! Du bist eine begnadete Autorin. Wen juckt es, dass dir dein letzter Roman misslungen ist. Hak ihn ab, und schreib schnellstens einen neuen!«

»Noch einen, der dann wieder abgelehnt wird?«

»Du musst dir ein dickeres Fell zulegen. Das und …«

»Was, Judith? Komm mir jetzt nicht wieder mit diesem *Prickeln*, denn dann raste ich aus!«

»Du kannst doch schreiben, was du willst, aber versteck dich nicht länger. Kein Verlag nimmt eine Autorin unter

Vertrag, die die Öffentlichkeit scheut wie ein Vampir das Licht. Auch nach der Veröffentlichung musst du mitarbeiten, wenn du erfolgreich bleiben willst. Nur so funktioniert das. Warum begreifst du das nicht?«

»Du kennst meine Haltung zu diesem Thema.«

»Deine Haltung ist kindisch! Was spricht dagegen, hin und wieder eine Lesung abzuhalten?«

»Ich weiß nicht. So etwas habe ich noch nie gemacht. Bestimmt versagt meine Stimme, und ich blamiere mich vor allen Leuten bis auf die Knochen.«

»Unsinn! Das kann man lernen, Caroline.«

»Ich denke darüber nach«, verspreche ich.

Tom trifft wie geplant ein. Er leidet nicht unter Jetlag und hat einen Bärenhunger mitgebracht. Nach all dem Fastfood der letzten Tage freut er sich auf was Richtiges. Umso größer ist seine Enttäuschung, als ich ihm zeige, woraus unser Abendessen besteht. Doch statt zu mosern, überreicht er mir ein Päckchen. Er hat mir aus den Staaten ein iPhone der neuesten Generation mitgebracht und besteht darauf, dass ich es künftig benutze.

Allerdings ist das nicht die einzige Überraschung, die er für mich bereithält. Ohne Umschweife kommt er zum Punkt. »Ich werde die zweite Niederlassung übernehmen. Aus dem District Manager Tom Winter wird General Manager Tom Winter«, berichtet er stolz und legt zum Beweis druckfrische Visitenkarten auf den Tisch.

»Du hast schon zugesagt?«, frage ich ungläubig.

»Na sicher! So eine Chance bekomme ich kein zweites Mal. Ich dachte schon, in meinem Alter würde es nicht weiter nach oben gehen, und ich müsste mich damit abfinden, das Ende der Karriereleiter erreicht zu haben. Aber dieser Posten ist noch einmal eine richtige Herausforderung.«

»Ich dachte, du würdest endlich etwas kürzertreten«, gebe ich vorwurfsvoll zu bedenken.

»Und dann? Caroline, ich liebe meinen Job!« Das sind genau die Worte, die eine Frau nach einer Woche Abwesenheit von ihrem Mann hören will. Eingeschnappt verlasse ich den Küchentisch.

Tom folgt mir und versucht zu beschwichtigen. »Zwischen uns ändert sich doch nichts.«

»Das ist es ja, was mir Sorgen macht«, antworte ich lauter als beabsichtigt. »Nicht, dass sich nur nichts ändert, das Gegenteil wird der Fall sein. Du wirst noch mehr arbeiten und noch weniger Zeit für uns haben!«

»Bitte nicht wieder diese alte Leier. Das Thema hatten wir doch schon! Wenn dich die Arbeit im Haushalt nicht erfüllt, dann such dir eine sinnvolle Aufgabe! Das hättest du schon längst tun sollen, spätestens als die Kinder nach England gezogen sind.«

»Es geht hier nicht um mich, sondern um uns!«

»Was stimmt denn nicht mit uns?«

»Dir reicht also die Zeit, die wir miteinander verbringen?« Ich baue ihm mit dieser Formulierung eine breite Brücke. Er braucht lediglich hinüberzugehen und aus voller Überzeugung mit Nein zu antworten. Er sollte mich jetzt fest in den Arm nehmen und mir gestehen, dass er mich unbeschreiblich vermisst hat. Aber das sagt er nicht.

»Ich hätte dir besser erst morgen früh davon erzählen sollen, dann wäre mir dein Gezicke jetzt erspart geblieben!«, grummelt er und macht mich mit dieser Antwort noch wütender.

»Warum bist du überhaupt nach Hause gekommen? Du hättest doch einen späteren Flieger nehmen können und wärst auf direktem Weg vom Flughafen ins Büro gefahren.«

»Dann wären mir ja diese Köstlichkeiten entgangen.« Er geht zurück zum Tisch und steckt sich ein mittlerweile erkaltetes Gemüseplätzchen in den Mund. »Hm, lecker, die schmecken wie eingeschlafene Füße. Ist uns etwa das Salz ausgegangen? Oder warum sind deine Puffer total nüchtern?«

Ich finde, die Beschreibung *nüchtern wie eingeschlafene Füße* trifft auch auf unsere Beziehung zu und pariere: »Dann habe ich ja das passende Essen für uns aufgetischt.«

Tom ist vor mir ins Schlafzimmer gegangen, aber er schläft nicht. Ich sehe Licht unter der Tür durchscheinen. Er hat die Nachttischleuchte angeknipst und arbeitet vermutlich. Ich bin nach wie vor sauer auf ihn und bringe wenig Verständnis dafür auf, dass er eine so weitreichende Entscheidung ohne Rücksprache mit mir getroffen hat. Mit einer Sache hat er allerdings recht: Die Arbeit in Haus und Garten erfüllt mich keineswegs. Beim zweiten Punkt irrt er sich jedoch gewaltig. Ich muss mir keine Aufgabe mehr suchen, denn ich habe sie schon längst gefunden.

In meiner Wut greife ich zu meinem Laptop und gehe online. Jetzt sofort will ich Judith darüber informieren, dass ich künftig zu allen Schandtaten bereit bin, und schreibe ihr eine Mail. Noch bevor ich sie absende, ertönt ein Signal, das mir den Empfang einer neuen Nachricht ankündigt. Neugierig schaue ich in den Ordner und sehe, dass Chris Rowland, UK, der Absender ist.

Wahnsinn, Mrs Parker,
heute habe ich Ihr Paket erhalten. Tausend Dank dafür. Allerdings haben Sie vergessen, mir Ihre Bankverbindung mitzuteilen. Bitte dringend nachholen!
Liebe Grüße, Chris

Er hat nur mit seinem Vornamen unterschrieben. Zufall oder Absicht? Wie auch immer. Ich antworte ihm gleich, bevor ich es vergesse.

Hallo Chris,
schön, dass es mit dem Versand rechtzeitig geklappt hat. Eine Bezahlung ist nicht nötig. Es war mir ein Vergnügen, Ihnen behilflich zu sein.
Liebe Grüße, Nora

Gleich nach dem Versenden der Mail antwortet der Engländer.

Das geht nicht, liebe Nora!
Wenn ich das Buch und den Versand nicht bezahlen darf, dann haben Sie *meiner Mom ein Geschenk gemacht! Chris*

»Meine Güte, ist der hartnäckig«, sage ich leise und schreibe ihm, dass er den Betrag doch spenden solle, wenn er sich dann besser fühlt. Ich gehe offline und gleich danach zu Tom ins Bett.

Er ist im Sitzen eingeschlafen, und ich nehme ihm vorsichtig die Lesebrille von der Nase, lege seine Mappe zur Seite und ziehe seine Decke höher. Als ich mich neben ihn lege und das Licht lösche, rutscht er runter und legt brummend seinen Kopf auf meinen Arm.

»Gute Nacht«, flüstere ich ihm zu und drehe mich nach einem kurzen Kuss auf seine Wange auf die Seite.

Noch vor dem Frühstück klingelt das Telefon. Ich frage mich, wer uns zu dieser frühen Tageszeit auf dem Festnetz anruft. Es ist Judith, die mich zu meiner Entscheidung beglückwünscht und darum bittet, sie noch heute in ihrem Büro aufzusuchen.

»Bring ausreichend Zeit mit! Ich habe Großes mit dir vor«, tönt sie und nimmt mir das Versprechen ab, pünktlich um zehn Uhr bei ihr aufzuschlagen.

Wenn ich gewusst hätte, was sie mit mir vorhat, hätte ich mir das Waschen und Föhnen meiner Haare sparen können, denn gleich nach meinem Eintreffen fährt sie mich zum Frisör. Nach einer eingehenden Typberatung werden meine schulterlangen Haare auf Kinnlänge gekürzt, und meine Naturfarbe wird mit braunen und rötlichen Strähnen aufgepeppt. Aber Judith meint, das wäre erst der Anfang. Sie schleppt mich danach in eine Boutique, in der ich mich in enge Kleider und Kostüme quälen muss. Meine Einwände, dass ich mich darin überhaupt nicht wohlfühle, ignoriert sie. Als sie mir auch noch hohe Pumps in die Umkleide bringt, und ich erkläre, dass ich auf hohen Schuhen gar nicht laufen könne, wird sie richtig sauer.

»Warst du nicht zu allen Schandtaten bereit? – Dann hör auf, dich zu zieren!«, schimpft sie.

Ich schreite nicht, sondern wackle wie auf rohen Eiern vor dem großen Spiegel hin und her und werde von zwei Verkäuferinnen sowie dem Ladenbesitzer mit Komplimenten überschüttet. »Entzückend! Sie sehen bezaubernd aus! Das Kleid ist wie für Sie gemacht!«

»Wir nehmen es«, bestimmt Judith und geht zur Kasse. Widerspruch scheint zwecklos zu sein.

Ich füge mich in der Hoffnung, dass die Shoppingtortur nun beendet ist. Aber ich irre mich, denn unsere nächste Station ist eine Parfümerie, in der eine Visagistin auf uns wartet. Es gelingt der jungen Frau, mich in zwanzig Minuten in eine völlig andere Person zu verwandeln.

»Ich erkenne mich ja gar nicht wieder«, staune ich und überlege, ob ich das gut oder schlecht finden soll.

»Das wolltest du doch«, lacht Judith und fordert mich auf, in die Puschen zu kommen. Sie blickt auf die Uhr und verkündet, dass wir bereits in einer halben Stunde am anderen Ende der Stadt erwartet werden.

»Du willst mich so aufgedonnert auf den Straßenstrich schicken?«, feixe ich und warte darauf, dass meine Bemerkung ihr wenigstens ein Lächeln abringt.

Aber sie reagiert angefressen und nennt mich eine hoffnungslose, undankbare Mutti. Mutti? Nun ist sie schon die zweite Person in einer Woche, die mich so betitelt. Leider kann ich Judith nicht die Hose runterziehen, aber ich kann ihr den Stinkefinger zeigen. Und genau das tue ich auch.

»Komm jetzt! Der Fotograf wartet!«, treibt sie mich weiter an.

Kurz darauf werde ich von allen Seiten abgelichtet. Im Stehen, im Sitzen, vor einer weißen Wand, vor einer schwarzen Wand, mit Brille und ohne Brille. Ich werde aufgefordert, mehr zu lächeln, weniger zu lächeln, den Kopf zu neigen, mich zu strecken, mich zu beugen und mich dabei natürlich zu verhalten. Was für ein Stress, denke ich und empfinde tiefes Mitleid mit allen Mädchen und Frauen, die freiwillig diesen Beruf ausüben.

»Wann sind die Bilder fertig?«, frage ich den Fotografen, als er seine Kamera zur Seite legt und die Scheinwerfer, die mich länger als eine Stunde geblendet haben, endlich ausstellt.

»Ich schicke Ihnen nach der Bearbeitung die besten Aufnahmen per Mail zu. Dann können Sie selbst eine Auswahl treffen«, schlägt er vor.

Judith und ich beschließen, den ereignisreichen Tag mit einem Dinner ausklingen zu lassen. Ich bin es, die darauf besteht, sie in ein nobles Restaurant einzuladen.

Schon beim Betreten des Lokals wird mir schlagartig bewusst, welche Wirkung meine Typveränderung auf meine Mitmenschen ausübt.

Der Ober begrüßt uns ehrfürchtig mit »Guten Abend, die Damen«, und auf dem Weg zum Tisch spüre ich die Blicke zahlreicher Männer auf mir. Es ist ein ungewohntes Gefühl, aber ich müsste lügen, wenn ich behaupten würde, dass es mir nicht gefiele.

»Dein Tom wird staunen«, meint Judith und sucht nach einem passenden Wein in der Getränkekarte.

Ich schließe mich ihrer Wahl an, denn dass ich mich ruhigen Gewissens auf ihren Geschmack verlassen kann, hat der heutige Tag bewiesen.

Ich komme vor meinem Mann zu Hause an und fahre sofort meinen Laptop hoch, um zu sehen, ob die Fotos schon eingetroffen sind. Leider hat sie der Fotograf noch nicht geschickt, stelle ich enttäuscht fest. Doch ich habe schon wieder eine Mail von Chris erhalten, und dieses Mal hat er eine Anlage beigefügt. Sein Text besteht lediglich aus einem Wort: *Einverstanden?* Womit soll ich einverstanden sein, will ich wissen und öffne mit einem Doppelklick den Anhang. Als ich erkenne, was er mir geschickt hat, muss ich laut lachen. Ich blicke auf zwei Spendenquittungen. Fünfzig Euro wurden von ihm an den Tierschutz entrichtet und fünfzig Euro hat die Gesellschaft zur Rettung Schiffbrüchiger von ihm erhalten. Keine Ahnung, wie er gerade auf diese Organisationen gekommen ist. Doch natürlich! Jetzt fällt es mir wie Schuppen von den Augen. Nora Parker ist Tierbesitzerin und lebt am Meer. Meine Güte, der Mann macht sich ja wirklich Gedanken. Und dennoch halte ich hundert Euro für völlig überzogen und fühle mich genötigt, ihm das mitzuteilen.

Hallo Chris,
das war doch viel zu viel Geld, aber die Tiere und die Seenotretter werden sich über die großzügige Spende bestimmt freuen.
Liebe Grüße, Nora

Es ist schon nach elf Uhr abends, als ich beschließe, nicht mehr länger auf Tom zu warten. Ich gehe ins Bad und schminke mich ab. »Bye bye, Nora«, sage ich zu meinem Spiegelbild und schlüpfe in meinen Schlafanzug. Abgesehen von meiner neuen Frisur sehe ich wieder aus wie Caroline Winter, deren Mann gerade die Tür aufschließt.

»Du bist spät«, rufe ich ihm zu und will anfügen, dass er die einmalige Gelegenheit verpasst hat, seine Frau mal völlig anders zu sehen, aber so weit komme ich gar nicht, denn er raunzt mich an: »Wieso rufst du nicht zurück? Ich habe stundenlang versucht, dich zu erreichen.«

»So?«, äußere ich knapp und nehme mein Handy aus der Handtasche. Ich entdecke weder einen verpassten Anruf noch eine SMS von ihm.

»Ich habe dich auf dem neuen Smartphone angerufen, und auf dem Festnetz habe ich es auch versucht.«

»Das neue Smartphone liegt noch im Wohnzimmer. Was wolltest du denn von mir?«

»Sag mir lieber, wo du den ganzen Tag gewesen bist!«

»Kommt dir da keine Idee?«, frage ich und fahre mit den Fingern durch mein Haar.

»Ich habe keine Lust auf alberne Ratespiele«, erwidert er mürrisch, ohne ein Wort über meinen neuen Haarschnitt zu verlieren.

»Was war denn so wichtig, dass du mich so dringend erreichen wolltest?«

»Hat sich erledigt, Caroline. Nur halte mir nie wieder vor, wir würden zu wenig Zeit miteinander verbringen!«

»Na, du hast ja eine schöne Scheißlaune«, beschwere ich mich.

»Gute Nacht!«, faucht er und verschwindet ins Schlafzimmer.

Veränderungen

Wer mich kennt, der weiß, dass ich kein Technik-Freak bin. Mich an mein altes Handy zu gewöhnen, hat schon eine Weile gedauert, aber dieses Smartphone fordert meine ganze Geduld. Ich lese bereits seit einer Stunde die Beschreibung, die ich mir aus dem Internet heruntergeladen habe, und staune über die vielen Funktionen, aber bedienen kann ich es immer noch nicht. Gut, dass Jasper an diesem Morgen keine Vorlesung hat und mir via Skype die ersten Schritte erklärt. Endlich weiß ich, wie ich telefonieren und eine SMS versenden kann. Nachdem er aufgelegt hat, rufe ich alle Freunde und Bekannten aus meiner alten Liste an. »Ich habe eine neue Nummer«, erkläre ich knapp und speichere danach ihre Kontaktdaten ab. Angeblich kann ich sogar ihre Fotos hinzufügen, aber wie das funktioniert, muss ich erst nachschlagen. Endlich entdecke ich den Ordner für eingehende Mails und Kurzmitteilungen. Tom hat gestern wirklich versucht, mich unter der neuen Nummer zu erreichen. *Habe Konzertkarten für uns. Komm bitte pünktlich um halb acht in die Firma und hole mich ab*, hat er mir geschrieben.

Okay, du bist verdammt spät dran. Wir treffen uns besser direkt vor der Konzerthalle, lautete die zweite Nachricht.

Ich habe deine Karte an der Kasse abgegeben. Der Mann am Einlass weiß Bescheid. Komm in die Füße, Caroline!

»Scheiße!«, rufe ich aus voller Brust und verstehe erst jetzt, weshalb er gestern so sauer auf mich war. Andererseits hätte Mister Generalmanager auch auf die Idee kommen können, mich auf meinem alten Handy anzurufen. Ich überlege angestrengt, wie ich meinen Fehler wiedergutmachen kann, als es an der Tür schellt.

Sarah ist gekommen. Im Gegensatz zu Tom fällt ihr sofort auf, dass ich eine neue Frisur habe.

»Viel besser«, lautet ihr Urteil, und sie setzt noch einen drauf. »Du siehst zehn Jahre jünger aus.«

Ich berichte ihr von meinem Fotoshooting. In ihrem Beisein schaue ich nach, ob die Fotos eingetroffen sind. Der Fotograf hat zwölf Bilder per Mail geschickt, von denen ich gleich zehn aussortiere. Sarah und ich sind uns einig. Das Bild mit der Nummer neun trifft mich am besten. Ich nehme mir vor, davon einen Ausdruck zu bestellen, das Foto rahmen zu lassen und es Tom zu schenken. Künftig soll auf seinem Schreibtisch ein ansehnliches Bild seiner Gattin stehen. Sarah findet, ich wirke auf den Fotos total verändert.

»Irgendwie fremd«, urteilt sie nach längerem Hinsehen.

»Das liegt an Photoshop«, lache ich und freue mich, nicht gleich als Caroline Winter erkannt zu werden.

»Nur noch wenige Tage«, sagt sie aus heiterem Himmel zu mir, und ich frage sie, was dann passieren wird.

»Dann hat die Wartezeit ein Ende, und er kommt. Genau das ist der Grund, weshalb ich dich um deine Hilfe bitte. Ich brauche eine plausible Ausrede, weshalb ich über Nacht wegbleiben werde.«

»Ich soll dir ein Alibi verschaffen, damit du dich mit deinem Kanadier treffen kannst? Sarah, du spinnst! Wie soll das funktionieren?«

»Wir könnten vorgeben, zusammen einen Kurztrip zu unternehmen. Du machst dir einen schönen Tag, und ich treffe mich mit Rick.«

»Ohne mich!«, unterbreche ich sie empört. »Außerdem habe ich gar keine Zeit für eine Reise. Ich muss dringend wieder …« Mist! Um ein Haar hätte ich mich verquatscht. »Bitte halte mich aus deinen Amouren raus, Sarah. Ich urteile nicht über dich, aber Lars ist auch unser Freund, und ich will auf keinen Fall in diese Sache reingezogen werden.«

»Wie spießig du bist!«, schimpft sie.

»Mag sein, aber lieber bin ich spießig als deine Komplizin.«

»Hältst du wenigstens den Mund?«

»Selbstverständlich werde ich schweigen, obwohl ich dein Verhalten nicht gutheiße.«

Beleidigt zieht sie wieder ab. Ich scheine momentan ein Talent dafür zu haben, meine Mitmenschen vor den Kopf zu stoßen, denn im nachfolgenden Telefonat mit Judith passiert es mir schon wieder. Als ich ihr mitteile, dass ich mich für ein Bild entschieden habe, das infrage kommt, und darum bitte, die anderen zu vernichten, flucht sie laut und nennt mich oberkritisch. Sie erklärt, dass sie bereits alle Fotos in den sozialen Netzwerken gestreut habe.

»Hör zu, Caroline. Du hast jetzt eine eigene Homepage und Accounts bei Facebook, Twitter und Co. Künftig wirst du dich direkt mit deinen Lesern austauschen. Du musst nicht permanent online sein, aber ein Stündchen pro Tag solltest du einplanen, um mit deinen Fans im Gespräch zu bleiben.«

»Mit welchen Fans?«

»Bei Facebook hast du schon sechsundfünfzig Freundschaftsanfragen, und es werden stündlich mehr. Die jeweiligen Zugangsdaten habe ich dir bereits per Mail geschickt. Spätestens morgen sende ich dir die ersten Termine für deine Lesungen. Keine Panik, ich habe unsere Heimatstadt zunächst ausgespart.

Die Wahrscheinlichkeit, dass du vor Bekannten oder Verwandten lesen wirst, ist praktisch ausgeschlossen.«

»Mir wird schlecht«, stöhne ich.

»Mit dem Buch *Licht- und Schattenseiten* fangen wir an.«

»Wir? Das heißt, du begleitest mich?«

»Warum denn das? Das wirst du ja wohl allein hinbekommen.«

»Judith, bitte!«, flehe ich sie an.

»Tom hat wirklich recht, du bist ein Angsthase.«

Tom? An ihn habe ich bei meiner unüberlegten Zusage gar nicht gedacht. Nun führt kein Weg mehr daran vorbei, und ich werde ihn in mein streng gehütetes Geheimnis einweihen müssen. Wie er wohl reagiert? Ich beende das Gespräch mit Judith und gehe in den Keller. In der hintersten Ecke krame ich einen Karton hervor und nehme je ein Belegexemplar meiner bisher erschienenen Printbücher aus dem Versteck. Ich beginne mit *Licht- und Schattenseiten* und lese die ersten Seiten laut vor.

»Wie schrecklich«, beurteile ich meine Probelesung und finde, dass meine Stimme völlig ungeeignet ist, um anderen vorzulesen. Über meine Sprechübungen habe ich völlig die Zeit vergessen und staune nicht schlecht, als Tom ins Wohnzimmer tritt.

»Du bist schon da?«, frage ich und starre völlig verblüfft auf die Uhr.

»Ich kann auch wieder gehen«, sagt er beleidigt.

»Auf gar keinen Fall!«, entgegne ich und ziehe ihn zu mir aufs Sofa. Mit beiden Händen umgreife ich sein Gesicht und drücke ihm einen langen Kuss auf die Lippen.

»Womit hab ich denn diese Begrüßung verdient?« Er zeigt sich verwundert über mein stürmisches Benehmen.

»Es tut mir so leid. Aber ich habe doch wirklich nicht ahnen können, dass du mich ins Konzert ausführen wolltest. Künftig werden mich deine Nachrichten rechtzeitig erreichen. Ich habe heute das iPhone in Betrieb genommen.«

Meine Entschuldigung entlockt ihm nur ein stummes Nicken.

»Ich hab Hunger, Caroline.«

»Wirklich?«, frage ich schuldbewusst und fühle mich ertappt. Ich war weder einkaufen noch befindet sich etwas Essbares in unserem Kühlschrank, das ich auf die Schnelle zubereiten könnte. »Bleib, wo du bist. Wir gehen heute zum Essen aus, Tom. Ich habe dir etwas Wichtiges mitzuteilen, und das würde ich gern in angemessenem Rahmen mit dir besprechen. Gib mir fünf Minuten, dann kann es losgehen.«

Wenige Minuten später verstaue ich unbemerkt meine Taschenbücher in meiner Handtasche und gebe das Zeichen zum Aufbruch. Wir fahren in meinem Wagen, und ich kutschiere uns in das Lokal, in dem ich gestern mit Judith fürstlich gespeist habe.

Heute begrüßt uns der Ober weniger überschwänglich und fragt lediglich, ob wir einen Tisch für zwei Personen wünschen.

Erst nach dem Hauptgericht nehme ich meinen ganzen Mut zusammen und sage: »Du hast mir vorgeschlagen, mir eine sinnvolle Aufgabe zu suchen.« Ich mache es spannend und ziehe meine Bücher aus der Tasche, breite sie vor Tom auf dem Tisch aus und hole tief Luft.

Noch bevor ich erklären kann, was es mit den gesammelten Werken auf sich hat, fragt er: »Du hältst das Lesen von Kitschromanen für eine sinnvolle Aufgabe? Von mir aus. Wenn es dich glücklich macht«, lacht er mich überheblich aus. »Aber es erstaunt mich schon. Ich habe dich für anspruchsvoller gehalten.«

Sein süffisanter Ton verärgert mich augenblicklich. »Hab ich ein Wort von *Lesen* gesagt? Und wie kommst du darauf, dass es sich um Kitschromane handelt?« Vermutlich klinge ich schon wieder etwas zickig.

»Was denn sonst? Die Cover sprechen ja wohl eine eindeutige Sprache«, amüsiert er sich.

»Sagt der Literaturexperte«, gebe ich schnippisch zurück. »Was verstehst du denn schon von Belletristik? Die einzigen Bücher, die dich interessieren, sind gebundene Bilanzen.«

»Willst du auch noch ein Dessert?« Er wechselt abrupt das Thema.

»Bin satt«, zische ich, meine aber eigentlich, ich bin bedient, du arrogantes Arschloch!

»Sag mal, hast du was mit deinen Haaren gemacht? Du siehst so verändert aus«, fragt er mich tatsächlich.

»Nee, die sind wie immer«, antworte ich patzig und bestelle mir noch einen Absacker. »Zurück fährst du!«, bestimme ich und nehme mir vor, mein Geheimnis weiterhin für mich zu behalten.

»Das ist kein Problem für mich.«

Ich ahne schon, dass auch er mir etwas zu sagen hat. Mein Instinkt trügt mich nicht.

»Du, Caroline«, beginnt er zaghaft. »Künftig wird es eine kleine Veränderung bei uns geben.« Er macht eine lange Pause und spannt mich auf die Folter. »Nicht auf Dauer, aber vorübergehend werde ich zwei bis drei Tage in der neuen Niederlassung verbringen müssen.«

»Guck an!«

»Nur so lange, bis sich alles eingespielt hat.«

»Aha! Mit anderen Worten wir führen eine Ehe auf Abruf«, gifte ich.

»Das ist doch nur eine Frage der Organisation. Ich dachte, bis zur Wochenmitte arbeite ich auswärts, und für die restlichen Tage der Woche komme ich nach Hause.«

»Ich bekomme die Reste! Hurra! Davon habe ich schon immer geträumt«, schimpfe ich und rufe den Ober an unseren Tisch, der mir nachschenken soll, damit ich diese Hiobsbotschaft verdauen kann.

»Ein wenig mehr Verständnis darf ich wohl von meiner Frau erwarten. Schließlich profitierst auch du von meinem Einkommen«, entrüstet er sich.

»Du willst nicht wirklich eine Debatte über Geld mit mir führen, oder?«

»Warum nicht? Schließlich lebst du auch davon. Und das nicht schlecht, wenn ich das anmerken darf.« Hat er mir gerade unterstellt, ich würde sein hart verdientes Geld ausgeben?

»Ich pfeife auf deine Kröten!«, antworte ich und werde schon wieder zu laut.

»Dein Gesicht möchte ich sehen, wenn ich dir die Kreditkarte abnehme«, lacht er mich höhnisch aus.

»Dann schau hin, und präge dir meinen Gesichtsausdruck genau ein!«, empfehle ich und knalle ihm die Karte auf den Tisch. Danach erhebe ich mich und verlasse das Lokal. Ich steige in meinen Wagen und fahre ohne ihn zurück. Während der ganzen Fahrt fluche ich laut vor mich hin. Ich habe bereits alle Vierbeiner aufgezählt, die auf ihn passen könnten, aber letztendlich komme ich jedes Mal wieder auf *arrogantes Arschloch* zurück. Ihn so zu betiteln, hat etwas ungemein Befreiendes.

Ich habe es bitterernst gemeint, als ich Tom die Mastercard zurückgegeben habe. Ich brauche sein Geld nicht, denn ich verfüge über eigene Einkünfte, von denen er allerdings nichts weiß. Noch nichts weiß. Spätestens, wenn die diesjährige Steuererklärung fällig ist, muss ich meine Einnahmen offenlegen, aber das hat Gott sei Dank noch Zeit.

»Nun sei doch nicht mehr bockig, und nimm die Karte zurück«, sagt er morgens zu mir und legt sie auf den Tisch. Sein erstaunter Blick wandert durch die Küche. Er sucht das Frühstück, das ab heute ausfällt, weil ich beschlossen habe, keins mehr für ihn zuzubereiten. Ich habe mir Kaffee gekocht. Sollte er durstig sein, kann er sich selbst an der Maschine bedienen.

»Deine Wäsche wasche ich auch nicht mehr«, lasse ich ihn wissen.

»Was soll der Mist, Caroline? Drehst du jetzt völlig durch?«

»Ich sehe ganz klar. Die halbe Nacht habe ich damit zugebracht, mir meine Situation vor Augen zu führen. Und das, was ich gesehen habe, hat mir nicht gefallen. Wir führen keine Ehe, Tom. Wir bilden eine Wohngemeinschaft, in der es meine Aufgabe ist, dir das Leben so angenehm wie möglich zu machen. Auf meine Befindlichkeiten nimmst du schon lange keine Rücksicht mehr. Ich habe es satt, mich weiterhin einem Workaholic unterzuordnen. Du kannst künftig kommen und gehen, wie es dir passt, aber rechne nicht mehr mit mir.«

»Du trittst in den Streik? Hast du diese geniale Idee aus deinen Groschenromanen?«, witzelt er und zeigt mir mehr als deutlich, dass er mich nicht ernst nimmt. »Du wirst schon wieder zur Vernunft kommen. Wenn es so weit ist, kannst du die Kreditkarte von mir zurückfordern.« Ruckartig greift er danach, aber ich bin schneller als er. Vor seinen Augen ziehe ich eine Schere aus dem Küchenschrank und zerschneide das rechteckige Plastikding in kleine Stücke.

»Dann sieh zu, wie du klarkommst«, schimpft er und schüttelt den Kopf.

»Ich werde so klarkommen, wie ich die letzten Monate klargekommen bin, Tom. Sollte es dir als Zahlenmensch tatsächlich entgangen sein, dass auf diesem Konto gar keine Umsätze mehr getätigt werden? Ich bestreite meine Ausgaben schon länger allein und brauche dein Geld nicht! Darum ging es mir nie. Ich habe dich gebraucht, aber das wirst du wohl nie verstehen!«

»Wieso verfügst du über eigenes Geld?«

»Ich verdiene es mit anspruchsloser Frauenliteratur. Und lass dir gesagt sein, das Geschäft mit kitschigen Groschenromanen ist durchaus lohnenswert. So, nun weißt du Bescheid und kannst deinen Mund getrost wieder zumachen!«

»Du nimmst mich auf den Arm, Caroline. Bitte lass die Scherze! Ich habe es eilig und muss los.«

Er glaubt mir nicht, aber das ist seine Sache. Ich habe es ihm gesagt, mehr kann ich nicht tun. Es fühlt sich richtig gut an, es endlich ausgesprochen zu haben. Es ist, als wäre eine schwere Last von meinen Schultern gefallen. Leicht und beschwingt schlüpfe ich in die Rolle der Nora Parker, setze mich mit einem heißen Becher Kaffee an meinen Schreibtisch und tippe: *Kapitel 1 …*

Die richtige Einstellung

Das Ergebnis meiner ersten Session umfasst fast zweitausend Wörter, als das Klingeln des Telefons meinen Schreibfluss unterbricht. Es ist Judith, und nur ihr ist es gestattet, mich in diesem Moment von der Arbeit abzuhalten.

»Ich hab es ihm gesagt«, beginne ich das Gespräch. »Tom weiß jetzt Bescheid, aber er glaubt mir nicht.«

»Dann schicke ihm den Link von deiner Homepage. Sie ist jetzt on, und ich finde, sie ist dem Webdesigner wirklich gut gelungen. Schau doch mal!«

Ich gucke sie mir an und pflichte Judith bei. Die Seite wirkt nicht überladen und ist sehr informativ. Abgesehen von meinem Foto, das auf der Eingangsseite prangt, bin ich rundum zufrieden mit dem Online-Auftritt.

»Sieh mal unter *Termine* nach. Dort findest du die Daten für deine anstehenden Lesungen.«

Ich schlucke. Sagte sie nicht etwas von hin und wieder? So wie es sich mir darstellt, werde ich tagelang nicht zu Hause sein. Alle Lesungen finden in Süddeutschland statt, und die

Entfernungen sind viel zu weit, um abends nach Hause zu fahren.

»Na, was meinst du?«

»Ganz schön heftig.«

»Höre ich etwa erneut Widerreden von dir?«

»Nein, alles gut.« Ich male mir gerade aus, wie dumm Tom aus der Wäsche gucken wird, wenn er merkt, dass ich es nun bin, die eine ganze Woche auf Reisen geht. Vielleicht tut uns ein wenig Abstand ganz gut, denke ich. Wie soll er mich vermissen, wenn ich ständig verfügbar bin?

»Dann mach dich an die Reiseplanung. Für die ersten zwei Nächte habe ich dir schon ein Hotel gebucht, für den Rest bist du allein verantwortlich.«

»Wird schon schiefgehen«, unke ich.

Judith kontert: »Das ist die richtige Einstellung, meine Liebe. Und wenn es deine Zeit erlaubt, dann geh doch bitte auf deine Facebook-Seite. Ich habe bereits alle Freundschaftsanfragen für dich bestätigt, aber um die Leserfragen musst du dich schon selber kümmern.«

»Kein Problem«, antworte ich selbstbewusst und beende das Gespräch.

Die Namen meiner neuen Facebook-Freunde sagen mir bis auf wenige Ausnahmen nichts. Ich finde Judith und ihre Sekretärin Swantje unter meinen neuen Freunden, aber die anderen Personen sind mir völlig fremd. Nicht völlig, denn der Name *Rowland* ist mir ein Begriff. Er taucht gleich zweimal in der Liste auf. Chris Rowland und Victoria Rowland. Ersterer hat mir sogar schon eine Nachricht geschickt.

Ich stelle gerade fest, dass meine Mom absolut recht hat und du eine wirklich tolle Geschichtenerzählerin bist. Bin gerade auf Seite 189 angekommen und kann das Buch nicht aus der Hand legen. Hätte ich geahnt, dass du so attraktiv bist, wäre ich persönlich gekommen, um dich um eine Signatur zu bitten. Bin schwer beeindruckt von dir, Nora. Muss jetzt schnell weiterlesen. Bis bald. Chris

Wer ist der Typ, der mir so ungeniert schmeichelt? Neugierig klicke ich auf seine Seite. Das Profilbild zeigt kein Foto, sondern eine Grafikfigur. Mit wem er sonst noch befreundet ist, erschließt sich mir nicht. Überhaupt erscheint mir diese Seite nicht sehr vertrauenswürdig. Es wird besser sein, nicht auf seine Nachricht zu reagieren. Ich hatte schon meine Gründe, mich nicht bei Facebook anzumelden.

Dass ich ihm nicht antworte, hält ihn nicht davon ab, mir weitere Nachrichten zu senden. Schon am Abend finde ich die nächste PN von ihm vor.

Fertig! Ich habe Tränen gelacht. Du hast einen herrlichen Humor. Nicht nur das, du hast ein bezauberndes Lächeln. Dein Bild anzusehen, bereitet mir ein gutes Gefühl. Ich habe den Eindruck, dich schon sehr gut zu kennen. Schreib mir doch zurück. Ich würde gerne wissen, was du gerade machst. Ich warte. Chris

Was soll der Mist? Was denkt sich der Kerl? Meine innere Stimme meldet sich zu Wort und gibt mir die treffende Antwort. »Er denkt, du bist Single und für ein Abenteuer zu haben.« Aber da irrt er sich. Gleich morgen werde ich Judith bitten, den Familienstand in meiner Vita in *verheiratet* zu ändern.

Ich schalte den Computer aus und gehe ins Schlafzimmer. Vor dem großen Spiegel unternehme ich einige Gehversuche auf meinen neuen Pumps. Sollte ich diese Schuhe auf der Lesereise tragen wollen, muss ich einen sicheren Gang üben, sonst könnte es peinlich werden.

»Zugegeben, sie machen verdammt sexy Beine«, sage ich anerkennend zu mir, aber als es an der Tür klingelt, beschließe ich, die Treppe doch lieber barfuß hinunterzulaufen.

Vor dem Haus steht ein Kurier, der fragt, ob er hier richtig sei. »Ich habe eine Zustellung für Frau Parker«, erklärt der junge Mann, und ich bestätige ihm, dass er bei mir goldrichtig sei. Bei dem Päckchen handelt es sich um das Bild, das der Fotograf mit einem Passepartout und einem silbernen Rahmen versehen hat.

»Viel zu schön für Tom«, denke ich und verstaue es vorerst im Wohnzimmerschrank.

Ich werde es ihm gar nicht schenken, beschließe ich, als er heimkommt und mir eine Szene macht, weil kein Essen auf dem Tisch steht und ich seine Oberhemden zwar gewaschen, aber nicht getrocknet, geschweige denn gebügelt habe.

»Ich hab dir doch gesagt, dass du dich ab sofort um deinen eigenen Kram kümmern musst.«

»Künftig kannst du meine Hemden in die Reinigung bringen. Ich erwarte nicht von dir, dass du meine Wäsche machst.«

»Das klingt einsichtig, Tom. Wenn du das jetzt noch umformulierst und sagst, dass du es sein wirst, der deine Wäsche in die Reinigung bringt, dann sprechen wir eine Sprache.«

»Caroline, was soll das? Ich muss noch heute meinen Koffer packen, und die Hemden sind pitschnass und kraus.«

»Häng sie zum Trocknen auf. Wo das Bügeleisen steht, weißt du ja. Und jetzt stör mich bitte nicht weiter, ich habe zu tun!«

»Ist das dein letztes Wort?«

»In dieser Sache schon.« Ich drehe mich um, ohne ihn anzusehen, und tippe weiter fleißig auf der Tastatur. Kurz darauf schrecke ich zusammen.

Tom hat mit einem lauten Türknall das Haus verlassen. Wenig später höre ich, wie er mit seinem Wagen davonfährt.

Vielleicht war meine Reaktion doch zu hart? Prompt bekomme ich ein schlechtes Gewissen. Einmal kann ich mich ja noch um seine Hemden kümmern. Ihn jetzt vor seiner Abreise im Regen stehen zu lassen, ist auch nicht fair. Ich gehe in den Technikraum, in dem sich die Waschmaschine und der Trockner befinden, und greife in die Trommel. Doch sie ist leer. Verwundert schaue ich auf den Boden und entdecke kleine Tropfen, die wie eine Straße durch den Flur bis zur Haustür verlaufen. Was hat er denn jetzt vor, frage ich mich und kann mir keinen Reim darauf machen.

Das Rätsel löst sich erst eine Stunde später, als Sarah klingelt und mit einem Stapel gebügelter Oberhemden vor unserer Haustür steht.

»Er hat nicht wirklich dich gebeten, seine Hemden zu bügeln, oder?«, rufe ich völlig entgeistert,

»Kein Problem, das war doch schnell erledigt«, erklärt sie und tritt ein.

Ich frage mich, mit welcher Begründung er meine Freundin dazu gebracht hat, diese Arbeit für ihn zu übernehmen. Er wird doch nicht vor aller Welt über unseren Streit geplaudert haben? Sollte er es doch getan haben, dann Gnade ihm Gott.

»Wie geht es deiner Hand? Hast du noch starke Schmerzen?«, fragt sie mich und erklärt, dass sie auch schon eine Sehnenscheidenentzündung hatte und weiß, wie weh das tut. Sie rät mir, nicht den gleichen Fehler zu begehen wie sie. »Du musst die Hand ruhigstellen, auch wenn es dir schwerfällt.«

Aha, ich habe also eine Sehnenscheidenentzündung. Das ist die Geschichte, die er ihr aufgetischt hat. Statt selbst zu bügeln, erfindet er dreiste Märchen. Wie armselig!

Sarah will sich nicht setzen, und ein Getränk lehnt sie auch ab. Dennoch habe ich das Gefühl, dass sie mir etwas mitteilen möchte.

»Caroline? Hast du Tom gegenüber wirklich die Klappe gehalten? Er hat mich so merkwürdig angesehen. Ich hatte den Eindruck, er wisse Bescheid.«

Er hat dich merkwürdig angesehen, weil er dir eine faustdicke Lüge aufgetischt hat, aber das sage ich ihr nicht.

»Ehrenwort! Nicht ein Wort ist über meine Lippen gekommen. Wann reist denn dein Kanadier an oder hat das erste Treffen schon stattgefunden?«

»Er hat kurzfristig abgesagt. Seine Kleine ist krank geworden, und ohne sie will er nicht fliegen.« Es ist nicht zu übersehen, wie enttäuscht sie ist.

Ihr zu sagen, dass es mir leidtut, kann ich nicht, denn das wäre geheuchelt. Ich bleibe bei meiner Meinung. »Vielleicht ist es besser so. Überleg doch mal, was du aufs Spiel setzt.«

»Was setze ich denn aufs Spiel? Etwa meine trostlose Ehe? Rick bringt mein Herz nur mit einem Wort so zum Rasen, als hätte ich gerade einen Halbmarathon absolviert.«

Ich halte den Vergleich für sehr überzogen, zumal ich weiß, dass Sarah noch nie einen Halbmarathon gelaufen ist. Sie ist genauso unsportlich wie ich, dennoch versuche ich zu begreifen, was sie in dieser Beziehung sieht.

»Wenn ich morgens aufwache, gehe ich sofort online. Noch bevor ich mir die Zähne putze, lese ich seine neuen Nachrichten und schaue mir die Bilder an, die er nur für mich gepostet hat. Die Zeit bis zum Nachmittag ist die schlimmste. Erst dann können wir wegen der Zeitverschiebung miteinander telefonieren. Gestern und heute haben wir gar nicht miteinander gesprochen. Ich mache mir große Sorgen, dass etwas Schlimmes passiert ist.«

Meine Güte, die steht ja völlig neben sich. Wenn es mir auffällt, wird es auch bald ihrem Mann auffallen, aber Lars ist nach ihrer Aussage noch immer ahnungslos.

»Dann ruf diesen Rick an, bevor du noch völlig durchdrehst. Von mir aus kannst du hier mit ihm telefonieren. Ich gehe solange ins Nebenzimmer.«

»Nicht nötig. Ich habe es bereits mehrmals auf seinem Handy versucht, aber es läuft bloß die Mailbox, auf der ich keine Nachricht hinterlassen kann.«

»Dann ruf ihn in seiner Kanzlei an! Wie spät ist es bei ihm? Sechs Stunden früher, oder? Sein Büro müsste doch jetzt erreichbar sein.«

»Seine geschäftliche Nummer habe ich nicht.«

»Wieso denn das nicht?«

Sarah antwortet nicht. Vermutlich, weil auch sie hört, dass Tom die Haustür aufschließt und hereinspaziert.

»Wie lieb von dir. Du bist und bleibst die Beste, Sarah.« Er bedankt sich mit einem Wangenkuss bei der hilfsbereitesten Nachbarin der Stadt. »Caroline und ich machen das wieder gut. Was haltet ihr von einem BBQ bei uns im Garten. Nächstes Wochenende?«, bietet er an.

»Du bist am kommenden Wochenende tatsächlich zu Hause?« frage ich und schaue ihn provozierend an.

»Ich komme schon am Donnerstag zurück« antwortet er und geht mit seinem Stapel Hemden ins Obergeschoss.

Sarah verabschiedet sich, und ich begleite sie noch zur Tür. Sie hat die Straße erst zur Hälfte überquert, als Tom mein großes Donnerwetter zu hören bekommt.

»Hast du einen Knall? Wie kommst du auf die hirnrissige Idee, deine Bügelwäsche in der Nachbarschaft abzugeben?«

»Keine Sorge, ich habe nicht verraten, dass sich die Königin der Literatur für diese niederen Arbeiten zu schade ist.«

»Zu schade ist, dass du nicht begreifen willst, worum es hier eigentlich geht!«

»Doch, Caroline, ich habe sehr wohl verstanden, und ich gebe dir genau eine Woche, um wieder zur Vernunft zu kommen und dieses lächerliche Theater zu beenden.«

»Ist das dein letztes Wort?«

»In dieser Sache schon.«

Mich beschleicht das ungute Gefühl, dass er sich gerade lustig über mich macht.

Das Lachen wird dir noch vergehen, Tom!

Vorleserin?

Tom ist fort. Er hat sich ohne Abschied aus dem Staub gemacht. Wenn er glaubt, mich dadurch in die Knie zwingen zu können, irrt er sich. Bestimmt werde ich nicht den ersten Schritt machen und ihn anrufen. Eigentlich habe ich gar keine Zeit, mir Gedanken über den snobistischen Pascha zu machen, dennoch schaue ich regelmäßig auf mein Smartphone, um zu überprüfen, ob ich eine Nachricht von ihm erhalten habe.

Schon den zweiten Tag in Folge bin ich mit meiner Reiseplanung beschäftigt und suche nach günstigen Übernachtungsmöglichkeiten. Der Verlag beteiligt sich nur indirekt an den Kosten, indem er Buchexemplare zur Verfügung stellt. Judith meint, der Deal würde sich für mich lohnen. Ich habe meine Zweifel. Gerade hat sie mir einen Leitfaden geschickt, in dem sie den Ablauf einer Lesung skizziert.

Punkt 1: Stelle dich den Anwesenden vor. Berichte, wie du zum Schreiben gekommen bist, und präsentiere die bisher erschienenen Titel.
Punkt 2: Stelle deinen aktuellen Roman vor, und gib eine Kurzbeschreibung des Inhalts.

Punkt 3: Lies eine Dreiviertelstunde Passagen aus ausgewählten Kapiteln vor, ohne das Ende zu verraten.
Punkt 4: Fordere die Zuhörer auf, Fragen zu stellen.
Punkt 5: Bedanke dich und verweise auf die Signierstunde.

Klingt eigentlich ganz simpel.

Ich kümmere mich um Punkt 3 und markiere gerade die Seiten mit gelben Klebezetteln, als mein iPhone vibriert. Dass Tom es ist, der mich nach Tagen des Schweigens zuerst anruft, bereitet mir eine gewisse Genugtuung, und ich melde mich mit den Worten: »Na du, alles klar bei dir?«

»Ich habe den reinsten Sauhaufen übernommen. Es ist mir schleierhaft, wie mein Vorgänger sich so lange auf dem Posten halten konnte. Ich muss hier dringend Struktur reinbringen.«

»Mit anderen Worten, du kommst morgen nicht nach Hause, richtig?«

»Ich versuche, am Samstag zu kommen.«

»Pah!«, rufe ich aufgebracht und drücke mit einer Silbe aus, was ich von seiner Nachricht halte. Ich hab es doch gewusst! Dieses Szenario hatte ich bereits im Kopf, als er mir die Visitenkarten auf den Tisch gelegt hat. »Darf ich dich daran erinnern, dass du Sarah und Lars zum Grillen eingeladen hast?«

»Das lässt sich doch sicher um eine Woche verschieben.«

»Ja, das lässt es sich bestimmt. Allerdings wird das Barbecue dann ohne mich stattfinden, denn ich bin nicht da.«

»Was soll das denn nun wieder bedeuten?«

»Ich gehe auf Lesereise.«

»Es stimmt also wirklich? Du hast mich nicht auf den Arm genommen?«

»Wieso sollte ich dich veralbern?«

»Deine Geschichte klingt schon sehr unglaubwürdig.«

»Frag Judith, wenn du mir nicht glaubst. Ich starte in Fulda, danach geht es weiter nach Würzburg, Nürnberg und Augsburg. Die letzte Lesung findet in München statt.«

»Bitte? Das erwähnst du so nebenbei?«

»Ich sage es dir jetzt, das sollte wohl reichen! Wenn du willst, dass wir uns vorher noch einmal sehen, empfehle ich dir, deine Umstrukturierungsmaßnahmen aufzuschieben.«

Tom hat es die Sprache verschlagen. Als er nach einer langen Pause noch immer nichts sagt, frage ich, ob er noch dran sei.

»Na dann! Gute Reise!«, flucht er und legt auf.

Jetzt hat er was zum Nachdenken, lache ich innerlich und bereue, dass ich sein Gesicht nicht sehen konnte, als ich die Bombe platzen ließ.

Wie angekündigt ist er am Donnerstag nicht gekommen. Auch der heutige Tag verging ohne eine Nachricht von ihm, und mir ist klar, dass er nach wie vor schmollt. Um zu erfahren, ob er bei Sarah abgesagt hat, frage ich sie lieber selbst. Ich gehe über die Straße und klingele an ihrer Haustür. Statt mich zu begrüßen, winkt sie mich hektisch herein. Sie telefoniert, und ich höre sie sagen: »Don't worry, darling. I promise you, I will try.«

Mir ist sofort klar, mit wem sie spricht, aber warum dieser Rick sich keine Sorgen machen soll und was sie versuchen wird, weiß ich nicht.

»Kennst du dich mit Western Union aus?«, fragt sie mich, nachdem sie aufgelegt hat.

»Was ist das? Davon habe ich noch nie gehört.«

»Egal, ich hab ein PayPal-Konto. Damit sollte es auch klappen.«

»Was klappen?«

Sie bleibt mir die Antwort schuldig.

»Hat Tom sich bei dir gemeldet?«

»Er hat gestern angerufen.«

»Okay, dann weißt du ja Bescheid.«

»Ja, ich freue mich. Brunch klingt doch viel besser als Grillen, zumal Regen angesagt ist.«

»Brunch?«

»Ja, Brunch. Wieso weißt du nichts davon? Sag mal, Caroline, ist bei euch alles in Ordnung?«

»Ja, sicher!«

»Also sehen wir uns morgen. Tut mir leid, dass ich dich jetzt so abfertige, aber ich muss dringend etwas erledigen.«

Auch ich habe noch wichtige Besorgungen zu machen und fahre mit dem Wagen in die Stadt. Nachdem ich drei Paar Ersatzstrumpfhosen gekauft habe, gehe ich in die Apotheke und frage, ob es ein Präparat gegen Nervosität gäbe, denn je näher der Tag meiner Abreise rückt, desto größer wird mein Lampenfieber. Mir wird ein pflanzliches Mittel empfohlen. Kamille, Baldrian, Hopfen, Melisse und Passionsblumenkraut sollen beruhigend, aber nicht ermüdend wirken.

Als ich zu Hause vorfahre, entdecke ich einen weißen Transporter, der unsere Einfahrt blockiert.

»Na endlich!«, raunzt der Fahrer mich an. »Sie haben wirklich Glück, noch länger hätte ich nicht auf Sie gewartet«, schimpft er und öffnet die Schiebetür seines Wagens. Mit drei aufeinandergestapelten Styropor-Boxen bewegt er sich in Richtung Haustür.

»Was ist das? Ich habe nichts bestellt.«

»Herr Winter hat den Auftrag erteilt. Bezahlt ist bereits alles. Würden Sie den Empfang bitte quittieren?«

Ich unterzeichne den Lieferschein und bringe die Kisten in die Küche. Ein Blick auf die Rechnung verrät mir, welche Leckereien Tom bestellt hat. Zwar ärgere ich mich noch immer darüber, dass er mich über seine Idee mit dem Brunch im Unklaren gelassen hat, doch seine Auswahl stimmt mich augenblicklich milde. Ich liebe Antipasti, und für gut gemachtes Vitello tonnato könnte ich einen Mord begehen. Für dieses sogar einen Doppelmord, denn es schmeckt einfach himmlisch. Ich muss mich beherrschen, nicht die ganze Portion auf der Stelle aufzuessen. Noch bevor ich der Versuchung unterliege, verstaue ich die Köstlichkeiten im Kühlschrank.

Kurz darauf höre ich einen Wagen vorfahren. Ein kurzer Blick durch das Fenster zeigt mir, dass Tom gekommen ist. Ich laufe zum Sofa, lege mich hin und stelle den Fernseher an.

»Hey.« Ich blicke nur kurz zu ihm auf.

»Na«, gibt er ebenfalls einsilbig zurück und schaut mich erwartungsvoll an. Vermutlich checkt er, ob noch immer eisige Stimmung zwischen uns herrscht. Doch ich habe mich entschieden, das Ende der Eiszeit einzuläuten, und zeige mich versöhnlich.

»Du siehst müde aus.« Ich habe das Bedürfnis, ihn zu umarmen. Ich setze mich auf, spitze meine Lippen und bekomme den Kuss, den ich wortlos eingefordert habe.

»Und du schmeckst nach Thunfisch. Demnach hat mit der Lieferung alles geklappt.«

»Nette Idee von dir. Aber du hättest mich gern einweihen können.«

»So wie du mich in alles einweihst?«

»Ach Tom«, bettle ich. »Lass uns nicht schon wieder streiten.«

»Was siehst du dir an?«, will er wissen und wirft einen kurzen Blick in den Fernseher.

»Die Freitagabend-Talkshow.« Ich frage, ob ich den Kasten ausstellen soll, aber er verneint. »Gemütlich mit dir fernzusehen, klingt super.« Er geht ins Schlafzimmer, um sich umzuziehen. Als er fünf Minuten später wieder aufschlägt, öffnet er den Kühlschrank und tritt mit einer Schale und einer Gabel zu mir ans Sofa. »Rück ein Stück zur Seite«, bittet er mich und grinst. »Ich staune, Caroline. Du hast dich tatsächlich zurückhalten können?« Vorsichtig schiebt er mir eine Gabel Kalbfleisch mit Thunfisch-Kapern-Soße in den Mund.

»Du weißt, wie du mich rumkriegst«, schnurre ich und schmiege mich noch dichter an ihn.

Nach der kurzen Fütterung geht Tom auf Angriff. Während seine Hände unter mein Shirt wandern, höre ich die Moderatorin fragen: »Hätten bei Ihnen nicht sofort die Alarmglocken läuten müssen?« – »Hinterher lässt sich das leicht behaupten«, antwortet ihr Talkgast. – »Sorry, aber Sie kennen doch sicherlich das Sprichwort: ›Bei Geld hört die Freundschaft auf.‹« – »Ich war blind vor Liebe«, rechtfertigt sie sich und bricht in Tränen aus.

»Worum geht es da?«, frage ich Tom, aber er hat kein Interesse an der weinenden Frau im Fernsehen, sein Verlangen gilt seiner eigenen, die unter seinen zärtlichen Berührungen kurz davorsteht, den Verstand zu verlieren.

»Es war schön«, sage ich und rolle mich auf die Seite.

»Es war bitter nötig, denn ich hasse es, wenn wir streiten.«

»Du hast recht, Tom. Lass uns in der wenigen Zeit, die wir miteinander verbringen können, nicht zanken.«

»Du sagst diesen Blödsinn also ab?«

»Von welchem Blödsinn redest du?«

»Na, ich meine dieses Vorlesen. Mit deinen Fähigkeiten findest du bestimmt einen anderen Job.«

»Einen Job?«

»Meinetwegen musst du nicht arbeiten. Ich habe es nicht so gemeint, als ich dir vorgehalten habe, dass du von meinem Einkommen lebst. Es tut mir wirklich leid, das hätte ich nicht sagen dürfen. Ich weiß, was du hier tagtäglich leistest, und mein Geld ist schließlich auch dein Geld. Ich habe nichts dagegen, dass du dir eine Aufgabe suchst, die dich erfüllt. Aber muss es unbedingt als Vorleserin sein? Es gibt doch bestimmt einen passenderen Job für dich, einen, bei dem du nicht reisen musst.«

»Vorleserin?«, frage ich erstaunt nach.

»Oder wie nennt man das?«

»Das nennt man Autorin oder Schriftstellerin!«

»Ja, so heißt es, wenn die Vorleserin die Bücher selber geschrieben hat.«

»Ich habe die Bücher selber geschrieben! Schau her! Nora Parker, das bin ich!«, sage ich und springe vom Sofa. Es kann mir nicht schnell genug gehen, meinen Laptop hochzufahren und ihm meine Website zu zeigen.

»Lass doch den Unsinn, Caroline. Ich weiß Bescheid, Judith hat mir genau erklärt, worum es bei eurem Deal geht. Und ich sage dir, dass es mir nicht gefällt. Es ist Unrecht, sich für eine andere Person auszugeben.«

»Hast du einen Knall?«

»Warum wirst du schon wieder laut? Ich werde dir doch wohl sagen dürfen, was ich von diesem Täuschungsmanöver halte.«

»Wieso redest du von Täuschung?«

»Wenn du für eine Autorin die Öffentlichkeitsarbeit übernimmst und in ihrem Namen auftrittst, weil sie nicht in Erscheinung treten will, dann nenne ich das Täuschung!«

»Wie kommst du auf die abstruse Idee, ich würde mich als Nora Parker ausgeben? Ich bin Nora Parker!«

»Hör auf, meine Intelligenz zu beleidigen. Von mir aus geh auf diese Reise, aber versprich mir, dass du danach sofort damit aufhörst! Und dein Bild verschwindet auch von dieser Webseite!« Tom scheint mir tatsächlich nicht zuzutrauen, die Urheberin der Romane zu sein. »Komm ins Bett, du verrücktes

Huhn. In wenigen Stunden klingeln die Nachbarn und erwarten, einen gedeckten Tisch vorzufinden.«

»Dann vergiss nicht, dir den Wecker zu stellen. Schließlich war es deine Einladung.«

»Du hilfst mir nicht bei den Vorbereitungen?«

»Würde ich ja gern, aber ich kann nicht. Sehnenscheidenentzündung, wenn du verstehst«, antworte ich und halte meine rechte Hand demonstrativ in die Luft.

»Du bist eine Kröte!«, schimpft er und scheucht mich unter ständigem Kitzeln die Stufen ins Schlafzimmer hinauf. Er liegt noch keine Minute im Bett, als ich ihn schnarchen höre.

»Ach Tom«, seufze ich leise. »Warum kann es nicht öfter so schön mit uns sein?«

Was für ein fantastisches Wochenende, denke ich, als wir zu viert auf der Terrasse sitzen und unter bedecktem Himmel mit unseren Freunden essen, quasseln und lachen. Selbst als Sarah sich am frühen Nachmittag verabschiedet und die Männer allein vor dem Fernseher ein Formel-1-Rennen ansehen, fühlt es sich wie pure Harmonie an. Ich stehe in der offenen Küche vor dem Bügelbrett und kümmere mich um Toms Hemden, als ich Ohrenzeuge der nachfolgenden Unterhaltung werde.

»Warum sollst du es leichter haben als ich?«, höre ich Tom fragen. »Nee, wirklich, Caroline hat auch ihre Macken, aber mittlerweile weiß ich damit umzugehen.«

»Ich habe Sarah vorgeschlagen, Urlaub zu machen, aber sie hat strikt abgelehnt. Das ist doch nicht normal, oder?«, fragt Lars.

Alles klar, mein nichtsahnender Freund von gegenüber kommt seiner Frau langsam auf die Schliche, denke ich, halte mich aber bewusst zurück und widme mich konzentriert meiner Bügelarbeit.

»Wohin wolltest du sie denn entführen?«, erkundigt sich Tom und lacht laut auf, als er das Reiseziel erfährt. »Mit dem Fahrrad durch die Eifel? Junge, du bist wirklich ahnungslos, was Frauenwünsche angeht!«

Besser mit dem Fahrrad durch die Eifel fahren, als im dritten Jahr in Folge gar keinen Sommerurlaub zu machen, möchte ich meinem Mann zurufen. Ferner liegt es mir auf der Zunge, Lars zu raten, mit Sarah einen Kurzurlaub in Kanada zu verbringen. Dafür wäre sie bestimmt zu haben.

»Ist dir nichts an ihr aufgefallen?«, werde ich gefragt.

»Nö, ich finde, sie war wie immer«, antworte ich.

»Egal, was ich mache, es ist alles falsch«, beklagt er sich.

»Rede mit ihr und nicht über sie!«, schlage ich vor. Nenn sie Honey, das macht sie an, und frag sie mindestens zehnmal am Tag, was sie denkt. Mit diesem einfachen Vorgehen ist es Rick gelungen, sie für sich zu gewinnen. Aber das behalte ich selbstverständlich für mich.

»Ich glaube, sie liebt mich nicht mehr«, wimmert er und bittet Tom um einen weiteren Schnaps.

»So schnell entliebt man sich nicht.« Ich beschließe, kein weiteres Wort zu diesem Gespräch beizutragen. Die Gefahr ist zu groß, mich zu verquatschen. Doch mein Vorsatz bleibt ein frommer Wunsch, denn als ich erkenne, dass er bereits eine halbe Flasche Whiskey gebechert hat, sage ich: »Dich abzufüllen ist bestimmt der falsche Weg, um deine Probleme zu lösen! Geh nach Hause, und halte ein Nickerchen!«

Völlig entgeistert schaut Tom mir dabei zu, wie ich unseren Nachbarn über die Straße führe.

Als ich zurück bin, will er wissen, von welchen Problemen ich gesprochen habe.

»Du weißt doch mehr, als du zugibst? Was ist da drüben los?«

»Er ist blau, und Sarah wird ihm später die Hölle heißmachen. Das ist los.«

Als ich am Sonntagmittag meine Sachen zusammensuche, liegt Toms Schalenkoffer bereits fertig gepackt auf unserem Bett. Ich nehme meinen ersten Roman zur Hand und verstecke das Buch mit einer Nachricht unter seinen Hemden.

»Drück mir die Daumen«, bitte ich ihn, als wir uns vor meinem Wagen verabschieden. »Ich bin wahnsinnig aufgeregt und habe Angst, auf ganzer Linie zu versagen.« Doch statt mir Mut zuzusprechen, erwidert er: »Du musst das nicht tun. Ruf Judith an und sag ab!«

Fulda

Das Hotel, das meine Agentin für mich gebucht hat, ist eine kleine Frühstückspension am Stadtrand. Ich lasse mir nach dem Einchecken noch eine Flasche Wasser geben und gehe sofort aufs Zimmer. Nach einer kurzen SMS, in der ich Tom mitteile, dass ich gut angekommen bin, lege ich mich ins Bett und versuche zu schlafen. Doch es bleibt nur bei einem Versuch. Obwohl ich müde bin, will es mir nicht gelingen, Ruhe zu finden. Noch einmal gehe ich die Passagen durch, die ich am nächsten Vormittag vortragen werde. Mittlerweile kann ich den Text schon auswendig aufsagen und lege das Buch zur Seite. Ich brauche Ablenkung und schalte den Fernseher ein. Es läuft die Wiederholung der NDR-Talkshow, die ich am Freitag wegen unserer Schmuserei nicht zu Ende sehen konnte. Die Moderatorin wiederholt die Worte, die ich noch dunkel in Erinnerung habe.

»Hätten bei Ihnen nicht sofort die Alarmglocken läuten müssen?«

»Hinterher lässt sich das leicht behaupten«, rechtfertigt sich ihr Talkgast.

»Sorry, aber Sie kennen doch sicherlich das Sprichwort: ›Bei Geld hört die Freundschaft auf.‹«

»Ich war blind vor Liebe.«

»Trotzdem bewundern wir Ihren Mut, hier offen darüber zu sprechen, und bedanken uns bei Ihnen für Ihren Besuch. Hoffen wir mal, dass Ihre Geschichte allen Frauen eine Warnung ist.«

Nun weiß ich immer noch nicht, weshalb die Frau so bitterlich geweint hat. Weil ich zu spät eingeschaltet habe, werde ich nie erfahren, welche Warnung sie ausgesprochen hat.

Nach dem Frühstück mache ich mich auf den Weg zum Stadtschloss. Dort soll im Rahmen der Kulturtage meine Lesung im Fürstensaal stattfinden. Wie verabredet melde ich mich zuvor im Kulturamt und klopfe an die Zimmertür der Referentin. Sie begrüßt mich freundlich und schaut auf ihren Plan.

»Sie lesen um elf Uhr, Frau Parker. Sind Sie etwa aufgeregt?«

»Das wäre maßlos untertrieben. Heute ist meine Premiere, mir schlottern die Knie«, gebe ich ehrlich zu.

»Keine Sorge! Ich werde Sie anmoderieren und Ihnen ein Zeichen geben. Das Publikum wird Sie schon nicht auffressen, sollten Sie sich mal verhaspeln.«

Ich atme tief durch und sage: »Okay, ich bin bereit«, dann folge ich ihr die Treppe hinunter. Die Tür zum Fürstensaal ist bereits weit geöffnet. Der barocke Prunk der Innenarchitektur wirkt zunehmend Furcht einflößend auf mich. Ob dieser prachtvolle Saal die richtige Umgebung für meine leichte Unterhaltungsliteratur ist? Nach und nach füllen sich die mit rotem Samt bezogenen Stühle; mein Herz rast immer schneller.

Ich setze mich an einen mit Blumen geschmückten Tisch, und ein junger Mann bringt mir ein Tischmikrofon. Mit zittrigen Händen schenke ich mir ein Glas Wasser ein und nippe vorsichtig daran.

Die Frauen in der ersten Reihe schauen mich erwartungsvoll an. Ich weiche ihren Blicken aus und betrachte stattdessen die Decke, die mit aufwendigem Stuck und kunstvollen Bildern aus der antiken Mythologie verziert ist.

Die Tür schließt sich, und die Referentin ergreift das Wort. Ich höre, wie sie meinen Namen nennt.

»Begrüßen Sie Frau Nora Parker.«

Es folgt verhaltener Applaus.

Ich werfe einen letzten Blick auf meine Fünf-Punkte-Liste, von der ich den ersten Punkt streichen muss, da bereits alle Worte in der Anmoderation gesagt wurden. Jetzt heißt es improvisieren. Gar nicht so leicht, wenn der Mund immer trockener wird und sich die Lippen nach innen rollen. Meine Stimme klingt nicht nur dünn, sie klingt auch fremd. Erst als ich das Buch zur Hand nehme und meinen Blick auf die Seiten lenke, löst sich der Knoten in meinem Hals langsam auf. Von Kapitel zu Kapitel werde ich lockerer. Hin und wieder schaue ich sogar direkt ins Publikum. Bisher ist noch niemand eingeschlafen. Ich bekomme ein Zeichen, das mir andeutet, langsam zum Ende zu kommen.

»Ich danke Ihnen für Ihre Aufmerksamkeit. Wenn Ihnen das Zuhören nur halb so viel Freude gemacht hat wie mir das Vorlesen, dann ist meine Premiere geglückt«, sage ich schüchtern und werde mit lautem Beifall belohnt. Ich bin gerührt und gleichzeitig erleichtert, es heil überstanden zu haben.

Die Referentin macht eine merkwürdige Handbewegung, die ich nicht deuten kann. Statt weiterhin Scharade mit mir zu spielen, greift sie zum Mikro und ruft: »Der Buchverkauf mit anschließender Signierstunde findet vor dem Fürstensaal statt.«

Es hat sich wider Erwarten eine lange Schlange gebildet, die vornehmlich aus Frauen besteht. Ich begrüße meine Leser mit einem freundlichen Hallo, schreibe Widmungen, signiere und stelle mich für Selfies zur Verfügung.

»Hallo, was darf ich für Sie schreiben?«, frage ich und schaue auf. Erstaunt stelle ich fest, dass sich auch ein Mann in meine Lesung verirrt hat.

»Für Christian«, erklärt der junge Mann mit auffällig dunkler Stimme.

»Mit K oder Ch?«, frage ich nach.

»Mit Ch – Schreiben Sie einfach nur Chris.«

»Mehr nicht? Das war's?«

»Wie wäre es mit deiner Telefonnummer, oder ist die auch so geheim wie deine Adresse und deine Bankverbindung?«

Ich betrachte den jungen Mann genauer, und plötzlich fällt der Groschen.

»Du bist Chris Rowland, UK! Der tolle Sohn, der keine Mühen scheut, seiner Mutter eine Freude zu bereiten?«

»Ich soll dich herzlich von ihr grüßen. Machen wir ein Foto für sie?« Er zieht sein Smartphone aus der Hosentasche.

Und wieder verziehe ich das Gesicht und sage: »Cheese.«

»Wie lange hast du hier noch zu tun?«

»Wieso?«

»Ich würde dich gern auf einen Kaffee einladen.«

»Nette Idee, aber ich muss gleich weiter.«

»Nach Würzburg?«

»Ja«, nicke ich.

»Nimmst du mich mit?«

Noch bevor ich ihm antworten kann, schimpft die Frau hinter ihm: »Geht es heute noch weiter? Wir wollen auch noch ein Autogramm, junger Herr!« Na, wie ein Herr sieht er in seiner Jeans und seinem krausen Printshirt nun wirklich nicht aus. Damit will ich nicht sagen, dass er eine ungepflegte Erscheinung ist. Wild, frech und jung trifft es eher. Wild, weil seine dunklen Locken ungeordnet über seine Stirn fallen und seine strahlend blauen Augen verdecken. Frech, weil er sich mit den Fingern über seinen Bartschatten streicht und mich erneut fragt, ob ich mich nach der Signierstunde mit ihm treffen würde, und jung …, weil ich ihn höchstens auf Anfang dreißig schätze. Was will der Typ von mir?

»Hallo, was darf ich für Sie schreiben?«, frage ich und schaue demonstrativ an ihm vorbei.

»Für Annika«, entgegnet die Frau und schiebt Chris zur Seite.

»Mit einem N?«

»Doppel-N. Ihre Lesung war toll, Frau Parker. Ich kenne alle Ihre Bücher. Wann erscheint ein neues von Ihnen?«

»Das steht noch nicht fest, aber auf meiner Website wird es rechtzeitig bekannt gegeben.«

Eine Stunde später verlasse ich das Stadtschloss mit einem Umschlag, in dem sich die Verkaufserlöse befinden. Es regnet in Strömen, und ich befürchte, es nicht trockenen Fußes bis zum Parkplatz zu schaffen. Ich werfe einen Blick in den tiefschwarzen Himmel und mir ist klar, dass der Regen noch länger anhalten wird. Kurzentschlossen entledige ich mich meiner Pumps und laufe barfuß über den nassen Asphalt zu meinem Wagen. Schon von Weitem drücke ich den Schlüssel und öffne die Türen. Mit einem lauten Seufzer lasse ich mich auf den Fahrersitz fallen. Als es kurz darauf am Fenster klopft, zucke ich vor Schreck zusammen. Ich lasse die Scheibe herunterfahren und sehe Chris vor mir stehen, dem der Regen aus den pitschnassen Haaren tropft.

»Nimmst du mich nun mit?«

»Steig ein!«, sage ich und beuge mich zur Beifahrerseite hinüber, um ihm die Tür zu öffnen. Wieso er nach Würzburg will, will ich von ihm wissen.

»Weil ich dort wohne.«

»Ich dachte, du wohnst in England.«

»Stimmt. Dort lebe und arbeite ich seit einem Jahr. Aber Würzburg ist meine Heimatstadt.«

»Du schwindelst mich an!«

»Ich und schwindeln? Das kann ich gar nicht!«, schmunzelt er und streicht sich die nassen Haarsträhnen aus dem Gesicht.

»Dann verrate mir, warum du heute extra nach Fulda gekommen bist, wenn ich morgen in deiner Heimatstadt lese. Das macht doch keinen Sinn.«

»Morgen muss ich zurück nach London. Mein Flieger geht bereits in der Früh, und ich wollte mir die Gelegenheit nicht entgehen lassen, dich zu treffen.«

»Warum? Was versprichst du dir davon?«

»Das habe ich dir doch schon geschrieben. Ich will dich kennenlernen.«

»Auch auf die Gefahr hin, dass ich mich wiederhole, frage ich dich zum letzten Mal: Warum willst du mich kennenlernen?«

»Ich möchte wissen, ob das Bild, das ich mir von dir gemacht habe, stimmt.«

»Und? Stimmt es?«

»Das kann ich noch nicht mit Gewissheit sagen. Ich hätte dich für aufgeschlossener gehalten und gehofft, dass du mehr Ähnlichkeit mit deiner Romanfigur hast.«

Ich ziehe die Brauen hoch und erkläre kopfschüttelnd: »Das Buch ist ein Roman und keine Biografie, Chris.«

»Schon klar, aber ich dachte, es würde auch ein Stück von dir in ihr stecken. Deine Protagonistin wirkt so erfrischend, während du …«

»… während ich was?«

»… einen verkniffenen Eindruck gemacht hast.«

»Verkniffen?«, empöre ich mich.

»Ja, sehr zurückhaltend, fast ängstlich.«

»Das mag daran liegen, dass ich eine Scheißangst vor meinem ersten öffentlichen Auftritt hatte.«

»Warum? Es lief doch recht gut.«

»Recht gut? Mit anderen Worten: Es war katastrophal!«

»Es hat aufgehört zu regnen«, bemerkt er richtig und meint vermutlich, dass nun nichts mehr dagegenspräche, jetzt loszufahren.

»Moment«, erwidere ich und steige aus dem Wagen. Mit nackten Füßen gehe ich zum Kofferraum und öffne die Klappe. Mit einem gezielten Handgriff ziehe ich ein Handtuch und meine flachen Schuhe aus dem Gepäck.

»Du zuerst!« Ich werfe ihm das Handtuch zu, damit er sich Gesicht und Arme trocknen kann. Dann nehme ich ihm das Frotteetuch wieder ab und rubbele den Dreck von meinen kaltfeuchten Füßen.

»Also los«, bestimme ich und lege den ersten Gang ein.

Bis zur Autobahn schweigt er. »Wieso hattest du Angst vor der Lesung?«

»Ich bin es nicht gewohnt, im Mittelpunkt zu stehen.«

»Warum haderst du mit dir? Du bist talentiert, du siehst blendend aus. Es besteht gar kein Grund, an dir zu zweifeln.«

»Theoretisch hast du recht, aber …«

»Nichts aber! Ein bisschen mehr Stolz und Selbstvertrauen würden dir nicht schlecht zu Gesicht stehen.«

»Du redest wie ein Motivationstrainer.« Ich ringe mich dazu durch, noch vor der angekündigten Baustelle den Lkw zu überholen.

»Ich rede so, weil ich einer bin«, pariert er meinen Seitenhieb. »Du solltest deine rasante Fahrweise auf deine Auftritte übertragen.«

»Ich fahre dir zu schnell?«

»Ach, Nora, ich glaube, du willst mich nicht verstehen. Du fährst nicht zu schnell, du fährst sicher, weil du weißt, dass du den Wagen beherrschst. Du beherrschst auch dein Schreibhandwerk. Gib einfach Gas, wenn du morgen deine Lesung in Würzburg abhältst. In Gedanken werde ich dir die Daumen drücken.«

»Du musst ein wirklich guter Coach sein, denn du drückst genau die richtigen Knöpfe bei mir«, bedanke ich mich und denke, dass es eigentlich Toms Aufgabe gewesen wäre, mir diese aufbauenden Worte zu sagen. Während ein wildfremder Mann mir Komplimente macht und meine Werke wertschätzt, hält mein Gatte Frauenromane für absoluten Schund.

»Du bist ein leichter Fall«, sagt er und erzählt mir während der Fahrt von seiner Arbeit. Wie er berichtet, gehören vornehmlich Sportler zu seiner Klientel. So manch einen berühmten Fußballprofi hat er schon auf Fernsehauftritte und Interviews vorbereitet.

»Dann bist du ein Medientrainer. Schade, dass wir uns nicht schon vorher getroffen haben. Ein Gespräch vor meinem ersten Auftritt hätte mir wirklich gutgetan.«

»Ich tue dir gut? Das höre ich gern«, freut er sich, und nun bin ich mir sicher, dass er mit mir flirtet.

Da muss ich sofort einen Riegel vorschieben, beschließe ich und sage: »Bestimmt hast du meine Vita gelesen.«

»Ja, sie klingt fast zu schön, um wahr zu sein.«

»Sie ist nicht wahr ...«, beginne ich zögerlich. »Ich bin kein Single ...«

»Und du wohnst auch nicht auf einer nordfriesischen Insel. Ich hab es mir gleich gedacht, als ich dein Autokennzeichen gesehen habe. Stimmt es denn wenigstens, dass du gerne Wein trinkst und lange Spaziergänge liebst?«

»Da ist ein Fünkchen Wahrheit dran«, lache ich.

»Prima, dann weiß ich ja, wie wir den Abend verbringen. In welchem Hotel wohnst du? Ich hole dich später ab.«

»Ich weiß nicht ...«, murmele ich.

»Du weißt nicht, in welchem Hotel du absteigst?«

»Ich weiß wirklich nicht, ob das eine gute Idee ist.«

»Ach, Nora! Bitte werde jetzt nicht wieder rückfällig. Überleg doch mal, was deine Romanfigur in dieser Situation geantwortet hätte.«

Ich überlege kurz und zitiere aus einer Szene, die dieser ziemlich ähnlich ist. »Sie sagte: ›Um acht, aber du zahlst!‹«

»Da vorn an der Ecke kannst du mich rauslassen«, erklärt er, und ich halte den Wagen an. »Also um acht? Wo darf ich dich abholen?«

»Gar nicht, Chris.«

»Warum nicht?«

»Ich möchte später noch zu Hause anrufen, meine Abrechnung machen und mich auf den morgigen Tag vorbereiten.«

»Schade«, sagt er knapp und löst den Sicherheitsgurt.

»Es war schön, dich kennengelernt zu haben!« Ich will ihm meine Hand reichen, aber ich greife ins Leere.

»Das war doch kein Kennenlernen«, widerspricht er, klappt die Tür zu und marschiert über die Straße, ohne sich noch einmal umzudrehen.

Ich übernachte in einem City-Hotel. Es gehört zu einer bekannten Hotelkette und wird vornehmlich von Geschäftsreisenden besucht. Noch bevor ich beschließe, im Restaurant zu Abend zu essen, rufe ich Tom an. Er ist recht wortkarg und zeigt wenig Interesse an meinen Ausführungen.

»Caroline, ich bin in einer Besprechung. Kannst du nicht später noch mal anrufen?«

»Ich hab dir doch schon alles erzählt. Gleich werde ich etwas essen, dann gehe ich schlafen. Bis morgen, Tom.«

»Ja, lass uns morgen reden. Jetzt ist es wirklich ungünstig.«

Für ihn ist es ungünstig, für mich ist es viel zu früh. Zu früh, um von der Abendkarte zu speisen, und viel zu früh, um hungrig ins Bett zu gehen. Schnell erledige ich meine Abrechnung und trage die Verkaufszahlen in ein Excel-Programm auf meinem Computer ein. Langeweile treibt mich an, online zu gehen und meine Nachrichten zu checken. Keine. Noch nicht einmal Judith hat sich bei mir gemeldet, um zu fragen, wie es gelaufen ist. Dafür finde ich auf Facebook eine PN. Sie ist von Chris, der mir gerade geschrieben hat.

> *Habe völlig vergessen, dir für morgen alles Gute zu wünschen. Du packst das. LG Chris*

Ich bereue gerade, ihm einen Korb gegeben zu haben. Was ist denn gegen ein Glas Wein und einen Spaziergang einzuwenden? Chris war ein guter Unterhalter. Und jetzt mal im Ernst, Caroline Winter! Der Junge ist zehn, wenn nicht sogar fünfzehn Jahre jünger als du. Glaubst du wirklich, der will dir an die Wäsche? Natürlich nicht! Ich raffe mich auf, ihm zu antworten.

> *Steht dein Angebot noch? Ich wohne im Hotel* Ibis. *Solltest du noch Lust haben, etwas zu unternehmen, dann lass den Portier kurz bei mir durchrufen. Meine Zimmernummer lautet 211. Ich komme dann runter. LG Nora*

Seit zwei Stunden kontrolliere ich immer wieder meine Nachrichten. Chris hat nicht geantwortet. Vermutlich hat er meine Nachricht noch gar nicht gesehen. Ich entscheide mich, nicht länger auf Antwort zu warten, und schalte den Computer aus. Mit dem Lift fahre ich ins Erdgeschoss und studiere während der Fahrt die Speisekarte, die im Fahrstuhl aushängt. Laute Jubelschreie löst das Angebot nicht bei mir aus. Überhaupt finde ich das Lokal wenig einladend und beschließe, mich im Ort umzugucken.

Nach einem langen Fußmarsch durch die Innenstadt lande ich schließlich vor einem Imbiss und bestelle mir eine Currywurst. Noch vor Einbruch der Dunkelheit bin ich wieder zurück.

Bevor ich mich ins Bett lege, nehme ich eine heiße Dusche. Heute ist es Hunger, der mich am Einschlafen hindert, denn richtig satt bin ich von dem Snack nicht geworden. Noch einmal überprüfe ich mein Smartphone und den Laptop nach neuen Nachrichten. Weder Tom noch Judith oder die Kinder haben sich gemeldet. Meine Nachricht an Chris ist nach wie vor ungelesen. Ich lösche das Licht und wälze mich von einer Seite auf die andere.

Gleich nachdem der Wecker am nächsten Morgen geklingelt hat, stehe ich auf und putze mir im Bad gerade die Zähne, als das Haustelefon läutet. Ich spucke den Schaum der Zahnpasta ins Waschbecken und tapse zum Nachtschrank, nehme den Hörer ab und melde mich mit: »Ja, bitte?«

»Frau Parker, in der Lobby wartet ein junger Mann auf Sie. Moment bitte, ich reiche das Telefon an ihn weiter.«

»Lust auf einen schnellen Kaffee?«

»Chris?«

»Ja, ich bin es. Also wie sieht es aus?«

»Gemeinsames Frühstück? Warum nicht. Gib mir zehn Minuten.«

»So viel Zeit hab ich nicht. Ich muss gleich weiter zum Flughafen. Okay, ich komme rauf«, sagt er. Bevor ich widersprechen kann, legt er auf.

Panisch laufe ich zurück ins Bad und betrachte mein Spiegelbild.

»Oh Gott!«, stöhne ich und greife zur Bürste, um meine Haare zu bändigen, die wild vom Kopf abstehen. »Make-up, Puder, Lippenstift«, ruft meine innere Stimme, doch sie wird vom energischen Klopfen an der Tür übertönt.

»Hey«, grüße ich und verstecke mein verschlafenes Gesicht hinter vorgehaltener Hand.

Ohne mich anzusehen, tritt er ein.

»Hast du schon mal versucht, dir aus lauter Wut in den Hintern zu beißen?«, fragt er.

»Du meinst, richtig zuzubeißen? Nein, ich fürchte so gelenkig bin ich nicht.«

»Ich hab's versucht, nachdem ich heute Morgen deine Nachricht gelesen habe.«

»Ist doch nicht schlimm«, antworte ich und stiere noch immer auf den Boden.

»Schwarz oder mit Milch und Zucker?«

Erst jetzt merke ich, dass er Kaffee mitgebracht hat.

»Schwarz!« Ich nehme ihm einen Becher ab und trinke einen Schluck.

»Das wäre nicht passiert, wenn wir Telefonnummern ausgetauscht hätten. Hier hast du meine Karte. Bitte ruf mich nach deiner Lesung an. Ich will unbedingt wissen, wie es gelaufen ist. Aber jetzt muss ich leider los.«

»Hast du noch einen Tipp für mich?«, frage ich ihn, als er schon an der Zimmertür steht.

Er dreht sich um und grinst. »Wirf dich nicht wieder in diese Verkleidung. Gestern hast du gewirkt wie eine Vorstandssekretärin. Behalte einfach deinen Schlafanzug an, darin siehst du wirklich hinreißend aus.«

Er ist weg, und ich bin sprachlos. Was meinte er mit Verkleidung? Etwa das sündhaft teure Kleid, das Judith spendiert hat? Ich nehme es aus dem Schrank und halte es mir vor dem Spiegel an. Urplötzlich gackere ich los. Er hat recht. Das Kleid ist wirklich nicht mein Stil. Warum habe ich mich bloß breitschlagen lassen? Was geht es Judith an, was ich anziehe? Ich bin die Autorin, und wenn ich lese, werde ich auch bestimmen, welche Klamotten ich trage. Dieses Kleid auf jeden Fall nicht!

Würzburg

Mit der Hälfte meiner gestrigen Einnahmen gehe ich in die Stadt und kaufe mir drei neue Shirts, farblich passend zu der hellen Jeans, die ich vorsichtshalber eingepackt habe. Mit einem Coffee to go in der einen und einem Rosinenbrötchen in der anderen Hand schlendere ich durch die Einkaufsstraße und halte vor der Buchhandlung, in der heute Abend meine zweite Lesung stattfinden wird. Kurzentschlossen trete ich ein und frage nach der Besitzerin.

»Toll, dass Sie so spontan einspringen, Frau Parker. Ihre Bücher sind gestern auch noch rechtzeitig eingetroffen. Jetzt wird alles gut. Ich dachte schon, ich müsste meinen Kunden mitteilen, dass keine Lesung stattfindet.«

»Für wen springe ich denn ein?«, frage ich vorsichtig, denn dass ich ein Lückenbüßer bin, war mir bisher nicht bekannt.

Sie deutet wortlos auf ein Buchcover auf dem Tresen.

»Bitte? Für Peter Sanders? Der Mann ist ein international erfolgreicher Bestsellerautor. Und ausgerechnet ich soll ihn vertreten? Das wird in einem Fiasko enden!«, rufe ich aufgebracht.

»Wieso denn?«

»Na, weil er Krimis schreibt und ich nicht.«

»Hauptsache ist doch, die Veranstaltung findet statt.«

»Ich glaube nicht, dass sie stattfinden wird!« Erbost ziehe ich mein Handy aus der Tasche, um Judith anzurufen. »Bist du meschugge?«, blaffe ich sie an. »Warum hast du mir nicht verraten, dass ich vertretungsweise in Würzburg lesen soll?«

»Warum ist das wichtig? Hauptsache, du liest!«

»Hier werden heute Abend Liebhaber von Kriminalromanen herkommen. Wenn ich aus meinem Buch vorlese, laufe ich Gefahr, ausgepfiffen oder mit Tomaten beworfen zu werden.«

»Dann fahr nach Hause, du alte Memme! Aber sei dir darüber im Klaren, dass der Verlag dich wie eine heiße Kartoffel fallen lässt, solltest du tatsächlich abbrechen. Ich reiße mir ein Bein aus, um kurzfristig Lesungen für dich zu organisieren. Statt mir dankbar zu sein, benimmst du dich derartig unprofessionell, dass mir die Worte fehlen.«

»Dann leg ich jetzt auf. Vielleicht fällt dir ja später noch ein, weshalb du mich nicht vorgewarnt hast! Denn über eines solltest du dir im Klaren sein, ohne eine plausible Erklärung kommst du nicht davon!«

Ich rufe Tom an. Er soll mir bestätigen, dass ich mich nicht grundlos aufgeregt habe. Doch nach seiner Antwort bleibt mir glatt die Luft weg. »Bitte, Caroline, verschone mich mit diesen Banalitäten. Ich habe wirklich Wichtigeres im Kopf als deine Hirngespinste.«

»Du hast das Buch noch immer nicht gelesen, stimmt's?«

»Welches Buch?«

»Das Buch, das ich dir in den Koffer gelegt habe.«

»Ich habe meinen Koffer bisher noch gar nicht ausgepackt. Warte! Ich bekomme gerade einen wichtigen Anruf!«

Ich warte nicht, sondern lege beleidigt auf, denn wichtig scheine ich ihm nicht zu sein.

Nach der Lesung, die ich selbstverständlich nicht abgesagt habe und die besser verlief als befürchtet, bin ich mit der Buchhändlerin auf einen Wein ausgegangen. Aus einem Glas wurden vier, und ich liege völlig beduselt im Bett, als mein Telefon klingelt und mich aus dem Tiefschlaf reißt.

»Tom!«, murmele ich völlig verschlafen. »Hast du eine Ahnung, wie spät es jetzt ist?«

»Du hast nicht zurückgerufen!«

»Ich werde dich auch künftig nicht mehr anrufen. Morgens bist du gerade auf dem Sprung, mittags steckst du in einer Besprechung, und nachmittags erwartest du wichtige Anrufe.«

»Jetzt hätte ich Zeit.«

»Jetzt bin ich müde! Gute Nacht!«

Nürnberg

Sollte es auf der A3 zu keinen Staus kommen, liegt eine Autofahrt von knapp anderthalb Stunden vor mir. Mein Smartphone bimmelt ständig, aber wenn ich rangehe, ist niemand dran. Ich fahre den nächsten Rastplatz an und schaue unter Mitteilungen nach, aber ich habe keine SMS erhalten. Das Symbol meiner Facebook-App zeigt eine dicke Acht. In der Raststätte besorge ich mir ein Wasser und habe dank WLAN Zugang ins Netz. Gespannt öffne ich meine Seite. Leser aus Fulda und Würzburg haben Selfies von sich und mir gepostet. Das neueste Bild wurde mit folgenden Worten kommentiert: *Meine überglückliche Mom mit Nora, die mich immer noch nicht zurückgerufen hat.* Ja, spinnt der denn? Das kann er doch nicht öffentlich posten! Ich suche verzweifelt in meiner Handtasche nach seiner Karte. Nach meiner Weiterfahrt reihe ich mich rechts ein und wähle seine Nummer. Über die Freisprechanlage telefoniere ich mit ihm. Es soll nur eine kurze Ansage werden. »Bitte vermeide künftig Kommentare dieser Art«, fordere ich ihn auf.

Aber er lacht mich aus. »Auf Nachrichten reagierst du ja nicht.«

»Ich bin im Auto und kann nicht ständig online sein.«

»Du hast versprochen, mich anzurufen!«

»Das hab ich nicht! Du hast mir einfach deine Karte gegeben!«

»Und du hast sie behalten. Und nicht nur das freut mich. Du hast auch meinen Rat befolgt. Ehrlich, Nora, du hast gestern toll ausgesehen. Was trägst du heute?«

»Wieder Jeans und Shirt.«

»Laut Aussage meiner Mom war deine Lesung ein voller Erfolg.«

»Ja, es lief deutlich entspannter als in Fulda. Dabei wollte ich schon absagen.«

»Du wolltest deine Leser enttäuschen? Warum?«

»Ich musste für Peter Sanders einspringen.«

»Der Name sagt mir nichts.«

»Nicht? Der Typ schreibt einen Bestseller nach dem anderen. Aber reden wir nicht ständig von mir! Hast du es noch rechtzeitig zu deinem Flieger geschafft?«

»Ja, leider.«

»Warum leider?«

»Ich wäre lieber bei dir geblieben.«

»Chris! Sag doch so was nicht!«

»Ich muss ständig an dich denken.«

»Dann scheinst du nicht wirklich viel zu tun zu haben«, ziehe ich ihn auf.

»Leg auf, Nora, ich gehe in mein Büro und ruf dich vom Firmenanschluss zurück, dann kostet es dich nichts.«

»Nicht nötig. Ich muss mich schließlich auf den Verkehr konzentrieren.«

»Bis gleich«, bestimmt er einfach und legt auf.

Ganz schön dreist, denke ich und schmunzle. Als er sich fünf Minuten später zurückmeldet, fordert er mich auf, mein Radio auszustellen. »Hör genau zu. Du kannst doch Englisch, oder? Dieses Lied höre ich ständig, weil es mich an dich erinnert.« Er fragt, ob ich den Song kenne, den er mir vorspielt.

»Kenne ich nicht. Weder den Titel noch den Interpreten. Außerdem kann ich kaum etwas hören.«

»Ich schicke dir später den Link.«

»Ich leg jetzt auf.«

»Nein, bitte noch nicht. Wenn ich dich schon nicht sehen kann, will ich wenigstens deine Stimme hören.«

»Warum? Was soll das bringen?«

»Ich mache dich verliebt in mich!«

Ich muss laut prusten. Der Bengel hat echt ein Rad ab. »Hast du eine Ahnung, wie alt ich bin?«

»Alter ist doch nur eine Zahl.«

»Dann merk dir die Zahl fünfzehn! So groß ist unser Altersunterschied! Wäre ich frühreif gewesen, könnte ich deine Mutter sein.«

»Du übertreibst!«

»Wie alt bist du, Chris?«

»Vierzig? Einundvierzig?«

»Du Spinner!«, lache ich, denn ich weiß, dass er maßlos übertreibt.

»Wie alt muss ich denn sein, um dir zu gefallen?«

Jetzt ist der richtige Zeitpunkt gekommen, um ihm zu sagen, dass ich verheiratet und Mutter von zwei erwachsenen Kindern bin.

»Mist, mein Oberguru ist im Anmarsch. Ich muss auflegen, Nora. Bis später.«

Kann es sein, dass mein Herz schneller schlägt? Warum muss ich ständig grinsen?

Meine gute Laune begleitet mich den ganzen Tag. Ich fühle mich beschwingt, und genauso halte ich auch meine Lesung in Nürnberg ab, die diesmal in ungezwungener Atmosphäre in einem kleinen Café stattfindet. Im Anschluss sitzen einige

Leser und ich bei einem Drink zusammen und unterhalten uns angeregt. Es ist das erste Mal, dass ich direkten Kontakt zu meinen ›Fans‹ habe, und es macht riesigen Spaß, mich mit ihnen auszutauschen.

Der Tag ist wie im Flug vergangen, und ich bedaure es, jetzt wieder allein in einem Hotelzimmer zu hocken.

Tom hat mir eine SMS geschrieben und mir mitgeteilt, dass er das Buch zwar gefunden habe, ob und wann er Zeit finden würde, es zu lesen, könne er jedoch nicht sagen. Bei ihm herrsche das blanke Chaos.

»Och je!«, rufe ich sarkastisch aus.

Keine weiteren Nachrichten. Jasper und Nelli nehmen meine Videoanrufe nicht an. Sie sind nicht zu Hause. Vermutlich tun sie das, was auch ich in ihrem Alter getan habe. Sie ziehen um die Häuser, was in London sicherlich ein größeres Vergnügen ist als in unserer Vorstadt. Meine Kinder leben und studieren schon im dritten Semester auf der Insel, aber Tom und ich haben sie kein einziges Mal besucht. Das wird sich ändern! Am übernächsten Wochenende werden wir ihnen einen Besuch abstatten. Ich werde meinen Mann gar nicht erst fragen, ob er Zeit und Lust hat, sondern ihm die Flugtickets einfach vor die Nase halten. Sollte er nicht zustimmen, werde ich ihn mit Gewalt in den Flieger schubsen.

Ja, das ist eine gute Idee, die sofort in die Tat umgesetzt wird.

Augsburg

»Fast geschafft«, murmele ich und suche mir in einem Gartenlokal einen Platz, an dem ich ungestört an meinem Roman weiterarbeiten kann. Ich habe mich gerade in Rage geschrieben, als sich mein Laptop ausstellt und mich zwingt, ins Hotel zurückzukehren und den Computer ans Stromnetz anzuschließen. Mein kleines Zimmer verfügt über keinen Schreibtisch, und weil ich nur im Sitzen arbeiten kann, beschließe ich, es für heute gut sein zu lassen.

Tom fragt per SMS, ob ich schon schlafe. Ich rufe ihn sofort zurück. Er will wissen, wann ich in München fertig bin.

»Schwer zu sagen«, antworte ich, »denn ich weiß nie, wie lange die After-Show-Party dauert.«

»After-Show-Party? Geht's nicht 'ne Nummer kleiner?«

»Das sagt man so, wenn man nach der Veranstaltung noch etwas mit den Lesern unternimmt.«

»Ich wollte dir vorschlagen, dass wir etwas unternehmen. Ich könnte zu dir nach München kommen. Das wäre günstiger, als den langen Weg nach Hause zu fahren.«

»Tolle Idee!«, lobe ich ihn.

»Ob es klappt, weiß ich morgen.«

Wir wünschen uns noch eine gute Nacht und legen auf.

Kurz darauf klingelt mein Telefon erneut. Es ist Sarah, die mich aufgebracht fragt, wo ich stecke.

»Ich bin nicht zu Hause«, erkläre ich, ohne ihr meinen genauen Aufenthaltsort zu verraten.

»Das habe ich auch schon gemerkt. Ich muss dringend mit dir sprechen. Ich glaube, ich habe einen großen Fehler gemacht.«

»Geht es um deinen Rick?«

»Genau um ihn geht es, aber ich kann es dir jetzt nicht erzählen. Ich bin nicht allein«, flüstert sie.

»Ich komme erst Sonntagnacht zurück. Vor Montag können wir uns nicht sehen.«

»Hast du gestern Abend die ZDF-Talkshow gesehen?«

»Nee, hab ich nicht. Was habe ich verpasst?«

»Du kannst dir die Sendung in der Mediathek ansehen. Es geht um den zweiten Gast. Ich muss jetzt auflegen.«

Sarahs geheimnisvolle Andeutung hat mich neugierig gemacht. Noch einmal fahre ich meinen Laptop hoch und öffne die Mediathek des Zweiten Deutschen Fernsehens. Es kommt nur eine Talkshow infrage. Als der Moderator zu Beginn der Sendung seine Gäste vorstellt, ahne ich schon, welchen Beitrag ich mir ansehen soll. Bei dem zweiten Gast handelt es sich um die Frau, die in der anderen Sendung bitterlich geweint hat. Diesmal weint sie nicht und berichtet von ihren Erfahrungen mit einem Romance-Scammer, ohne eine Träne zu vergießen. Der Begriff hat mir bisher noch nichts gesagt. Aber nun erfahre ich, was es damit auf sich hat. Es handelt sich um Männer, die im Internet gezielt Ausschau nach alleinstehenden Frauen halten, sich mit ihnen anfreunden, um sie später abzuzocken. Sie überschütten ihre Opfer mit Komplimenten, erschleichen sich ihr Vertrauen und gaukeln ihnen schon nach kurzer Zeit die große Liebe vor. Wenn sie sich ihrer Zuneigung sicher sind, holen sie zum Schlag aus und bitten die Frauen, ihnen aus einer brenzligen Lage zu helfen. Die meisten zahlen, ohne zu wissen, an wen sie ihr Geld verschleudern, denn die Person, die ihnen eine Beziehung in Aussicht gestellt hat, existiert gar nicht.

»Es war alles gefakt«, höre ich die Frau klagen. »Der Name, der Beruf, die Adresse, die herzzerreißende Familiengeschichte und nicht zuletzt die Fotos.«

»Mit anderen Worten, der charmante Oberleutnant auf den Bildern war gar nicht der Absender?«

»Nein, bei dem Mann auf den Fotos handelt es sich um einen verheirateten Familienvater, der völlig ahnungslos war und sich empört zeigte, als er davon erfahren hat, für diesen Betrug missbraucht worden zu sein.«

»Bitte nehmen Sie es mir nicht übel, aber auf mich machen Sie den Eindruck, eine patente und kluge Frau zu sein. Wie konnte es passieren, dass Sie auf diesen Schwindler hereingefallen sind?«, will der Moderator von ihr wissen.

»Hinterher ist man immer schlauer.«

»Und ärmer! Wie viel Geld haben Sie dem Phantom denn gezahlt?«

»Alles! Meine ganzen Ersparnisse«, gibt die Geschädigte offen zu.

»Schön blöd!«, rufe ich aufgebracht dazwischen. »Wie dumm kann frau nur sein!«

Oh Gott, jetzt wird mir klar, weshalb Sarah mich so dringend sprechen wollte. Das meinte sie also mit: Don't worry, darling. I promise you, I will try! Auch ihr Rick ist ein Phantom, dem sie via PayPal Geld transferiert hat. Mir könnte so etwas nicht passieren! Wie kann man sich bloß auf eine Internet-Bekanntschaft einlassen, frage ich mich. Und was ist das mit dir und Chris, stellt meine innere Stimme die Gegenfrage und ruft: Wehret den Anfängen!

Obwohl ich finde, dass man das nicht miteinander vergleichen kann, beschließe ich, kein Risiko einzugehen und entfreunde mich bei Facebook sofort von ihm und allen anderen Männern. Damit habe ich allen Eventualitäten vorgebeugt.

Meine Gedanken kreisen weiterhin um Sarah. Wie sie sich wohl fühlt, nachdem sie sich eingestehen musste, einem Betrüger auf den Leim gegangen zu sein? Wie geht man mit so einer Schmach um?

Ich suche noch nach einer Antwort, als mein Telefon klingelt.

»Was hast du gemacht? Ich wollte dir eine Nachricht schreiben und kann deine Facebook-Seite nicht mehr aufrufen. Warum hast du mich blockiert?«

»Ich will das nicht mehr, Chris! Der Kontakt zu dir hat Ausmaße angenommen, die über eine normale Fanbetreuung hinausgehen.«

»Ich verstehe dich nicht!«

»Das zwischen uns wird mir zu persönlich! Du tauchst einfach in meinem Hotelzimmer auf. Du rufst mich zu nächtlicher Stunde an. Das geht einfach nicht!«

»Was ist passiert, dass du so kratzbürstig bist?«

»Siehst du! Du machst es schon wieder! Meine Laune ist meine Privatsache und geht dich nichts an! Ich lege jetzt auf und werde deine Nummer aus meinem Handy löschen.«

Gesagt – getan!

München

»Caroline, bitte sei nicht böse, aber ich fürchte, es bleibt nur bei meiner Absicht, dich später zu treffen. Egal, wie ich mich drehe und wende, ich kann hier heute unmöglich weg.«

»Ach, Tom! Merkst du eigentlich noch was?« Ich schreie ihn nicht an, meine Stimme klingt eher traurig, denn genau das bin ich auch.

»Ich gelobe Besserung. Versprochen!«

»Verdammt, ich vermiss dich!«, jaule ich.

»Es tut mir leid!«

»Das tröstet mich gerade nicht.«

»Nächstes Wochenende machen wir es uns schön«, verspricht er.

»Da kannst du sicher sein! Ich habe uns Flüge nach London gebucht. Am Freitag geht es für drei Tage zu den Kindern.«

»Tolle Idee!«, lobt er meinen Vorschlag.

»Ja, an Ideen mangelt es uns nicht«, äußere ich betrübt und spiele auf das gemeinsame Wochenende in Bayerns Hauptstadt an, das mal wieder ausfällt, weil meinem Mann die Arbeit wichtiger ist als alles andere.

»London wird stattfinden. Ich gebe dir mein Wort!«, gelobt er hoch und heilig.

Es ist erst elf Uhr vormittags; das Thermometer klettert bereits an die Dreißig-Grad-Grenze. Wer bei dieser Affenhitze Lust auf eine Lesung haben soll, frage ich mich. Im Wagen ist die Wärme dank Klimaanlage erträglich, aber als ich aussteige, habe ich das Gefühl, jemand schlägt mir mit dem Hammer auf die Stirn. Ich werde mich in meiner langen Jeans zu Tode schwitzen. Hastig werfe ich einen Blick auf die Uhr, um zu sehen, ob mir noch genügend Zeit bleibt, ein leichtes Kleid oder eine Bermudashorts zu kaufen. Die Angst, zu spät zu meinem Termin zu erscheinen, überwiegt, und so gehe ich in langer Hose zum vereinbarten Ort.

Meine Befürchtungen bestätigen sich gleich nach dem Eintreten. Es sind lediglich vier Leute anwesend, die mir zuhören wollen. Es handelt sich um den Inhaber der Buchhandlung und seine Mitarbeiter.

»Lassen wir es ausfallen«, schlage ich vor.

»Auf gar keinen Fall«, höre ich eine Männerstimme hinter meinem Rücken. »Ich bin extra aus London angereist und bestehe darauf, dass die Veranstaltung stattfindet.«

Verdammt! Was macht Chris denn hier?

»Sag mal, stalkst du mich?«, fahre ich ihn erbost an.

»Ich habe schon seit Tagen ein Ticket für diese Veranstaltung«, erklärt er mit einem Lächeln und zieht tatsächlich eine Eintrittskarte aus der Tasche.

Ich lasse ihn einfach stehen und wende mich an den Inhaber der Buchhandlung: »Das müssen wir uns doch beide nicht antun. Meinetwegen können wir es ausfallen lassen«, schlage ich vor und hoffe, dass er mir sofort zustimmt.

»Lassen Sie uns noch eine halbe Stunde warten, Frau Parker, sollten bis dahin keine weiteren Kunden aufschlagen, schließe ich den Laden, und Sie erhalten eine Aufwandsentschädigung.«

Ich will keine Aufwandsentschädigung. Ich will hier so schnell wie möglich raus. Nur gut, dass Tom sein Kommen abgesagt hat. Wie peinlich wäre es für mich geworden, ihm klarzumachen, dass niemand zu meiner Lesung erschienen ist. Das wäre ja Wasser auf seine Mühlen. Er könnte wieder behaupten, dass es sich bei meiner Arbeit um reinen Blödsinn handelt.

Als der Buchhändler mir zustimmt und wir uns verabschieden, mischt Chris sich ein.

»Ich bestehe auf die Lesung. Ich bin ein Fan und möchte dir einige Fragen stellen.«

»Du willst mich befragen? Nur zu! Da drüben ist eine Eisdiele. Ich gebe dir die Möglichkeit, mir Fragen zu stellen, während ich eine Kugel Erdbeereis esse. Danach verziehst du dich!«

Breit grinsend folgt er mir über die Straße. »Eine Kugel Erdbeere für die Dame, und ich nehme zwei, Schoko und Banane, bitte.« Mit zwei Eistüten kommt er auf mich zu und fragt, ob wir gehen oder sitzen wollen.

»Was soll der Mist?«, fauche ich ihn an.

»Ich habe letzte Nacht dein Erstlingswerk gelesen. Ich würde gerne wissen, warum du auf ein Happy End verzichtet hast.«

»Verarsch mich nicht!«

»Ich will mit dir über deine Bücher sprechen. Ich bin ein begeisterter Leser deiner Romane, und deine Aufgabe ist es, deine Fans bei Laune zu halten. Also wirst du mir den Wunsch doch wohl nicht abschlagen.«

»In der Liebe gibt es nicht immer ein Happy End. Das wirst du noch erfahren, wenn du in meinem Alter bist!«

»Und schon wieder sprichst du über dein Alter. Damit scheinst du wirklich ein Problem zu haben.«

»Ich habe gar kein Problem!«

»Verdammt, Nora! Was spricht denn dagegen, dass wir miteinander befreundet sind? Dass wir uns schreiben oder uns anrufen, wenn wir aneinander denken? Bin ich dir denn so unsympathisch?«

»Das ist es nicht.«

»Sondern?«

»Hast du schon mal von Romance Scam gehört?«

»Liebesbetrug? Nee, was ist das?«

»Lass uns in einen Biergarten gehen und uns ein schattiges Plätzchen suchen, dann erzähle ich dir davon und berichte dir, was meiner Freundin widerfahren ist.«

Der nächste Biergarten liegt nicht in Fußwegweite. Chris bietet sich an, uns mit seinem Leihwagen dorthin zu fahren. Bei einem Weißbier berichte ich ihm von Sarah, ohne ihren Namen zu nennen.

»Aber du unterstellst mir doch wohl nicht ernsthaft solche Absichten? Erstens bin ich kein Phantom, ich sitze leibhaftig vor dir, und an deinem Geld bin ich auch nicht interessiert.«

»Du hast selbst genug?« Langsam löst sich meine Beklommenheit.

»Geld ist mir nicht wichtig.«

»Nicht?«, forsche ich belustigt nach.

»Ich habe andere Prioritäten.«

»Du machst mich neugierig.«

»Wirklich? Das ist mehr, als ich noch vor einer Stunde zu hoffen gewagt habe.«

Ich komme zurück auf Sarah. Über sie zu reden, scheint mir unverfänglicher zu sein, als ihn über seine Gefühle sprechen zu lassen.

»Du hättest sehen sollen, wie ihre Augen gefunkelt haben, als sie von ihm erzählt hat. Sie hat mir gesagt, dass morgens ihr erster Weg zum Computer führt, nur um zu gucken, ob er ihr geschrieben hat. Kannst du dir das vorstellen?«

»Aber ja. Genauso ergeht es mir auch. Ich schaue auch ständig, ob du mir geantwortet hast. Nur mit dem Unterschied, dass ich betrübt den PC herunterfahre, weil du dich nicht bei mir meldest.«

»Ach Chris!«

»Was? Genauso verhält es sich, warum sollte ich es abstreiten?«

»Ich bin verheiratet!« So, nun ist es raus.

Er reagiert betont gelassen auf meine Verkündung. Ohne die Miene zu verziehen, bemerkt er trocken: »Das ist deine Freundin auch.«

»Aber meine Ehe ist in Ordnung. Ich würde sie nicht so leichtfertig aufs Spiel setzen wie sie.«

»In Ordnung? Das klingt ja sehr überzeugend. Wo ist er denn? Wo steckt dein Mann? Es ist Wochenende, warum ist er nicht hier bei dir?«

»Ich will nicht mit dir über meinen Mann sprechen.«

»Einverstanden, denn das turnt mich gerade ziemlich ab. Darf ich uns noch was bestellen?«

»Keinen Alkohol für mich. Ich will gleich nach Hause fahren.«

»Gleich?«

Besser sofort als gleich, denke ich, als mich sein Blick trifft. Was hat dieser Mann nur an sich, dass es mir nicht gelingen will, ihn in die Wüste zu schicken?

»Wann geht dein Flieger?«

»Du bestimmst, wann ich zurückfliege.« Er greift nach meiner Hand.

»Chris, das geht so nicht«, entscheide ich forsch und ziehe sie sofort zurück.

»Es geht nicht, weil du nicht willst oder weil du dich nicht traust?«

»Beides!« Ich nehme die Speisekarte vom Tisch. Ich verstecke mein Gesicht hinter der Karte und hole tief Luft. »Hendl, Hax'n oder Leberkäs?«

»Weder noch. Ich nehme eine Portion hausgemachten Obazda mit Zwiebelringen und anschließend Ausg'zogne in Zimtzucker, oder hattest du noch vor, mich heute zu küssen? Dann würde ich auf die Zwiebeln verzichten.«

Ich lache schallend und schimpfe ihn einen Unverbesserlichen. »Und du?«

»Ich kann mich nicht entscheiden. Es klingt alles so lecker. Vielleicht die Spareribs mit Barbecue-Soße oder doch lieber den Rollbraten mit Kartoffel- und Krautsalat?«

»Bestell alles und eine Flasche Obstler dazu«, schlägt er vor.

Es bleibt für mich bei Leberkäs mit einer Laugenbrezel.

»Gut, dass ich in Norddeutschland zu Hause bin. Hier würde ich mich dumm und dämlich futtern«, verkünde ich mit vollem Mund.

»Stimmt. Ich habe gar nicht gewusst, wie sehr mir das gewohnte Essen fehlt. Seitdem ich in England wohne, weiß ich deutsche Küche erst richtig zu schätzen. Brot und Wurst vermisse ich am meisten.«

Es ist, als würde mein Sohn Jasper zu mir sprechen. Auch er hat kürzlich die gleichen Worte zu mir gesagt.

»Meine Kinder studieren in London«, sage ich ganz beiläufig und schaue ihn erwartungsvoll an. Spätestens jetzt sollte er begreifen, dass ich die Falsche für ihn bin.

»Jungen oder Mädchen?«, erkundigt er sich interessiert. »Und was studieren die beiden?«

»Ich sage dir gerade, dass ich Mutter von zwei erwachsenen Kindern bin. Was sie studieren, ist doch völlig egal!«

»Die beiden haben Glück. Sie haben eine junge Mutter, meine Mom ist gerade siebzig geworden, aber sie ist enorm fit für ihr Alter. Du hast sie kennengelernt.«

»Ich wusste nicht, um wen es sich handelt. Sie hat sich nicht zu erkennen gegeben. Anders als du war sie deutlich zurückhaltender.«

»Sie verehrt dich nur und ist mit einer Signatur von dir zufrieden. Ich hingegen …«

»Herr Ober, zahlen bitte!«, rufe ich laut und kann seine Liebesbeichte noch im letzten Moment stoppen. »Fährst du mich zurück?«, bitte ich und ziehe mein Portemonnaie aus der Handtasche. Ich bestehe darauf, die Rechnung zu teilen.

Mürrisch rundet Chris seinen Anteil großzügig auf und folgt mir zu seinem Wagen.

»Woran arbeitest du zurzeit? Wann erscheint dein nächster Roman?«, will er wissen, und ich antworte, dass es gar nicht sicher sei, ob es überhaupt noch weitere Bücher von mir geben wird.

»Mein letztes Manuskript wurde abgelehnt.«

»Warum?«

»Verstehe ich auch nicht. Ich finde, es war eine gute Geschichte.«

»Dann ist es auch so! Du hast ein feines Gespür, und so, wie ich dich kennengelernt habe, leidest du nicht an Selbstüberschätzung. Bei dir ist eher das Gegenteil der Fall.«

»Willst du das Manuskript lesen? Ich schicke dir eine Kopie.«

»Du nimmst mich wieder in deinen Freundeskreis auf?«, fragt er und parkt seinen Wagen in unmittelbarer Nähe von meinem Auto.

»Ich sende dir eine Mail«, verspreche ich.

»Ich fühle mich geehrt.«

»Danke für den schönen Samstag.«

»Danke für den viel zu kurzen Samstag«, antwortet er mit einem unwiderstehlichen Lächeln.

»Freunde?«, biete ich an.

»Klingt besser als: ›Stalkst du mich?‹«

»Mach es gut, mein Lieblingsstalker.«

»Bye, bye, Mrs Nora Parker. Hope to see you soon, very soon!«, ruft er mir hinterher und verlässt hupend, winkend und mir Luftküsse zuwerfend den Parkplatz.

Als ich an meinen Wagen trete, hört mein Herz für einen Augenblick auf zu schlagen.

Kein Geringerer als Tom lehnt an der Beifahrerseite meines Autos und starrt mich wutschäumend an.

»Alles klar, Mrs Parker. Ich hoffe, Sie hatten eine aufregende Zeit. Seit wann setzt du mir Hörner auf?«

»Tom?«, rufe ich laut hinter ihm her.

Aber er setzt sich in seinen Wagen und braust mit quietschenden Reifen davon.

Verdammter Mist! Nun ist aber eine Erklärung fällig.

Tom ist an meinen Erklärungen nicht die Spur interessiert. Er hat mich bereits fünfmal weggedrückt. Als er mich endlich zu Wort kommen lässt, knurrt er lediglich: »Pah«, und legt gleich wieder auf.

Ich fahre nach Ingolstadt zu seiner neuen Niederlassung, doch sein Wagen steht nicht vor dem Firmengebäude. In welchem Hotel er logiert, weiß ich auch nicht.

Wo bist du, schreibe ich ihm. Lass uns reden, biete ich an, aber ich erhalte keine Antwort.

Ich hoffe, dass er nach Hause gefahren ist, doch als ich sieben Stunden später unsere Einfahrt erreiche, brennt kein Licht im Haus. Von Tom fehlt jede Spur.

Bodenlose Unverschämtheit

Gleich morgens um halb neun starte ich einen neuen Versuch und rufe bei ihm in der Firma an. Diesmal legt er nicht gleich auf.

»Warum bist du einfach abgefahren? Weshalb hast du meine Anrufe nicht angenommen?«, beschwere ich mich.

Überheblich entgegnet er: »Nicht du hast das Recht, mich ins Verhör zu nehmen. Die Fragen stelle ich!«

»Dann frag mich! Ich hätte die Situation längst aufklären können, wenn du mich gelassen hättest.«

»Ich bin sehr gespannt auf deine Erklärung, aber ich werde mir deine Ausflüchte nicht am Telefon anhören. Ich will in dein Gesicht sehen, wenn dein Lügengerüst zusammenfällt.«

»Ich habe gar keine Veranlassung, dich zu belügen. Du hast die Situation völlig fehlinterpretiert.«

»Ich lege jetzt auf.« Wieder macht es *klick*.

Wie ist der denn drauf?

Ich wundere mich noch immer über seinen rüden Ton, als es an der Haustür klingelt und Sarah mit verheulten Augen in den Flur stürmt. »Sind wir allein?«

Ich nicke stumm.

»Caroline, ich glaub, ich drehe noch durch! Hast du den Beitrag in der Mediathek gesehen? Glaubst du, dass auch Rick einer dieser Männer sein könnte, von denen die Rede war?«

»Hast du ihm Geld überwiesen?«, quetsche ich sie aus, obwohl mir die Antwort bereits klar ist.

»Zweitausend Euro. Wenn das rauskommt, bin ich geliefert.«

»Warum hast du das getan?«

»Rick war in einer Notsituation. Er wurde nachts auf dem Parkplatz vor seiner Kanzlei überfallen und beraubt. Geistesgegenwärtig hat er sofort seine Kreditkarten sperren lassen. Aber er brauchte doch dringend Geld für die Behandlung seiner Tochter. Wie hätte ich da Nein sagen können?«

»Warum hast du ihm nicht vorgeschlagen, Freunde oder Familienangehörige um Geld zu bitten? Mensch, Sarah! Wie konntest du einem wildfremden Mann zweitausend Euro schicken?«

»Rick ist mir doch nicht fremd!«

Sie spricht in der Gegenwartsform von ihm, und ich befürchte, dass sie noch immer die Augen vor der bitteren Wahrheit verschließt.

»Er antwortet nicht auf meine Mails und geht auch nicht mehr an sein Handy.«

»Und das gibt dir nicht zu denken?« Ich warte darauf, dass sie endlich erkennt, dass dieser Mann sie nur abzocken wollte. »Ist seine Facebook-Seite denn noch verfügbar?«

»Ja, aber er ist nicht mehr online.«

»Ruf die Seite auf! Vielleicht finden wir einen Hinweis darüber, wer sich tatsächlich hinter dem Profil versteckt.«

Während ich mir die Bilder ansehe, die er von der Stadt und ihren Sehenswürdigkeiten gepostet hat, kommt mir sofort in den Sinn, dass es sich um typische Postkartenmotive handelt, die man sich haufenweise aus dem Netz herunterladen kann. Ich werfe einen flüchtigen Blick auf seine Kommentare und sage Sarah auf den Kopf zu, dass es sich bei ihrem Rick bestimmt nicht um einen Kanadier handelt.

»Seine Englischkenntnisse entsprechen denen eines Fünftklässlers! Allein in diesem Satz stecken drei Rechtschreibfehler.«

»Seine Muttersprache ist ja auch Französisch«, verteidigt sie ihn.

»Aber so formuliert doch kein erwachsener, gebildeter Mann. Wach endlich auf, Sarah, und gesteh dir ein, dass du einem Betrüger zum Opfer gefallen bist.«

»Ich kann das nicht glauben! Bestimmt gibt es eine ganz einfache Erklärung dafür, dass er sich zurzeit nicht meldet.«

»Mach dir lieber Gedanken darüber, wie du Lars erklären willst, wo die zweitausend Mücken geblieben sind.«

»Würdest du mir eventuell aushelfen? Ich schwöre dir, du bekommst es in monatlichen Raten auf Heller und Pfennig zurück.«

Ich schlucke. Sie fragt mich wirklich, ob ich ihr zweitausend Euro leihen würde? Die Summe ist auch für mich kein Pappenstiel. Und richtig wohl ist mir bei der Sache nicht.

»Warum machst du nicht endlich reinen Tisch und sprichst mit Lars? Er wird dir verzeihen. Er liebt dich.«

»Hast du noch mehr tolle Tipps auf Lager?«

»Ehrlich währt am längsten«, rate ich und meine es auch so. Sich noch weiter in Lügen zu verstricken, halte ich für keine gute Idee.

»Ich bin gekommen, um dich um Unterstützung zu bitten. Hätte ich Interesse an Kalendersprüchen, bräuchte ich einfach in meiner Küche an die Wand zu schauen. Ist es dein letztes Wort, dass du mir das Geld verwehrst?«

»Sarah, ich kann dir eine so hohe Summe nicht leihen, ohne dass Tom davon Wind bekommt. Auf meinem Konto sind gerade noch …«

»Vergiss es! Du bist eine tolle Freundin!«, faucht sie mich an und verlässt eingeschnappt mein Haus.

Was war denn das für ein Auftritt? Haben wir Vollmond? Oder weshalb drehen heute alle durch?

Ich versuche, wieder zur Normalität überzugehen, und beschäftige mich mit Einkaufen, Putzen, Waschen und Kochen.

Als ich gegen achtzehn Uhr noch immer allein bin, setze ich mich an den Schreibtisch und arbeite weiter an meinem Manuskript.

Endlich fährt Toms Wagen vor, und ich warte gespannt darauf, dass er zur Tür hereinkommt. Doch es vergehen Minuten, und nichts passiert.

Ich spähe aus dem Küchenfenster und sehe, dass er sich im gegenüberliegenden Vorgarten mit Lars unterhält. Ich frage mich, ob Sarah meinem Rat gefolgt ist und nun doch gebeichtet hat.

Seine Begrüßung besteht allein aus einem bösen Blick, und mir fällt auf, dass seine Nasenflügel vor Wut beben. Ich habe keine Ahnung, was ihn antreibt, in diesem Ton mit mir zu reden. Reden? Nein, er redet nicht, er schreit mich an.

»Was zum Teufel ist in dich gefahren, Caroline? Reicht es dir nicht, mich zum Narren zu halten? Musst du mich auch noch zum Gespött in der Nachbarschaft machen?«

»Wovon redest du denn?«

»Ich rede davon, dass du mir faustdicke Lügen auftischst, nur um dich mit deinem jungen Lover zu treffen! Wie lange geht das schon mit ihm?«

»Ich habe keinen Lover! Was unterstellst du mir denn?«

»Ich habe dich durchschaut, Caroline. Um mir etwas vorzumachen, musst du früher aufstehen. Wie armselig du bist! Hast du wirklich geglaubt, ich kaufe dir dieses Märchen von deiner Schriftstellerei ab? Von wegen Lesereise! Du hast dir dieses lächerliche Märchen bloß ausgedacht, um ungestört vögeln zu können.«

»Ich war auf Lesereise in Fulda, Würzburg, Nürnberg, Augsburg und München.«

»Ich war auch in München! Und dort fand keine Veranstaltung statt!«

»Die wurde wegen Hitze abgesagt.«

»Bitte verkauf mich nicht für dumm!«

»Dann schau doch auf meiner Facebook-Seite nach. Dort haben Leser Fotos gepostet.«

»Deine Facebook-Seite kenne ich bereits. Warum steht dort, dass du Single bist?«

»Das hat mit meiner geschönten Vita zu tun. Ich hatte ohnehin vor, Judith zu bitten, das zu ändern.«

»Das ist nicht mehr nötig! Die Seite verschwindet, und du wirst diesen Job an den Nagel hängen! Ich habe bereits mit Judith gesprochen und ihr mitgeteilt, dass du nicht weiter zur Verfügung stehst.«

»Du hast was? Bist du noch ganz dicht?«

»Die Frage gebe ich zurück. Bist du noch ganz dicht? Wie kannst du dir von Sarah Geld leihen?«

»Das ist ja eine bodenlose Unverschämtheit! Hat Sarah tatsächlich behauptet, sie hätte mir Geld geliehen? Na, die kann was erleben!«, fluche ich und gehe zur Haustür, aber Tom hält mich zurück.

»Wir sind noch nicht fertig, meine Liebe!«, brüllt er und reißt an meinem Arm.

»Du tust mir weh!«, schreie ich laut.

»Warum, Caroline? Nenne mir einen Grund, weshalb du unser Leben mit Füßen trittst! Ist es deine Rache dafür, weil ich den Posten angenommen habe?«

»Ich lüge nicht, ich betrüge dich nicht, und ich hab mir gewiss kein Geld von Sarah geliehen! Es ist ungeheuerlich, was ich mir hier anhören muss!«

»Eine ziemlich mickrige Entschuldigung! Warum bist du so feige und gibst es nicht einfach zu?«

»Ich habe nichts zuzugeben, und entschuldigen solltest du dich besser bei mir! Aber nicht jetzt! Ich bin gerade so geladen, dass jedes weitere Wort zu viel ist!«

Ich gehe ins Schlafzimmer und heule vor Wut.

Tom sitzt im Wohnzimmer und kippt sich einen hinter die Binde.

Vollidiot

Es geht schon auf neun Uhr zu. Ich habe bereits zweimal aus dem Fenster gesehen und nach seinem Wagen Ausschau gehalten. So wie es scheint, hat Tom noch immer nicht das Haus verlassen. Ich will ihn nicht sehen. Genau aus diesem Grund verharre ich weiterhin im Bett. Erst als ich Wasserrauschen aus dem Badezimmer höre, stehe ich auf und schleiche mich leise hinunter ins Wohnzimmer. Ich staune, als ich die leere Schnapsflasche auf dem Tisch entdecke. Mit der Morgenzeitung unterm Arm gehe ich wieder hinauf. Als wir uns auf der Treppe begegnen, liegt es mir auf der Zunge, ihm zu sagen, dass er furchtbar aussehe. Aber ich bleibe stumm und wünsche ihm im Stillen, er möge einen gewaltigen Kater haben, obwohl nur Kopfschmerzen als Strafe für sein ungehöriges Verhalten nicht ausreichen. Wenn es nach mir ginge, sollte er noch unter krampfartigem Brechdurchfall leiden.

Zehn Minuten später höre ich die Kaffeemaschine gurgeln. Es klappen Schranktüren in der Küche. Er ruft die Treppe hinauf, dass ich runterkommen soll, weil er Frühstück zubereitet habe.

Ich ignoriere seinen Ruf. Er glaubt doch nicht wirklich, dass ich jetzt seelenruhig mit ihm Kaffee trinken werde und so tue, als wäre der gestrige Abend nicht passiert. Tom hat sich gehörig danebenbenommen und mich mit seinen Anschuldigungen zutiefst verletzt. Es ist mehr als ein Frühstück nötig, um ihm zu verzeihen.

Kurz darauf lugt er durch die Schlafzimmertür. »Hast du mich nicht gehört? Ich habe Kaffee gekocht.«

»Schleich dich!«, knurre ich und ziehe mir die Decke über den Kopf.

»Komm runter! Ich will mit dir reden!«

»Schlag einen anderen Ton an, mein Lieber. Ich bin keine deiner Angestellten, und du bist hier nicht der Boss! Apropos, hast du heute gar nicht vor, ins Büro zu fahren?«

»Warum? Bringe ich etwa deinen Tagesplan durcheinander? Was hast du denn so Wichtiges vor, wobei ich stören würde? Steht dein junger Beschicker etwa schon in den Hufen und wartet auf dein Startzeichen? Dann sag ihm, er soll sich gedulden.«

»Du bist ja völlig durchgeknallt!«, schimpfe ich, verlasse das Schlafzimmer und gehe in die Dusche.

Endlich verlässt er das Haus, und ich atme tief durch. Langsam beruhigt sich mein Puls, aber der Moment dauert nur kurz an.

Judith ist am Telefon und fragt mich aufgebracht, was bei mir zu Hause los sei.

»Gestern hat Tom mich angerufen …«, berichtet sie.

Ich möchte augenblicklich vor Scham im Boden versinken. Ich habe es für leeres Gerede gehalten, doch so wie es aussieht, hat Tom tatsächlich mit ihr gesprochen. Wie peinlich, denke ich.

»Er hat mich übel beschimpft und mir aufgetragen, alle Seiten mit deinem Foto aus dem Netz zu nehmen.«

»Ja, er dreht gerade völlig durch. Es tut mir leid, Judith.«

»Du wirst dich doch nicht wirklich seinem Wunsch beugen und mit dem Schreiben aufhören? Caroline, wir sind nicht mehr in den Fünfzigern, als es nötig war, den Ehemann um Erlaubnis zu bitten, wenn die Frau einer Arbeit nachgehen wollte.«

»Ich weiß gar nicht, was in ihn gefahren ist. Er unterstellt mir, ich hätte die Lesereise bloß vorgeschoben, um mich mit einem anderen Mann zu treffen.«

»Und hast du?«

»Nun hör aber auf!«

»Und wer war der Jüngling in München?«

»Na, sicher nicht mein Lover!«, gebe ich empört zurück. Meine Güte, Judith ist ja über jede Einzelheit unterrichtet.

»Stürz dich in die Arbeit! Wie weit bist du mit deinem neuen Roman? Wann bekomme ich die ersten Kapitel zu lesen?«

»Bin noch nicht sehr weit gekommen.«

»Egal, schick mir, was du hast. Und wegen Tom … mach dir keine Sorgen, der kommt schon wieder runter.«

Ja, das wäre ihm sehr zu wünschen. Und dennoch würde ich gern wissen, wer oder was ihn so auf die Palme gebracht hat. Eine Person fällt mir spontan ein. Sarah!

Sie wird mir sofort Rede und Antwort stehen und mir erklären, weshalb sie mich mit ihrer dreisten Lüge in solche Schwierigkeiten gebracht hat.

Ich schließe gerade die Haustür hinter mir, als ich sie mit ihrem Wagen abfahren sehe. Mein Anruf auf ihrem Handy landet auf der Mailbox, die Funktion, ihr eine Nachricht zu hinterlassen, ist ausgeschaltet.

»Ich kriege dich schon noch zu fassen, du hinterhältige Kuh!«, wüte ich und fahre meinen Laptop hoch, um meine bisher fertiggestellten Seiten an Judith zu schicken.

So sehr ich mich auch bemühe, ich bekomme den ganzen Tag nichts Vernünftiges zustande. Ich sitze im Garten und versuche, konzentriert zu arbeiten, doch leider nur mit mäßigem Erfolg. Ich schreibe eine Seite und lösche sie kurz darauf.

Gegen Nachmittag meldet sich meine Agentin erneut. Judith lobt mich für die ersten Seiten und fragt, wie die Geschichte weitergeht. Sie fordert mich auf, ihr noch heute das fertige Exposé zu übermitteln.

»Schmink dir das ab! Und bitte setz mich nicht ständig so unter Druck. – Ich weiß, dass du es nur gut mit mir meinst, aber ich muss erst mit Tom sprechen, bevor ich …?«, sage ich, als mein Mann unvermittelt vor mir steht und mir das iPhone aus der Hand reißt. Wo ist er denn auf einmal hergekommen? Er muss sich angeschlichen haben, denn ich habe ihn gar nicht bemerkt.

»Hier ist Tom Winter. Das Gespräch mit meiner Frau ist jetzt beendet. Solltest du noch einmal anrufen, machst du Bekanntschaft mit meiner Faust! Such dir eine Gespielin in deinem Alter!« Er legt auf und schleudert das Telefon meterweit ins Blumenbeet.

»Drehst du jetzt völlig durch?«, schreie ich ihn an. »Was erlaubst du dir?«

»Ich erlaube mir, deinem Jüngling den Arsch zu versohlen, sollte er es noch einmal wagen, hier anzurufen!«

»Der Jüngling war Judith!«

»Judith setzt dich unter Druck?«

»Wir haben über meinen neuen Roman gesprochen!«

»Es reicht mir, Caroline. Ich habe die Nase gestrichen voll und lass mich nicht länger von dir zum Narren halten. Ich packe jetzt meine Sachen und bin weg.«

»Du verwechselst hier was. Ich halte dich nicht zum Narren, du hingegen benimmst dich wie einer!«

»Gestern war ich noch bereit, dir zu verzeihen, aber dass du heute noch immer nicht mit der Wahrheit rausrückst, ist einfach zu viel.«

»Ich kann mich nur wiederholen. Ich habe mir nichts zuschulden kommen lassen!«

»Dann haben wir unterschiedliche Auffassungen von Schuld. Es ist besser, wenn ich für die nächsten Tage einen Abflug mache.«

»Und London? Wir wollten doch die Kinder besuchen!«

»Welche Kinder? Ich dachte, du bist ledig und hast nur zwei Katzen und einen Hund!«

»Vollidiot!«

»Ja, Mrs Nora Parker, du hast es tatsächlich geschafft, einen Vollidioten aus mir zu machen!«

Schlechtes Timing

Sarah ist abgetaucht. Ob es tatsächlich stimmt, dass sie ihre kranke Schwester besucht, wie Lars behauptet, möchte ich stark bezweifeln.

»Richte ihr aus, sie soll sich umgehend bei mir melden!«, befehle ich dem Ahnungslosen.

Aber weder meine verlogene Nachbarin noch Tom melden sich bei mir. Ich lade beide in Gedanken ein, mir den Buckel runterzurutschen, und packe meinen Koffer, denn ich habe nicht vor, die Tickets verfallen zu lassen. Für den Fall, dass der Vater meiner Kinder doch noch zur Vernunft kommt, lege ich seine Reiseunterlagen auf den Küchentisch.

Meinen Vorsatz, die Kinder zu überraschen, werfe ich kurz vor meinem Abflug über Bord. Weil sie nicht den Eindruck bekommen sollen, dass ich ihnen einen Kontrollbesuch abstatten will, informiere ich sie über mein Eintreffen per SMS. Jetzt haben sie noch Gelegenheit, Ordnung in ihre WG zu bringen. Eigentlich ist es mir völlig egal, ob es bei ihnen aufgeräumt ist oder nicht, denn ich habe nicht vor, bei ihnen zu übernachten. Ich habe ein Doppelzimmer gebucht.

Das komfortable Hotel liegt im Stadtteil Kensington. Von außen betrachtet ähnelt das imposante Gebäude dem Hotel

Atlantic in Hamburg. Dort wollte ich zwei unvergessliche Tage mit meinem Mann verbringen. Doch wie es scheint, hebt der Flieger ohne ihn ab, und ich werde das breite Kingsize-Bett allein für mich haben.

Gleich nach der Landung erfolgt die zweite Ernüchterung. Jasper hat auf meine Kurzmitteilung geantwortet. *Hey, Mom, bin am Wochenende gar nicht in der Stadt. Warum kommst du nicht in der nächsten Woche? LG Jasper*

»Für diesen Vorschlag ist es jetzt zu spät, mein Sohn«, maule ich leise vor mich hin. Während ich mich von einem Taxi ins Hotel bringen lasse, versuche ich, Nelli zu erreichen.

Es klingelt bereits viermal, bevor sie meinen Anruf annimmt.

»Habe deine Nachricht gerade gelesen. Warum habt ihr nicht vorher Bescheid gegeben? Ihr habt echt ein Scheiß-Timing, wenn ich das sagen darf.«

Ich finde, sie darf das nicht sagen. Ein wenig mehr Begeisterung hätte ich von meinen Kindern schon erwartet.

»Heute und morgen kann ich euch auf gar keinen Fall treffen. Vielleicht schaust du dir mit Papa erst die Sehenswürdigkeiten an, und ich versuche, wenigstens den Sonntag für euch freizuschaufeln.«

»Ich bin allein hergekommen.«

»Warum denn das?«

»Dein Vater arbeitet«, erkläre ich kurz und bin mir sicher, dass Daddys kleiner Liebling gerade mit den Augen rollt. »Mach dir keinen Kopf! Ich werde mich auch ohne dich und deinen Bruder zurechtfinden. Schließlich habe ich einen Reiseführer im Gepäck.«

»Bist du jetzt sauer, Mama?«

Sauer? Nein, das Wort trifft auf meine Gefühlslage nicht zu. Ich bin enttäuscht, aber davon soll meine Tochter nichts mitbekommen. »Alles okay, Nelli«, beruhige ich sie.

»Jetzt hab ich ein ganz schlechtes Gewissen.«

»Das ist überflüssig. Ich werde mir ein schönes Wochenende machen. Es gibt schließlich viel zu sehen. Mach dir bitte keine Gedanken um mich.«

Ich bin kein Mensch leerer Worte und habe meine Absicht gleich in die Tat umgesetzt. Nach dem Einchecken im Hotel habe ich mich ins Zentrum begeben und die Sehenswürdigkeiten der Stadt im Bild festgehalten. Buckingham Palace, den berühmten Uhrturm mit Big Ben und die Tower Bridge waren innerhalb von zwei Stunden im Kasten. Ich poste meine Selfies auf meiner Autorenseite und beschließe, den Abend im Restaurant bei einem vorzüglichen Dinner zu beschließen.

Mein Ribeye-Steak, für das ich ohne Beilagen stolze 27 Pfund hinblättern darf, bleibt mir fast im Hals stecken, als sich ein Paar aus dem Schwäbischen an den Nebentisch setzt. Die beiden sind in meinem Alter und genießen ihr romantisches Zusammensein, während ich allein am Tisch sitze und eine Stinkwut auf meine Familie habe.

»Ein schönes Hotel, nicht wahr, Schätzelchen?«, fragt er sie, und sie antwortet: »Ein Traum, Schätzelchen. Auf deine Wahl kann ich mich stets blind verlassen.«

»Einen Aperitif, Schätzelchen?«

»Such du einen für uns aus, mein Schätzelchen.«

»Aber dann wählst du die Vorspeise, Schätzelchen«, säuselt er ihr zu und streicht zärtlich über ihre Hand.

Ich hoffe, dass die beiden möglichst schnell ihre Bestellung erhalten und für einen Moment den Rand halten. Ihr überlautes Geplänkel raubt mir nicht nur den letzten Nerv, sondern zeigt mir schmerzlich, wie mein Dinner verlaufen wäre, hätte Tom mich wie geplant begleitet.

»Lecker, oder, Schätzelchen?«

»Ganz vorzüglich, Schätzelchen.«

So, das war's! Sagt einer von den beiden noch einmal das Wort *Schätzelchen*, dann flippe ich aus.

»Schätzelchen, kannst du die Dame am Nebentisch bitten, uns das Salz zu reichen?«

Mit der Dame vom Nebentisch bin ich gemeint.

»Excuse me, please«, sagt Herr Schätzelchen zu mir und bittet mich um den Salzstreuer.

»Bitte!«, erwidere ich kurz und reiche ihm die Menage.

»Ach, Sie kommen auch aus Deutschland?«, schlussfolgert die Frau, die offensichtlich ein Problem mit ihren Geschmacksnerven hat, denn wenn diese Speisen eins nicht nötig haben, dann ist es Salz.

»Reisen Sie ganz allein, Sie Arme?«, horcht er mich aus.

Die arme Frau, die ganz alleine reist, lügt, dass sich die Balken biegen. »Mein Mann und ich sind mit dem Schiff angereist. Er fühlt sich noch immer nicht wohl. Der Wellengang hat ihm schwer zu schaffen gemacht.«

»Ach, das kennen wir. Mein Mann und ich sind auch keine Fans von Kreuzfahrten, oder, Schätzelchen? Wir beide bereisen die europäischen Metropolen lieber mit dem Flugzeug. Drei- bis viermal im Jahr gönnen mein Schätzelchen und ich uns eine Auszeit von den Kindern und fliegen einfach für ein verlängertes Wochenende davon. Stimmt doch, Schätzelchen, oder? Wir sind ja schließlich nicht allein Eltern und haben das Recht, auch mal nur an uns zu denken, oder wie sehen Sie das?« Ihr schrilles Lachen ist noch unerträglicher als ihr Dialekt.

»Haben Sie auch Kinder?«, will der neugierige Schwabe von mir wissen.

»Sieben!«

»Respekt! Wie schaffen Sie das?«

»Gar nicht, wir haben alle Kinder gleich nach der Geburt zur Adoption freigegeben. Blagen und mein Beruf vertragen sich einfach nicht miteinander.«

»So? Was machen Sie denn beruflich?«, stammelt er irritiert.

»Ich betreibe einen internationalen Callgirl-Ring. Wenn Sie mal die Schnauze von Schätzelchen voll haben und Ihnen der Sinn nach etwas Abwechslung steht, dürfen Sie mich gerne kontaktieren«, biete ich ihm nüchtern an und bitte den Ober um die Rechnung.

Das dumme Gesicht von Frau Schätzelchen ist mit keinem Geld dieser Welt zu bezahlen.

Noch immer muss ich grienen, als ich die Rezeption passiere.

»Mrs Winter, Sie haben eine Nachricht erhalten«, ruft der Portier mir zu und reicht mir einen Zettel.

Mein Schätzelchen ist endlich zur Vernunft gekommen, schreit es laut in mir auf. Ich bin mir sicher, dass Tom auf dem Weg zu mir ist. Es wird doch noch ein schönes Wochenende, rede ich mir ein. Aber das bleibt reines Wunschdenken. Die Nachricht stammt von Nelli, die um Rückruf bittet. Das hätte sie auch einfacher haben können, denke ich, hole mein Handy aus der Handtasche und stelle es an. Ich entdecke vier Anrufe in Abwesenheit: zwei von meiner Tochter, einen von Jasper, und der vierte ist von Chris. Er hat mir sogar eine SMS geschickt, die ich zuerst lese.

Du bist in London und sagst mir kein Wort? Böse Nora!
Können wir uns treffen? Ruf mich an. Bitte! LG Chris

Ganz sicher nicht, beschließe ich und melde mich bei Nelli zurück.

Sie schlägt einen unverhältnismäßig scharfen Tonfall an und poltert gleich los.

»Wieso erzählst du mir, dass Papa arbeitet?«

»Weil er immer arbeitet«, gebe ich trocken zurück.

»Was geht zu Hause ab?«, kreischt sie fast hysterisch, und ich befürchte, dass sie bereits mit ihrem Vater gesprochen und sich wie erwartet auf seine Seite geschlagen hat, ohne sich meine Version der Geschichte anzuhören. Töchter! Ich habe keine Lust, mich ihr gegenüber zu rechtfertigen, und behaupte, bei uns sei alles in Ordnung.

Sie reicht das Telefon an Jasper weiter, der mir die gleiche Frage stellt, sich allerdings nicht im Ton vergreift.

»Bist du gekommen, um mit uns zu reden? Stimmt es, was Papa sagt, du hast wirklich einen Liebhaber?«

»Nein, Jasper. Ich habe nicht einen Liebhaber, ich habe fünf. Für jeden Wochentag einen, und ich bezahle die jungen Kerle mit Geld, das ich mir in der Nachbarschaft leihe!« Unbändige Wut überfällt mich. Wie kann Tom es wagen, die Kinder mit seinen abstrusen Anschuldigungen zu behelligen?

»Und was hast du morgen vor?«, fragt mein Sohn, ohne auf meinen Sarkasmus einzugehen, und empfiehlt mir den Besuch des Naturhistorischen Museums in der Exhibition Road.

»Mal sehen! Ich entscheide mich spontan.«

Ich lasse mir eine Flasche Wein aufs Zimmer bringen und stelle meinen Laptop an. Meine Fotos auf Facebook haben schon einige Likes erhalten.

Plötzlich öffnet sich das Nachrichtenfenster. Chris fragt, ob ich einen schönen Tag hatte.

Der Tag war okay, antworte ich.

Wie lange bleibst du in der Stadt?

Bis Sonntagmittag.

Bist du allein?

Und wie allein ich bin, denke ich, ignoriere aber seine Frage.

Wollen wir telefonieren?

Noch bevor ich ihm schreiben kann, klingelt mein Handy.

»Verdammt, Chris! Du kannst mich nicht einfach anrufen! Was hättest du gesagt, wenn mein Mann ans Telefon gegangen wäre?«, schimpfe ich.

»Ich hätte gesagt, hier spricht der Lieblingsstalker Ihrer Frau. Würden Sie sie mir bitte ans Telefon holen.«

»Das wäre dir tatsächlich zuzutrauen, du verrückter Kerl.«

»Du bist also allein.«

»Wie kommst du darauf.«

»Sonst hättest du meinen Anruf wohl weggedrückt. Und? Was stellen wir beide jetzt an? Lust auf ein Glas Wein?«

»Ich trinke bereits ein Glas. Dabei liege ich gemütlich auf dem Bett und gucke aus dem Fenster.«

»Und was siehst du?«

Ich amüsiere mich über seine listige Frage, die nur dazu dient, herauszubekommen, wo ich mich aufhalte. »Netter Versuch.«

»Du könntest mir auch einfach verraten, in welchem Hotel du abgestiegen bist.«

»Ich wohne im Stadtteil Kensington. Mehr erfährst du nicht.«

»Dann bist du bloß einen Katzensprung von mir entfernt.«

»Ja, so nah und doch so fern«, kichere ich albern.

»Was hast du für den morgigen Tag geplant, Nora?«

»Mein Sohn hat mir einen Besuch im Natural History Museum empfohlen.«

»Du interessierst dich für Fossilien und Skelette von Dinosauriern und Blauwalen? Wollen wir die Zeit nicht lieber sinnvoller nutzen?«

»Ich ziehe Skelette deiner Gesellschaft vor. Die sind deutlich ungefährlicher für mich.«

»Ich bin gefährlich? Nun machst du mich aber neugierig.«

»Mein Mann hat uns zusammen in München gesehen. Seitdem stehst du im Verdacht, mein Liebhaber zu sein.«

»Ist der Ruf erst ruiniert, lebt es sich ganz ungeniert. Also, Nora, was spricht dagegen, dass ich dir morgen die Stadt zeige?«

Da fallen mir viele Gründe ein.

»Ich bin wirklich ein hervorragender Fremdenführer, und wenn du mich lässt, dann plane ich einen unvergesslichen Tag für uns. Entscheide dich, ob du lieber mit Scharen von Touristen im offenen Doppeldeckerbus durch die City fahren willst, oder ob ich dich an einen Platz entführen darf, an dem wir bummeln, shoppen, Kaffee trinken und talentierten Straßenmusikern zuhören können.«

Er hat mich überredet. Es ist Sommer, ich befinde mich in einer der aufregendsten Metropolen der Welt. Was spricht dagegen, dass Nora Parker sich nach all dem Ärger mal einen schönen Tag gönnt?

Spiegelverkehrt

»Unser Ziel ist Covent Garden«, eröffnet Chris mir strahlend, als er mir die Wagentür aufhält. Irritiert schaue ich ihn an. Er hat nicht wirklich vor, mich ans Steuer zu lassen, oder? Natürlich hat er das nicht vor. Bei seinem alten Mini Cooper handelt es sich um einen Rechtslenker. Ich würde mir nie zutrauen, rechts zu lenken und links zu fahren. Diese Kuriosität sorgt dafür, dass sich Schweißperlen auf meiner Stirn bilden, obwohl ich lediglich Beifahrerin bin. Völlig verkrampft verharre ich in dieser kleinen Sardinenbüchse. Aufgrund der sehr beengten Sitzverhältnisse reichen meine Knie fast bis unters Kinn. An jeder Kreuzung und in jeder Kurve, die er nach meinem Empfinden viel zu rasant nimmt, kneife ich die Augen zusammen.

»Du bist ein Angsthase«, lacht er mich aus. Seine treffende Bezeichnung hat zur Folge, dass ich sofort an Tom denken muss – wenn auch nur kurz. Die vielen Eindrücke, die auf mich einprasseln, lassen keinen Raum für trübe Gedanken.

»Kalt oder warm?«, fragt Chris, als wir die Piazza erreichen und vor den historischen Markthallen stehen. »Du solltest etwas trinken, um dein schlechtes Gewissen runterzuspülen.«

»Ich habe kein schlechtes Gewissen. Mein Mann hätte mich ja begleiten können. Es war seine Entscheidung, zu Hause zu bleiben. Und meine Kinder haben kein Interesse an meiner Gesellschaft. Sie haben etwas Besseres vor.«

»Dann spricht ja nichts dagegen, uns jetzt ins Getümmel zu stürzen.«

Getümmel ist eine glatte Untertreibung. Auf den Gängen herrscht bereits ein solcher Betrieb, dass wir uns durch die Menschenmassen drängen müssen. Um uns nicht zu verlieren, greift Chris nach meiner Hand und zieht mich vorsichtig hinter sich her. Es geht vorbei an kleinen Läden, die Nippes und wertvolle Antiquitäten im Angebot haben. Wir passieren Boutiquen, Bistros und Bäckereien und landen zwei Stunden später vor einem Feinkostgeschäft. Ohne Vorwarnung zieht er mich in den Laden. Während ich die mit Kreide beschrifteten Schiefertafeln lese, gibt er eine Großbestellung auf. Einige Pfundnoten aus seinem Portemonnaie wechseln den Besitzer, und wir verlassen den Laden mit Sandwiches, einer Käseauswahl, Obst und einer Flasche Champagner.

»Was hältst du davon, wenn wir uns jetzt aus dem Trubel verabschieden und uns ein ruhiges Plätzchen suchen?«

»Essen im Park?« Ich erinnere mich an das Picknick, das zu meinem Geburtstag stattgefunden hat.

»Nun, als Park würde ich meinen kleinen Garten nicht bezeichnen.«

»Es soll zu dir nach Hause gehen?«, frage ich pikiert und weiche reflexartig einen Schritt zurück.

Er schaut wiederholt auf seine Uhr und fragt, ob ich zustimme. »Wenn nicht, müssten wir uns für ein Stündchen trennen. Ich muss nämlich kurz nach Hause und auf Amy warten.«

Wer Amy ist, will ich wissen, und erfahre, dass es sich bei der Person um seine Kollegin handelt, die bisher bei ihm gewohnt hat und jetzt ins Nachbarhaus zieht.

»Eine Kollegin?«, frage ich ungläubig.

»Ja, wir haben nur beruflich miteinander zu tun.«

»Nur beruflich …, und trotzdem habt ihr zusammengewohnt?«

»Honey, hast du eine Ahnung, wie teuer die Mieten in London sind?«

Ja, ich habe sogar eine ganz genaue Vorstellung davon. Für die beiden kleinen Zimmer unserer Kinder zahlt Tom monatlich eine exorbitante Summe.

»Nenn mich bloß nicht Honey! Da stehe ich gar nicht drauf!«, raunze ich ihn an. Meine drastische Reaktion fordert eine rasche Entschuldigung. »Tut mir leid, Chris, aber bei dem Wort *Honey* platzt mir die Hutschnur. So hat dieser Internetbetrüger nämlich meine Freundin stets genannt.«

»Gibt es Neuigkeiten in der Sache?«

»Und ob!«, antworte ich und gebe ihm eine kurze Zusammenfassung.

»Nenn sie nicht dumm!«, tadelt er mich. »Vermutlich ist sie sehr einsam gewesen und hat geradezu nach Aufmerksamkeit und netten Worten gedürstet. Sie war leichte Beute für diesen Betrüger. Warum kannst du kein Verständnis für sie aufbringen?«

Dafür könnte ich ihm exakt zweitausend triftige Gründe nennen, aber ich verschweige ihm die Ungeheuerlichkeit, die sie sich mit ihrer Lüge geleistet hat, und bemerke nur: »Sie ist verheiratet und hat einen netten Mann!«

»Nett ist der kleine Bruder von scheiße«, witzelt er und bittet mich, ihn niemals so zu betiteln. »Wir sind da. Kommst du mit rein?«

Nun hat er es geschafft. Er hat mich so lange zugetextet, bis ich gar nicht gemerkt habe, dass wir bereits in Chelsea angekommen sind. Sein Haus befindet sich in einem zweistöckigen Gebäudekomplex. Ich würde es eher als schnuckeliges

Reihenhaus bezeichnen. Es verfügt über eine rote Klinkerfassade, weiße Sprossenfenster und einen eigenen Eingang.

»Amy?«, ruft er laut, als er den Flur betritt, aber er bekommt keine Antwort.

In mir hegen sich bereits erste Zweifel, ob die Geschichte mit seiner Kollegin überhaupt stimmt. Doch als ich die Umzugskartons im Wohnzimmer stehen sehe, atme ich wieder beruhigt durch.

Chris stellt den Champagner ins Eisfach und bietet mir an, mich umzusehen.

Weil ich *nett* nicht sagen darf, lobe ich sein Zuhause als sehr geschmackvoll.

»Das Kompliment gebe ich an meinen Chef weiter. Ihm gehören das Haus und auch die Möbel.«

»Du hättest es schlechter treffen können«, finde ich und frage, ob ich das Bad aufsuchen dürfe. Während ich mir im Waschbecken kaltes Wasser über die Hände laufen lasse, höre ich Stimmen.

»Schampus? Extra für mich? Ach, Chris, mein Lieber, das wäre doch nicht nötig gewesen. Jetzt tut es dir doch leid, dass ich ausziehe. Aber keine Angst, ich bleibe ja in deiner Nähe«, höre ich eine junge Frau lachen.

So jung, wie ich vermutet habe, ist diese Amy gar nicht. Wenn mich mein Kennerblick nicht täuscht, dürfte diese bunte Erscheinung in meinem Alter sein. Sie wirkt ein wenig erstaunt, als ich plötzlich ins Wohnzimmer trete. Doch als Chris uns einander vorstellt, grinst sie freundlich und reicht mir die Hand.

»Freut mich, Nora. Hab schon viel von dir gehört. Ihr kommt doch auch heute Abend rüber, oder? Ach, weshalb frage ich denn? Natürlich kommt ihr zu meiner Einweihung! Heute ist Samstag, und samstags ist Partytime!«, ruft sie laut aus und streckt beide Arme in die Luft. Nach einer kurzen

Lambada-Tanzeinlage bittet sie Chris, ihr mit den letzten Kartons zu helfen.

»Nur zu gern«, antwortet er und packt sofort mit an. Er stapelt gleich zwei Kisten übereinander und trägt sie ins Nebengebäude. Offensichtlich kann es ihm nicht schnell genug gehen, diesen Wirbelwind aus dem Haus zu schaffen.

Als er schwer pustend zurückkommt, frage ich: »Und nun?«

»Nun wird es langsam Zeit für unseren Lunch«, sagt er und marschiert in die Küche. Ich möchte ihm zur Hand gehen, aber er besteht darauf, dass ich auf der Terrasse auf ihn warte.

Meine Güte, ist es hier draußen schön. Und wie herrlich es duftet! Die gefüllten Kletterrosen, die die Fassade in ein rosa Blütenmeer verwandeln, müssen dafür verantwortlich sein. Die oder die vielen Blumenkübel, in denen Jasmin, Lavendel und Pelargonien um die Wette blühen. Das haben die Engländer drauf. Bei der Gartengestaltung macht ihnen keiner was vor. Ich staune und schnuppere noch immer, als Chris mit einem Tablett nach draußen tritt und sich erkundigt, ob er den Sonnenschirm aufspannen soll.

»Später«, antworte ich knapp und frage, ob er für dieses kleine Paradies verantwortlich sei. »Hast du den grünen Daumen?«

»Ich bin nur fürs Gießen zuständig.«

»Wirklich wunderschön. Wenn ich so einen schönen Garten hätte, würde ich mich nur draußen aufhalten. Es ist der ideale Ort zum Schreiben. Hier würden mir die Ideen nie ausgehen.«

Mit einem lauten »Plopp« öffnet er die Flasche Champagner und schenkt uns ein. »Auf dass dir nie die Ideen ausgehen!«, lacht er und prostet mir zu.

Ich nehme mir ein Sandwich vom Teller und beiße genüsslich hinein.

»Wann bekomme ich endlich dein Manuskript zu lesen? Du hast versprochen, es mir per Mail zu senden.«

»Stimmt, das hab ich«, bestätige ich mit vollem Mund und wende meinen Blick ab, um mich aus der Affäre zu ziehen.

»Das ist doch keine Antwort, Nora. Warum zierst du dich so?«

»Es zu lesen, ist reine Zeitverschwendung.«

»Darf ich das entscheiden?«

»Meine Güte, bist du hartnäckig!«, schimpfe ich und gehe ins Haus, um das Smartphone aus meiner Handtasche zu nehmen. Anders als mit meinem alten Handy kann ich mit diesem Teil ins Internet gehen und meine Cloud aufrufen, in der alle Texte von mir gespeichert sind. Ich sende ihm das Dokument per Mail. »So, jetzt hast du deinen Willen bekommen! Ich hoffe, du hörst jetzt auf zu quengeln.«

Chris schaut mich mit ernster Miene an und bittet mich, meinen mütterlichen Ton abzustellen, schließlich sei er kein kleiner Junge. Er rückt näher an mich heran und blickt mir direkt in die Augen. Ob er wirklich wie ein kleiner Junge auf mich wirkt, will er wissen. Auf diese Frage kann ich nur mit einem klaren Nein antworten. Das absolute Gegenteil ist der Fall. Vor mir sitzt ein Bild von einem Mann, dessen Blicke mich zunehmend nervöser machen. Ich suche angestrengt nach Worten. Ja, ich muss jetzt dringend etwas sagen, und zwar, bevor er noch näher kommt und seine Lippen meinen Mund berühren. »Chris, ich …«, stottere ich und weiche ein Stück zurück.

Völlig unerwartet steckt er mir eine Erdbeere in den Mund. »Iss lieber was, bevor du wieder Blödsinn redest«, dann erhebt er sich und schlendert ins Haus.

Als er nach gefühlten fünf Minuten noch immer nicht zurück ist, folge ich ihm.

Er steht vor seinem Schreibtisch, und ich sehe, wie sein Drucker seitenweise Papier ausspuckt.

»Was hast du vor?«, frage ich, obwohl es offensichtlich ist, was Chris gerade macht. Er druckt mein Manuskript aus und heftet die zweihundert Normseiten zusammen.

Für einen Moment starrt er stumm auf das Deckblatt, dann schaut er mich fragend an.

»Sag mal«, beginnt er zögerlich. »Ist Nora Parker wirklich dein richtiger Name?«

»Du stellst zu viele Fragen!«, gebe ich zurück und gehe wieder auf die Terrasse.

»Warum machst du so ein Geheimnis um deine Person?«, ruft er mir nach.

Bitte? Ich finde, er weiß schon deutlich mehr über mich als ich über ihn.

»Es wird Zeit, den Spieß umzudrehen und dass du mir zur Abwechslung mal was von dir erzählst«, fordere ich ihn auf.

»Was willst du wissen? Du kannst mich alles fragen«, bietet er an.

Ohne lange zu überlegen, stelle ich die Frage nach seinem Alter.

Er bricht sofort in schallendes Gelächter aus. »Dieser Punkt scheint dir wirklich zu schaffen zu machen. Also gut, ich bin sechsunddreißig, und bevor du mir wieder eine Ansage wegen unseres Altersunterschieds machst, gestehe ich dir lieber gleich, dass ich ein Faible für ältere Frauen habe und dazu stehe. Mein Psychiater meint, diese Neigung sei dem Umstand geschuldet, dass ich das Kind alter Eltern bin.«

»Du bist in psychiatrischer Behandlung?«

»Ja, montags und donnerstags gehe ich für eine Stunde auf die Couch. Die anderen Tage treibe ich mich in Seniorenheimen herum, um mich an betagten Ladys aufzugeilen. Und du, Nora, bist mein fleischgewordener Traum einer Greisin.«

»Du verarschst mich doch wohl!«

»Und ob!«, ruft er aus und biegt sich vor Lachen.

»Blödmann!«, schimpfe ich, aber weil sein Lachen ansteckend ist, stimme ich mit ein.

»Wollen wir uns jetzt einen kühlen Drink bei Amy gönnen und behaupten, ihr Indisch Curry sei das Beste, das wir je gegessen haben?«

»Warum nicht? Schließlich ist Samstag, und samstags ist Partytime«, imitiere ich seine ehemalige Mitbewohnerin.

Chris und ich sind nicht die ersten Gäste. In Amys offener Küche stehen bereits zwölf Leute um die Kochinsel herum und schlürfen Wein oder nippen an Longdrinks. Es duftet wunderbar nach Kokos, Ingwer und Koriander, allerdings nimmt mir ein Blick in den großen Topf sogleich jeglichen Appetit. Das Huhn ist völlig verkocht und besteht nur noch aus einzelnen Fäden, die in einer gelben und undefinierbaren Pampe schwimmen.

»Es sieht aus wie Erbrochenes«, flüstere ich Chris angewidert zu, der mir rät, vorzugeben, Vegetarierin zu sein.

Genau diese Ausrede nutze ich auch, als mich die Gastgeberin auffordert, beherzt zuzugreifen.

Ich habe keine Ahnung, wie spät es ist. Auch habe ich die Drinks nicht mitgezählt, die ich bereits intus habe, als die Musik lauter wird. Mir scheint der passende Zeitpunkt gekommen zu sein, um mich zu verabschieden. Aber Chris will mich noch nicht gehen lassen.

»Du hast nicht einmal mit mir getanzt«, beschwert er sich.

»Rufst du mir ein Taxi, bitte?«

»Dann komm mit rüber, du Sturkopf. Ich werde bei mir zu Hause anrufen müssen, denn Amy hat noch kein Telefon.«

Ich habe nicht nur einen gewaltigen Schwips, ich habe auch unbändigen Hunger. Ein Sandwich und eine Erdbeere waren keine ausreichende Grundlage für diesen feuchtfröhlichen Abend.

Nachdem Chris seinen Kühlschrank inspiziert hat, bietet er mir an, Omeletts für uns zuzubereiten. Er schlägt vor, es mir in der Zwischenzeit auf dem Sofa gemütlich zu machen, und verspricht, gleich nach dem Essen ein Taxi für mich zu rufen. Ich stimme zu und sehe noch, wie er in der Küche verschwindet, als sich kurz darauf meine Augen schließen und ich in einen Tiefschlaf falle.

Es ist schon hell, als ich erwache und ungläubig an die weiße Decke schaue. Als ich begreife, dass ich bei Chris auf dem Sofa eingeschlafen sein muss, setze ich mich sofort auf. Erste Erleichterung macht sich breit, denn ich erkenne, dass ich noch komplett angekleidet bin. Lediglich meine Schuhe stehen vor der Couch. Ich habe einen grässlichen Geschmack im Mund und hebe meine Arme an, um unter meinen Achseln zu schnüffeln. Na ja, frisch riecht anders. Ein lautes Schnauben ist zu hören, und ich schaue nach links.

Chris sitzt im Sessel und schläft. Seine Beine ruhen auf einem Hocker, und auf seinem Schoß liegt ein Heft, das ich erst auf den zweiten Blick als mein Manuskript identifiziere.

»Hey! Aufwachen!«

Er rekelt sich und reibt sich die Augen.

»Darf ich bei dir duschen? Hast du vielleicht ein Shirt, das du mir leihen könntest?«, frage ich und flitze, ohne seine Antwort abzuwarten, ins Badezimmer. Ach du Schreck! Wer ist denn diese grässliche Gestalt, die mich im Spiegel anstarrt? Sie sieht aus wie jemand, der die ganze Nacht hemmungslos … Ich bin mir sicher, dass es sich um eine optische Täuschung handelt, denn eins ist sonnenklar: Ich habe trotz seiner charmanten Flirtoffensive den nötigen Sicherheitsabstand eingehalten und bin sauber geblieben.

Auf der Suche nach einer Mundspülung öffne ich den kleinen Schrank. Neben einer Großpackung Kondome finde ich mindestens zehn Zahnbürsten, die noch originalverpackt sind. Statt mich zu freuen, mir die Zähne putzen zu können, denke ich über seinen ungewöhnlichen Vorrat nach. Ich bilde mir ein, einen ordentlichen Haushalt zu führen, und bin auf spontane Übernachtungsgäste stets gut vorbereitet, aber mit unbenutzten Zahnbürsten kann ich nicht dienen.

Es klopft an der Tür, und ich höre, dass er meinen Namen ruft. »Wenn du was zum Umziehen brauchst, bediene dich an meinem Schrank. Ich besorge uns rasch etwas zum Frühstück.«

»Das ist nicht nötig, Chris. Ruf mir lieber ein Taxi.«

»Trinkst du wenigstens noch einen Kaffee mit mir?«

»Kaffee klingt wunderbar«, rufe ich durch die verschlossene Tür, danach stelle ich mich unter die Dusche und seife mich mit seinem herben Duschgel ab. In ein Handtuch gehüllt, schleiche ich aus dem Bad und gehe die Treppe hinauf ins Obergeschoss, in dem sich die Schlafräume befinden. Der leere Schrank zeigt mir, dass ich falsch bin und mich in Amys Zimmer befinde. Chris' Schlafzimmer ist identisch möbliert. Mir fällt auf, wie außergewöhnlich aufgeräumt es hier ist. Er scheint einen Ordnungsfimmel zu haben. Penibel hängen Hemden und Anzüge auf den Bügeln. Selbst Unterwäsche und Socken liegen akkurat aufeinander. Ich greife nach einem Shirt und schlüpfe hinein. Als ich mich im Spiegel betrachte, fallen mir die Fotos auf, die gerahmt an der gegenüberliegenden Wand hängen. Sie zeigen Chris mit prominenten Sportlern. Wenn ich mich nicht täusche, handelt es sich bei dem blonden Mann, der freundschaftlich den Arm um ihn legt, um einen bekannten Fußballer, der nach der letzten Saison von einem Bundesligaverein in die Premier League gewechselt ist.

Chris lugt durch den Türspalt: »Kommst du klar?«

»Ist das Foto echt oder ein Fake? Ich meine, hast du ihn wirklich getroffen oder handelt es sich um eine Fotomontage?«

»Kein Fake. Er ist ein Kunde von mir. Bist du jetzt beeindruckt?«

»Um mich zu beeindrucken, bedarf es schon ein wenig mehr!«

»Ich würde mich liebend gern mehr für dich ins Zeug legen, aber du sperrst dich ja mit Händen und Füßen.«

Nicht schon wieder dieser Blick! Geh auf Abstand, Chris Rowland, UK!

»Ich habe mir erlaubt, dir eine deiner Zahnbürsten zu mopsen. Ich kaufe dir eine neue und schicke sie dir zusammen mit dem Shirt zurück. Ist das okay für dich?«

»Das musst du nicht. Komm, der Kaffee ist fertig.«

»Hast du schon ein Taxi gerufen?«

»Nicht nötig. Ich fahre dich. Vielleicht kommt dir unterwegs ja die Idee, mich zum Frühstück einzuladen. Ich habe nämlich einen Mordshunger und nichts mehr im Kühlschrank. Meine Eier sind gestern Nacht draufgegangen, aber du bist ja vor der Präsentation eingenickt.«

»Och, hab ich deine Eier verschmäht? Das war wohl eine sehr ungewohnte Erfahrung für dich!«, veralbere ich ihn.

»Was meinst du?«

»Ich meine, es kommt wohl nicht oft vor, dass sich die Damen deiner Charmeoffensive entziehen. Mögen sie auf deine billige Masche hereinfallen. Ich nicht!«

»Von welcher Masche sprichst du? Ich verstehe kein Wort.«

»Ich rede davon, dass du wohl ständig Frauen in deinem Garten Eden verführst. Erst servierst du ihnen ein wenig Champagner mit Erdbeeren, dann geht es ab in die Heia. Wie sonst erklärt sich dein großer Vorrat an Zahnbürsten?«

Was rede ich denn? Warum reagiere ich so bissig? Angesichts der Mühe, die er sich gestern gegeben hat, sollte ich lieber einen anderen Ton anschlagen.

»Mir scheint, du bist unterzuckert, Nora. Wir sollten schnellstens irgendwo frühstücken, damit du wieder zu Verstand kommst.«

»Okay, ich lade dich ein. Lass uns dieses Wochenende mit einem ausgiebigen Frühstück in meinem Hotel beschließen.«

»In diesem vornehmen Palast? Dann gib mir einen Moment, um mich zurechtzumachen.«

Der Moment dauert eine halbe Stunde.

Was für eine Verwandlung, denke ich, als ich ihn rasiert und im dunklen Anzug vor mir stehen sehe.

»Wow, jetzt beeindruckst du mich aber wirklich«, gestehe ich anerkennend.

»Wirklich? Ich hätte nicht gedacht, dass du so oberflächlich bist. Ein dunkler Anzug und ein popeliges Hemd reichen, um dich aus der Reserve zu locken. Äußerlichkeiten scheinen dir offensichtlich sehr wichtig zu sein.«

»Stimmt doch gar nicht! Du hast mir auch in Jeans und mit deinem Dreitagebart gefallen«, antworte ich und könnte mir im selben Moment auf die Zunge beißen.

»Dann gefalle ich dir doch?«

»Können wir jetzt los?«

»Du bist eine Meisterin, wenn es ums Ausweichen geht«, schmunzelt er und schließt die Haustür hinter uns.

Während der Fahrt zum Hotel betrachte ich ihn unauffällig aus dem Augenwinkel. Offensichtlich nicht unauffällig genug, denn er fragt mich, was mir durch den Kopf gehe.

»Heute siehst du aus wie ein Vorstandsvorsitzender. Hätte ich mein Kleid dabei, würde ich glatt als deine Sekretärin durchgehen, oder wie hattest du dich in Würzburg ausgedrückt?«

Wieder lacht er laut und merkt an, dass er sich die Bemerkung über meine Garderobe besser hätte sparen sollen.

»Allerdings sage ich immer, was ich denke. Diplomatie gehört einfach nicht zu meinen Stärken.«

Chris parkt direkt vor dem Eingang und übergibt den Wagenschlüssel an den Doorman.

»Ich werde kurz auf mein Zimmer gehen und mich umziehen. Wartest du im Frühstücksraum auf mich?«, frage ich während wir durch die Lobby gehen.

»Das ist überflüssig, denn du siehst auch so zum Anbeißen aus.«

»Oh nein!«, rufe ich panisch aus, als ich die beiden jungen Leute entdecke, die sich abrupt von den Sesseln erheben und uns mit großen Schritten entgegentreten.

»Bist du noch bei Trost, Mama? Hast du eine Ahnung, welche Sorgen wir uns gemacht haben? Wo kommst du jetzt überhaupt her?«, keift meine Tochter mich überlaut an. »Und wer ist das?« Sie unterzieht Chris einer eingehenden Musterung.

»Schrei hier nicht so rum!«, bitte ich sie. »Ich mache euch gern bekannt«, lüge ich.

»Nicht nötig! Mir ist schon klar, was hier abgeht. Dass du dich nicht schämst, Mama! Papa und wir haben die ganze Nacht vor Sorgen um dich kein Auge zugemacht!«

»Das war völlig überflüssig. Es geht mir gut. Ich war …«

»Spar dir das!«, unterbricht sie mich barsch, und ich bitte sie erneut, hier keine Szene zu machen.

»Kommt mit auf mein Zimmer. Hier ist wirklich nicht der geeignete Ort, um mich ins Verhör zu nehmen«, sage ich zu Jasper, der diesem Spektakel stumm folgt.

Nachdem alle Anwesenden Zeugen dieser peinlichen Vorstellung geworden sind, verlässt Nelli wutentbrannt das Hotel.

Ich möchte im Boden versinken, aber weil das nicht geht, sage ich: »Darf ich vorstellen, das ist mein Sohn Jasper. Jasper, das ist Herr Rowland, ein Bekannter, den ich bei der Arbeit kennengelernt und zufällig hier getroffen habe. Er war so freundlich und hat …«

Jasper unterbricht mein Gestotter: »Mir brauchst du nichts zu erklären, Mama.«

Chris entschärft die Situation und meint, wir sollten das Frühstück besser ausfallen lassen. Er reicht mir die Hand und wünscht mir einen guten Rückflug.

Was für ein Schlamassel!

Mir ist der Appetit gründlich vergangen. Statt wie mein Sohn das Superior Breakfast zu genießen, versuche ich mich in Erklärungen.

»Ihr habt gesagt, ihr hättet keine Zeit. Herr Rowland war so freundlich und hat mir die Stadt gezeigt, mehr ist nicht passiert.«

»Das glaube ich dir, Mama. Der Typ wäre auch eindeutig zu jung für dich. Er würde altersmäßig eher zu Nelli passen.« Warum ich nicht ans Telefon gegangen bin, will er wissen. Ich schalte mein Smartphone ein und sehe unzählige ungelesene Nachrichten.

»Wieso hat er dich Nora genannt?«

»Weil Nora Parker mein Pseudonym ist, unter dem ich seit zwei Jahren Romane schreibe«, gebe ich wie selbstverständlich zurück.

»Die Bücher sind tatsächlich von dir? Papa hat behauptet, du würdest sie nur vorlesen.«

»Das kommt, weil er mir nie richtig zuhört!«, schimpfe ich.

»Du bist also wirklich eine Schriftstellerin? Cool! Warum hast du uns nicht früher davon erzählt?«

»Das war vielleicht ein Fehler. Aber schön zu hören, dass du es mir wenigstens zutraust.«

Er traut es mir nicht nur zu, sondern zeigt sich auch erstaunlich interessiert an meiner Arbeit. Ich muss ihm berichten, wie ich zum Schreiben gekommen bin und woher ich die Ideen nehme.

»Ich bin richtig stolz auf dich, Mama.«

Seine Worte rühren mich fast zu Tränen. Ich möchte gerne noch länger mit ihm plaudern, aber der Blick auf die Uhr signalisiert mir, dass es Zeit wird, mich auf den Weg zu machen.

Auf dem Holzweg

Das Erste, was ich sehe, als ich durch die Schiebetür der Ankunftshalle trete, ist Tom. Sein zorniges Gesicht lässt keinen Zweifel daran, was mich gleich erwartet. Wortlos nimmt er mir das Handgepäck ab und fordert mich auf, ihm zu folgen. Er nimmt Kurs auf das Flughafenrestaurant und stoppt an einem freien Stehtisch.

»Es ist ungeheuerlich, was du dir geleistet hast«, motzt er, und ich frage mich, ob es jetzt in unserer Familie zur Gewohnheit wird, mich in aller Öffentlichkeit anzuraunzen. Er gibt mir gar nicht die Gelegenheit, mich zu erklären, sondern fährt in strengem Ton fort. »Glaubst du etwa, es würde mir an Gelegenheiten fehlen, dich schamlos zu hintergehen? Nein, auch ich habe meine Möglichkeiten, nur im Gegensatz zu dir habe ich sie bisher ausgeschlagen!«

Als ich einwende, ob ich auch mal was zu meiner Verteidigung sagen dürfe, lehnt er ab: »Nicht nötig. Nelli hat mich bereits über alles informiert.«

»Du bist auf dem Holzweg, Tom! Lass uns nach Hause fahren und vernünftig miteinander reden.«

»Wenn du glaubst, dass ich gekommen bin, um dich abzuholen, bist du auf dem Holzweg! Mein Flieger geht …«, er schaut auf die Uhr, »… in zwanzig Minuten.«

»Du haust schon wieder ab?«

»Einer muss ja schließlich das Geld für deine Eskapaden verdienen«, giftet er und lässt mich einfach stehen.

Tja, Reisende soll man nicht aufhalten, denke ich und schlucke meine Wut, die ich auf ihn habe, wie gewohnt hinunter.

Mit meiner Beherrschung ist es allerdings schlagartig vorbei, als ich zu Hause seinen Brief vorfinde, den er auf den Tisch gelegt hat. Ich lese die Überschrift und fasse mir ungläubig an den Kopf. Bitte? Er schreibt tatsächlich: *Genug ist genug. Du hast meine letzte Warnung offensichtlich nicht ernst genommen!!!* Für wen hält er sich, dass er mich verwarnen könnte? Ich überfliege die Zeilen, die er in großer Wut geschrieben haben muss. *Bodenlose Unverschämtheit – Gipfel der Geschmacklosigkeit* – und natürlich hat er nicht auf seine viel zitierten *Hörner* verzichtet, die ich ihm aufgesetzt haben soll. Den letzten Absatz muss ich zweimal lesen, bevor ich glauben kann, was dort steht. *Ich habe deine Schulden bei Sarah bezahlt. Wage es nie wieder, dich durch die Nachbarschaft zu pumpen!!! Ruf mich nicht an. Ich will dich weder sehen noch hören!!! Tom*

Keine Sorge! Ich werde dich nicht anrufen, das wird meine durchgeknallte Nachbarin von gegenüber erledigen! Sie wird den Schwindel zugeben, und danach ist mindestens eine fette Entschuldigung angesagt.

Ich bin so aufgebracht, dass ich sofort über die Straße laufe und bei ihr klingle.

Der ahnungslose Lars öffnet mir und schaut mich mitleidig an.

»Was machst du bloß für Sachen, Caroline?«

»Ich?«, schreie ich entsetzt zurück. »Ich mache gar nichts! Wo ist Sarah?«, fahre ich ihn an. Ohne seine Antwort abzuwarten, schiebe ich ihn zur Seite und verschaffe mir Zutritt. Ich stehe im Flur und rufe laut ihren Namen. »Wo steckst du, du feige und verlogene Nuss?«

Sie steht in der Küche und stiert mich verängstigt an. Ihr flehender Blick zieht nicht bei mir, und ich fordere sie auf, mir unverzüglich nach draußen zu folgen.

»Können wir nicht später reden? Ich bin gerade dabei, das Abendessen zuzubereiten.«

»Nicht später – jetzt! Sofort … sonst …!«

Meine Tonlage lässt keinen Zweifel aufkommen. Ich bin bereit, die Angelegenheit hier und jetzt mit ihr auszutragen, obwohl Lars keinen Meter von mir entfernt steht. Sie nimmt die Pfanne von der Herdplatte und stellt das Gerät aus.

»Lass uns zu dir rübergehen«, bittet sie leise und schleicht mir mit gesenktem Kopf hinterher.

Noch auf der Straße schreie ich sie an. »Hast du den Verstand verloren? Wieso behauptest du, ich hätte mir Geld von dir geliehen? Hast du eine Ahnung, welchen Ärger ich deinetwegen habe? Und dann besitzt du auch noch die Unverschämtheit und nimmst die zweitausend Euro von Tom an!«

»Nicht ich! Lars hat das Geld angenommen.«

»Du wirst die Sache unverzüglich klarstellen! Ruf Tom an und beichte ihm, wie es sich wirklich verhält!«

»Das geht nicht, Caroline. Verlange das nicht von mir! Du wirst das Geld zurückbekommen, aber ich werde nichts zugeben! Niemals!«

»Und ob du das wirst! Glaubst du tatsächlich, ich halte meinen Kopf für dich hin? Tom ist stinksauer auf mich! Wir haben einen Riesenkrach deswegen!«

»Tut mir leid, es war wirklich nicht meine Absicht, dich in Schwierigkeiten zu bringen. Wie konnte ich denn ahnen, dass Lars sofort zu Tom rennt und alles ausplaudert.«

»Bring das in Ordnung, Sarah!«, schreie ich nun noch lauter.

»Ich kann das nicht«, jammert sie.

Jetzt reicht es mir, und ich drohe, Lars reinen Wein einzuschenken, sollte sie sich weiterhin weigern, die Angelegenheit richtigzustellen.

Plötzlich ändert sich ihr weinerlicher Tonfall, und sie schaut mich mit eiskalter Miene an. »Solltest du nur ein Wort über Rick verlieren, werde ich alles abstreiten. Und nun rate mal, wem unsere Männer glauben werden. Dir oder mir? Ich habe mich schließlich nicht in München und London mit einem jungen Kerl erwischen lassen.«

»Was redest du denn?«

»Ich weiß Bescheid, Caroline. Du kannst aufhören, mir die Unschuld vom Land vorzuspielen. Tom hat uns alles von dir und deinem Lover erzählt. Wenn du dich nicht noch tiefer reinreiten willst, hältst du besser den Mund, sonst lernst du mich kennen!«

»Sag mal, schämst du dich gar nicht?« Ich beschwöre ihr Gewissen, aber mein Appell perlt wie Wasser auf einem Lotusblatt an ihr ab.

»Ich sehe die Sache ganz nüchtern. Warum sollte ich meine Lage durch eine sinnlose Beichte gefährden? Vergiss nicht, ich habe dein Wort, Caroline. Du hast mir versprochen, den Mund zu halten. Solltest du dennoch plaudern, werde ich den Spieß umdrehen und Tom gegenüber behaupten, dein Lover würde ständig bei dir ein- und ausgehen, sobald er das Haus verlässt. Du bist eindeutig in der schlechteren Position!«

»Du bist wirklich das Allerletzte«, tobe ich, und meine Miene zeigt deutlich, wie sehr ich sie verabscheue.

Mit einem lauten Knall werfe ich die Haustür vor ihrer Nase zu. Ich weiß nicht, wohin mit meiner Wut. Noch nie im

Leben ist mir ein rücksichtsloserer Mensch begegnet. Und mit dieser charakterlosen Person war ich mal befreundet.

Seit Stunden drücke ich die Wahlwiederholung, aber Tom ist nicht erreichbar. Er hat sogar seine Mailbox ausgestellt, sodass ich ihm noch nicht einmal eine Nachricht hinterlassen kann. Kurz vor Mitternacht gebe ich auf und lege mich ins Bett. An Schlaf ist nicht zu denken, und ich stelle den Fernseher an. Nachdem ich durch alle Programme gezappt habe, schalte ich den Kasten aus und nehme meinen Laptop zur Hand. Bevor ich meinen ursprünglichen Plan in die Tat umsetze und weiter an meiner Geschichte arbeite, gehe ich online und überprüfe, ob ich Mails erhalten habe. Caroline Winter hat keine neuen Nachrichten bekommen, Nora Parker schon. Chris hat gefragt, ob ich gut zu Hause angekommen sei. Er will wissen, ob bei mir der Haussegen noch immer schiefhängt.

So schief wie der schiefe Turm von Pisa, schreibe ich, sende die Nachricht allerdings nicht ab. Mein kurzer Abstecher auf die Facebook-Seite zeigt mir, dass er auch online ist. Ohne lange zu überlegen, schreibe ich ihm.

Warum bist du noch wach?
Lese gerade dein Manuskript
Du solltest lieber schlafen
Geht nicht. Ist zu spannend. Warum schläfst du noch nicht? Ärger?
Lange Geschichte!
Bin ganz Ohr …
Hab 'ne Scheißwut auf Sarah!
Warum?

Sie ist ein verlogenes Miststück!!!
Wollen wir telefonieren?
NEIN!!! KEINE TELEFONATE MEHR!!
Du hast also doch Ärger?
Gute Nacht, Chris
Bis morgen, Nora

Ich bekomme in dieser Nacht nicht einen vernünftigen Satz zustande. Vielleicht sollte ich das Genre wechseln und statt Liebesromanen besser einen blutrünstigen Thriller verfassen. Mit dieser Wut im Bauch könnte es ein Bestseller werden.

Monday

Ob es wirklich eine gute Idee ist, wenn der Typ aus dem Radio seine Zuhörer zu Wochenbeginn mit dem Lied *I don't like Mondays* weckt, bleibt Geschmackssache. Mein Montag beginnt mit Kopfschmerzen, die sich auch nach zwei Schmerztabletten nicht abstellen lassen. Ich sitze in der Küche und hypnotisiere die Wanduhr, deren Zeiger sich in lähmender Geschwindigkeit auf neun Uhr zubewegen. Endlich ist der Zeitpunkt gekommen, und ich kann mir sicher sein, Tom in seinem Ingolstädter Büro zu erreichen.

»Caroline, ich hatte dich gebeten, mich nicht anzurufen«, knurrt er in den Hörer.

»Du wirst mich anhören!«, befehle ich ihm. »Dein Verhalten ist geradezu lächerlich! Ich habe stundenlang versucht, dich zu erreichen!«

»Dann weißt du ja, wie es mir in der Nacht zum Sonntag erging. Auch ich habe zigmal im Hotel angerufen und dich nicht erreicht. Also? Wo und mit wem hast du die Nacht verbracht?«

»Sicher nicht so, wie du es mir unterstellst.«

»Ich frage dich nur ein letztes Mal! Wo?«

»So geht das nicht, Tom! Du kannst mich doch nicht wie ein Staatsanwalt ins Verhör nehmen. Es ist völlig anders, als du vermutest. Und ich habe mir auch niemals von Sarah Geld geliehen. Sie lügt wie gedruckt!«

»Es reicht, Caroline! Ich bin maßlos von dir enttäuscht. Gerade jetzt hätte ich mehr Unterstützung von dir erwartet, aber du ziehst es ja vor, mir ein Märchen nach dem anderen aufzutischen.«

Es macht keinen Sinn, dieses Thema am Telefon zu besprechen, und so frage ich ihn, wann er nach Hause kommt.

»Rechne nicht so bald mit mir!«, antwortet er und legt einfach auf.

Mir ist schlecht. Zu meinen Kopfschmerzen gesellen sich jetzt auch noch Magenprobleme. Mein Verstand rät mir, einen Tee zu kochen und einen Zwieback zu essen. Während der Teebeutel zieht, schaue ich betrübt aus dem Küchenfenster, bis ein kurzes Hupen mich aus meinen Gedanken holt. Ich erkenne einen dunkelblauen Kombi, der mit laufendem Motor vor Sarahs Eingang parkt. Der Wagen gehört Rosie, die heute die Schwimmtruppe ins Hallenbad fährt. Als sie sich umdreht und zu mir hinüberschaut, ducke ich mich. Ich hoffe sehr, dass sie mich nicht gesehen hat, doch meine Hoffnung erfüllt sich nicht. Kurz darauf klingelt sie an meiner Tür.

»Ich komme nicht mit. Mir ist übel, und ich habe fieses Kopfweh«, erkläre ich, obwohl das nicht der einzige Grund für mein Fernbleiben ist. Ich verzichte auf das Montagsschwimmen, weil ich nicht mit Sarah zusammentreffen möchte. Jedoch die Vorstellung, ihren Kopf minutenlang unter Wasser zu drücken, bereitet mir ungeahnte Genugtuung, so sehr, dass ich kurz davor bin, meine Meinung spontan zu ändern.

»Dann wünsche ich dir gute Besserung«, sagt sie und läuft zurück zu ihrem Wagen.

Ich überlege, ob ich meinen Frust mit einer ausgiebigen Dusche bekämpfen soll, entscheide mich aber dagegen. Statt mich anzuziehen, behalte ich Toms Schlafanzug an. Meine

Absicht, weiter an meiner Geschichte zu arbeiten, verwerfe ich auch.

»Heute wird gegammelt«, beschließe ich, ziehe die Vorhänge zu und pflanze mich aufs Sofa. Noch nie zuvor habe ich zu dieser Tageszeit ferngesehen. Auf RTL läuft eine Sendung, in der unbegabte Laien-Schauspieler ihr mangelndes Talent zum Besten geben. Ich habe keine Ahnung, worum es geht. Die Darsteller schreien sich hysterisch an und beschimpfen sich aufs Übelste. »Was ist denn das für ein Schrott?«, frage ich mich und betätige den Info-Knopf auf der Fernbedienung. Gleich darauf werden die Details angezeigt. Der Titel der Sendung lautet: Betrugsfälle! Nein, danke! Um Lug und Betrug zu sehen, brauche ich keinen Fernseher. Dafür genügt ein Blick aus meinem Küchenfenster. Ich brauche dringend Ablenkung. Ein spannendes Buch oder ein guter Film könnten mich auf andere Gedanken bringen.

Ich bin eindeutig für Film und durchforste unsere DVD-Sammlung. *Notting Hill* oder *Sterben für Anfänger*? Romanze oder Komödie? Ich gebe Hugh Grant den Vortritt. Bisher habe ich alle Filme gesehen, in denen er mitgespielt hat. Ich mag diesen Schauspieler. Wenn er aufgeregt mit den Augen klimpert, finde ich ihn besonders niedlich. Niedlich? Ist niedlich nicht der kleine Bruder von scheiße? Nein, laut Chris ist *nett* der kleine Bruder von …, berichtige ich mich und muss sofort grinsen. Wieso denke ich jetzt an ihn? Vermutlich, weil mich die Bilder auf dem Flatscreen an meinen Aufenthalt in London erinnern. Auch der zweite Film, den ich ausgesucht habe, spielt in England. Habe ich meine Wahl rein zufällig getroffen oder spielt mir mein Unterbewusstsein einen Streich? Ich komme nicht dazu, weiter darüber nachzudenken, denn mein Telefon klingelt.

Es ist Swantje, Judiths rechte Hand und ihr Mädchen für alles. Sie fragt, wann sie mit dem Exposé rechnen dürfe.

»Ich schicke es, wenn es fertig ist«, blaffe ich sie unwirsch an und knalle den Hörer auf. Noch im selben Moment bereue ich mein unfreundliches Benehmen. Judiths Sekretärin kann nun wirklich nichts für mein privates Desaster, und ich beschließe, mich sofort bei ihr für meinen rüden Ton zu entschuldigen. Ich rufe umgehend zurück, aber der Anschluss der Agentur ist ständig besetzt. Also gut, dann eben schriftlich. In einer kurzen Mail bitte ich sie, mir mein ungebührliches Verhalten zu verzeihen.

> *Liebe Swantje, mein Groll galt nicht Ihnen. Obwohl ich heute einen extrem schlechten Tag habe, werde ich das Exposé unverzüglich fertigstellen und es Ihnen senden. Noch mal sorry!*
> *LG Caroline*

In meinem Eingangsordner befindet sich eine Mail von Chris. Die Betreffzeile lautet: *Das kannst du nicht machen.* Nun bin ich aber gespannt, was ich nicht machen kann, und lese seine Nachricht.

> *Sag mal, Nora, wie bist du denn drauf? Ich habe mit größtem Vergnügen dein Manuskript gelesen. Wie gewohnt hast du deinen Figuren Leben eingehaucht. Ich habe mit ihnen gelacht und gefiebert. Und dann dieser Schluss? Bist du denn verrückt? Schon mal was von Happy End gehört? Schreib das um! Sofort!*
> *LG Chris*

Du bist ja ein waschechter Romantiker, maile ich ihm und bleibe online.
Wie erwartet, meldet er sich sofort zurück.

Warum tust du das? Weshalb quälst du deine Leser? Ich habe die ganze Nacht nicht schlafen können, so sehr hat mich das Ende erschüttert!

Tut mir leid, aber manchmal ist das Leben halt so.

Unsinn! Das Leben ist schön! Warum siehst du das nicht?

Lass es gut sein! Das Buch wird doch sowieso nie erscheinen.

Schreib das Ende um! Bitte, lass sie nicht sterben! Bitte!

Wenn du auf Märchen stehst, dann empfehle ich dir die Gebrüder Grimm!

Weshalb bist du so garstig? Hat es doch noch Ärger mit deinen Kindern gegeben?

Mit meiner Tochter, mit meinem Mann und mit Sarah, der verlogenen Hexe!

Mir scheint, du hast Gesprächsbedarf. Ich rufe dich jetzt an! Drück mich weg, solltest du nicht sprechen können!

Ich drücke ihn sofort weg. Nicht weil ich ihm die Unverschämtheit, die Sarah sich geleistet hat, nicht erzählen will. Ich nehme seinen Anruf nicht an, weil es an der Tür läutet.
Rosie steht vor dem Haus und überreicht mir eine kleine Papiertüte. Sie sagt, sie wäre in der Apotheke gewesen und habe mir Aspirin und rezeptfreie Tropfen gegen Übelkeit besorgt. Ob sie für einen Moment reinkommen dürfe, fragt sie, und ich nicke.

»Es tut mir so leid, Caroline«, beteuert sie und streicht mitfühlend über meinen Arm.

»Halb so wild, es geht mir schon besser.«

»Vor mir musst du nicht die Starke spielen. Ich weiß, was dir Kummer bereitet. Sarah hat es uns erzählt.«

»Hat sie?« Das wundert mich nun aber doch. »Ist das nicht eine unfassbare Dreistigkeit? Ich bin noch immer auf hundertachtzig!«

»Ja, es ist wirklich dreist, aber du solltest die Flinte noch nicht ins Korn werfen. Ihr kriegt das doch wieder hin.«

»Darauf pfeife ich! Sie hat den Bogen eindeutig überspannt. Ich bin fertig mit ihr!«

»Mit ihr? Von wem sprichst du?«

»Na, von Sarah. Von wem denn sonst?«

»Ich rede von dir und Tom. Nur zu gut kann ich nachfühlen, wie es jetzt in dir aussieht. Bei uns gab es vor Jahren auch eine Krise, aber wir haben sie gemeistert. Man lässt wegen einer Affäre doch keine Ehe sausen. Kämpfe, Caroline! Dein Mann ist es wert.«

»Verdammt, ich hab keine Affäre!«, entrüste ich mich. »Hat Sarah das etwa behauptet?«

Rosie macht einen Rückzieher und betont, sie wolle sich nicht einmischen. »Besser, ich lasse dich jetzt allein.«

Nichts da! Ich bestehe darauf, dass sie bleibt und mir haarklein berichtet, was diese Lügnerin ausgeplaudert hat.

»Sarah hat nichts von deiner Affäre gesagt. Sie meinte, es wäre Tom, der sich anderweitig …«

»Das schlägt dem Fass den Boden aus!«, empöre ich mich. Obwohl ich nicht vorhatte, mich vor Rosie zu rechtfertigen, erkläre ich: »Weder Tom noch ich haben eine Affäre. Ich will nicht leugnen, dass wir Streit haben, aber mehr auch nicht! Übrigens ist es Sarah, die schuld an unserem Ärger ist. Sie hat eine ganz miese Nummer abgezogen. Mehr werde ich dazu allerdings nicht sagen!«

»Ich habe immer ein offenes Ohr für dich, Caroline. Wenn dir nach Reden zumute ist, dann melde dich bei mir.«

Ja, das kann ich mir lebhaft vorstellen. An Tratsch und Klatsch sind diese Vorstadtfrauen stets brennend interessiert. Da ist Rosie keine Ausnahme. Ich werde ihre Neugierde nicht befriedigen. Aber ich werde Sarah erneut zur Rede stellen. Sobald Rosie den Wink mit dem Zaunpfahl versteht und endlich einen Abflug macht, werde ich mir das Miststück von gegenüber zur Brust nehmen.

»Danke für die Medikamente«, sage ich und gehe in den Flur und öffne die Haustür.

Dass ich noch immer einen Schlafanzug trage, hindert mich nicht daran, in diesem Aufzug über die Straße zu gehen. Statt zu klingeln, laufe ich durch den Garten und betrete Sarahs Haus durch die Terrassentür.

»Was hast du den Frauen für eine absurde Geschichte aufgetischt?«, rufe ich durch die Küche.

Sarah zuckt vor Schreck zusammen, sammelt sich aber schnell und antwortet seelenruhig: »Nichts als die reine Wahrheit.«

»Du und die Wahrheit? Das eine schließt das andere ja wohl aus!«

»Ich habe nur das geschildert, was ich mit eigenen Ohren gehört habe. Tom hat Lars gesteckt, dass er sich schon länger mit dem Gedanken trägt, sich von dir zu trennen. Nach deinen Eskapaden sieht er nun keinen Grund mehr, dir die Treue zu halten. Er hat sich entschieden, dem Werben dieser Frau nachzugeben.«

»Schmarrn!«, brülle ich.

»Genau diese Worte hat er gewählt.«

»Was ist los mit dir, Sarah? Warum bereitet es dir so ein Vergnügen, Unfrieden zu stiften?«

»Nee, meine Liebe. Mach mich nicht für das Scheitern eurer Ehe verantwortlich. Meine kleine Notlüge hat rein gar nichts mit euren Problemen zu tun.«

»Wir hatten bis dato keine Probleme. Wenn du nicht so dreist gelogen hättest, gäbe es bei uns gar keinen Streit!«

»Verschließ weiterhin die Augen und leb in deiner Traumwelt! Red dir dein lausiges Leben schön! Ich bin nicht mehr bereit, so weiterzumachen. Im nächsten Monat ziehe ich zu Rick nach Kanada, um fortan mit ihm zu leben. Meine Güte, Caroline, wach doch endlich auf! Wir sind zu jung, um bis ans Ende unserer Tage dieses öde Dasein zu fristen. Wir haben ein Recht auf Liebe!«

»Du hast noch immer Kontakt zu diesem Mann?«

»Ja, sicher. Meine Befürchtungen waren völlig unbegründet. Es war ein dummes Missverständnis, das wir zwischenzeitlich geklärt haben. Du kannst mich die nächsten Wochen verachten oder beneiden. Aber bis zu meiner Abreise bitte ich dich, den Mund zu halten.«

»Du wirst dich nicht heimlich verdrücken, ohne zuvor reinen Tisch zu machen!«

»Keine Sorge, ihr bekommt das Geld zurück. Nur ob das noch etwas an Toms Absichten ändert, wage ich zu bezweifeln. Er wird sich so oder so von dir trennen!«

Was hat Sarah gerade zu mir gesagt? Nach meinen Eskapaden sieht Tom nun keinen Grund mehr, mir die Treue zu halten und dem Werben dieser Frau nachzugeben? Ähnlich hat er sich mir gegenüber auch ausgedrückt. »Glaubst du etwa, es würde mir an Gelegenheiten fehlen, dich schamlos zu hintergehen? Nein, auch ich habe meine Möglichkeiten, aber im Gegensatz zu dir habe ich sie bisher stets ausgeschlagen!«, hatte er mich am Flughafen angeraunzt. Bisher?

Ich höre einen Wagen vorfahren. Lars scheint schon Feierabend gemacht zu haben. Obwohl Sarah mich bittet, jetzt zu gehen, bleibe ich. Ich brauche Gewissheit, und weil ich ihren Worten nicht mehr traue, frage ich Lars. Er ziert sich und erklärt, dass es sich um ein vertrauliches Gespräch unter Männern gehandelt habe und er nicht bereit sei, das Vertrauen seines Freundes zu verletzen.

»Wer ist diese Frau, die ihm Avancen macht?«, will ich wissen, bekomme aber keine Antwort.

Lars geht zur Garderobe und hängt seine Jacke auf. Wenn er glaubt, er könne sich auf diese Weise meinen Fragen entziehen, kennt er mich schlecht.

Ich folge ihm und insistiere weiter. »Verdammt, Lars! Mach endlich den Mund auf!«

»Nein, Caroline, sprich selbst mit ihm! Das ist eine rein private Sache zwischen dir und Tom.«

Lars streitet es nicht ab. Es stimmt also doch! Sarah hat nicht fantasiert. Dieses Gespräch hat tatsächlich stattgefunden. Mein Mann soll sich mit dem Gedanken tragen, mich zu verlassen? Das werde ich erst glauben, wenn ich es aus seinem Mund höre. Ich pfeife auf sein Anrufverbot und wähle sofort seine Durchwahl. Nicht er, sondern seine Assistentin meldet sich.

»Ihr Mann ist bereits auf dem Rückweg, Frau Winter. Sie erreichen ihn bestimmt mobil.«

Mobil erreiche ich nur seine Mailbox. Nach der Ansage, es später noch einmal zu versuchen, endet der Anruf. Nach wie vor hat er sein Telefon so eingestellt, dass ich ihm keine Nachricht hinterlassen kann.

»Ja, komm nach Hause, Tom Winter! Und dann reden wir Tacheles!«

Ich warte bereits sieben lange Stunden auf ihn, genauso lange klopft mein Herz wie wild im Hals. Wo bleibt er nur, frage ich mich und spähe erneut aus dem Fenster. Für die Strecke hat er nie mehr als fünf Stunden gebraucht. Als er um acht Uhr abends noch immer nicht eingetroffen ist, hege ich den Verdacht, dass er gar nicht vorhatte, nach Hause zu kommen. Seine Sekretärin hat schließlich nur davon gesprochen, dass er auf dem Rückweg sei. Zurück zu wem, wenn nicht zu mir? Ich kann nicht mehr länger geduldig warten und fahre in die Innenstadt zu seinem Büro. Der Parkplatz ist leer, auch im Gebäude brennt kein Licht.

»Wenn das die Retourkutsche für London sein soll, dann ist sie dir geglückt, Tom Winter!«, fluche ich und fahre unverrichteter Dinge wieder ab.

Als ich zu Hause das Wohnzimmer betrete, fällt mir sofort auf, dass der Anrufbeantworter blinkt.

Erleichtert drücke ich die Wiedergabetaste, um gleich darauf betrübt festzustellen, dass nur Judith eine Nachricht hinterlassen hat.

»Caroline? Bist du da? Offensichtlich nicht. Bitte komm morgen früh um zehn Uhr zu mir in die Agentur. Wir müssen dringend miteinander reden.«

Ich ahne schon, was so dringend ist. Also gut! Konzentration, Caroline Winter. Ich werde es wohl hinbekommen, das gewünschte Exposé fertigzustellen.

Ausgebootet

Ich habe geschlafen wie ein Stein. Drei Cocktails, die ich mir am Vorabend gemixt habe, verschafften mir die nötige Bettschwere. Dass das nicht zur Gewohnheit wird, schwöre ich mir hoch und heilig, während ich mich im Schlafzimmer vor dem Spiegel ankleide. Statt wie üblich meinen Morgenkaffee in der Küche zu trinken, schütte ich den starken Schwarzen in einen Thermobecher. Ich nehme meinen Coffee to go in die Hand, schnappe mir die Ausdrucke vom Schreibtisch und verlasse das Haus. Um pünktlich um zehn bei Judith einzutreffen, müsste sich der Stau auf der Autobahn schnellstens auflösen. Doch bis ich die Baustelle passiere und wieder Gas geben kann, verstreichen wertvolle Minuten. Ich erreiche ihr Büro erst um halb elf. Mit schnellen Schritten nehme ich die Stufen in den ersten Stock. Durch die klare Glastür kann ich Swantje erkennen, die am Empfang sitzt und telefoniert. Ich warte vor ihrem Schreibtisch, bis sie das Gespräch beendet hat und erkläre demütig: »Tut mir leid, ich weiß, ich bin zu spät, aber der Verkehr war heute die reinste Hölle.«

Sie antwortet nicht. Sie schaut mich noch nicht einmal an. Vermutlich ist sie noch immer sauer, weil ich gestern einfach aufgelegt habe.

»Ich habe das Exposé dabei, Swantje. Und noch mal sorry. Ich wollte Sie wirklich nicht so schroff angehen.«

»Bitte nehmen Sie Platz«, fordert sie mich förmlich auf und zeigt mit ausgestrecktem Arm auf die Besucherecke. Ich wundere mich, denn bisher hat Judith mich stets in ihrem Büro empfangen. Wo ist sie überhaupt? Vergeblich schaue ich mich nach ihr um.

Swantje tritt hinter ihrem Schreibtisch hervor und setzt sich mit einer Unterschriftenmappe zu mir an den Tisch.

»Das soll ich Ihnen geben«, erklärt sie mit dünner Stimme und meidet noch immer direkten Blickkontakt. Sie öffnet die Mappe und überreicht mir ein Schreiben, das die Signatur meiner Agentin trägt.

Ich lese den Brief, begreife aber nicht, was mir mitgeteilt wird.

»Sie kündigt mir die Zusammenarbeit auf? Warum denn das? Etwa wegen des Exposés? Es ist fertig. Ich habe es dabei«, entgegne ich aufgebracht.

»Ich glaube nicht, dass das der Grund ist«, widerspricht Swantje schüchtern. Es ist nicht zu übersehen, wie unangenehm ihr die Situation ist.

»Was ist denn der Grund?«

Doch sie zuckt nur stumm mit den Schultern.

»Ich verstehe das nicht«, sage ich bereits zum dritten Mal. »Wo ist Judith?«, will ich wissen und erhebe mich vom Stuhl. Ich gehe auf direktem Weg zu ihrem Büro und öffne die Tür, ohne vorher anzuklopfen. Statt auf meine Agentin blicke ich auf zwei schwarze Koffer, die vor ihrem Schreibtisch stehen.

»Sie werden Judith hier nicht finden. Sie ist bereits abgereist.« Swantje bittet mich, das Chefbüro zu verlassen.

Ich bin fassungslos, aber nicht sprachlos.

»Sie kündigt mir grundlos die Zusammenarbeit und hat noch nicht einmal den Schneid, es mir persönlich mitzuteilen?«

»Tut mir leid, Frau Winter. Judith hat auf Sie gewartet. Sie waren es, die sich verspätet hat.«

»Alles klar!« Ich nehme mein Exposé und mein Kündigungsschreiben in die Hand und verlasse die Agentur, ohne Tschüss zu sagen.

Ich habe bereits die ersten Stufen genommen, als Swantje ins Treppenhaus tritt und mir nachruft, ich möge noch einen Moment warten. Doch ich habe genug gehört und gehe unbeirrt weiter.

Seit geschlagenen fünf Minuten sitze ich in meinem Wagen und frage mich, was gerade um mich herum passiert. Was habe ich verbrochen, dass sich alle gegen mich verschwören? Warum Sarah mir so übel mitspielt, kann ich mir mit viel Empathie noch erklären. Sie ist liebeskrank und hat auf ihrem Egotrip jeglichen Anstand über Bord geworfen, aber was in Tom gefahren ist, erschließt sich mir nicht, und weshalb Judith mir plötzlich die rote Karte zeigt, will mir beim besten Willen nicht in den Kopf. Sie ist auch nicht abgereist, flüstert mir mein Verstand. Ihre Koffer stehen doch noch im Büro. Ich blicke in den Rückspiegel und entdecke ihren Wagen, der keine fünfzig Meter hinter mir parkt. Nicht abzufahren und darauf zu warten, bis sie das Haus verlässt, um sie dann zur Rede zu stellen, scheint mir eine gute Idee. Nach einer knappen halben Stunde hat mein Warten ein Ende.

Während sie ihre beiden Gepäckstücke auf hohen Hacken gekonnt über den Bürgersteig zieht, steige ich aus und folge ihr unauffällig.

»Wohin geht denn die Reise?«, frage ich und baue mich direkt vor ihr auf.

Ich merke, wie sich ihr Gesicht vor Scham rötet, aber sie hat sich schnell wieder im Griff und antwortet souverän: »Italien.«

»Warum, Judith? Und weshalb auf diese feige Art und Weise?«

»Es hat persönliche Gründe. Ich kann mich künftig nicht mehr um alle Autoren kümmern und habe mich entschieden, nur noch Vollprofis zu vertreten. Und dass du kein Profi bist, wirst du ja wohl nicht abstreiten.«

»Du bekniest mich wochenlang, weiterzuschreiben, organisierst eine Lesereise und heute kickst du mich ohne Vorwarnung aus dem Vertrag?«

»Dich zu ermutigen, war wohl ein Fehler. Ich habe mehr in dir gesehen, als du zu bieten hast. Wenn ich dir einen letzten Rat geben soll, dann vergiss die Schreiberei! Zugegeben, du hast Talent, aber es fehlt dir an der nötigen Disziplin. Betreibe es weiterhin als Hobby! Und jetzt entschuldige mich bitte, ich habe es eilig.«

Ich entschuldige nicht, lasse sie aber trotz meiner unbändigen Wut ungehindert einsteigen. »Fahr zur Hölle, du affektierte Kuh!«, fluche ich ihr leise nach und begebe mich auf den Heimweg. Wenn ich Tom eröffne, dass ich die Schriftstellerei notgedrungen an den Nagel hängen muss, hat er seinen Willen bekommen und wird endlich wieder friedlich sein. Ob sein Wutausbruch der Grund ist, weshalb Judith mich fallenlässt? Er hat sie schließlich nicht nur einmal am Telefon beschimpft. Sollte er tatsächlich für meinen Rausschmiss verantwortlich sein, wird er mich kennenlernen. Statt nach Hause fahre ich zu seiner Firma. Ich bin so geladen, dass ich bereit bin, ihm vor seiner Belegschaft die Meinung zu geigen. Aber wie gestern ist der für den Chef reservierte Parkplatz frei.

»Wo steckst du, Winter?«, rufe ich zornig aus. Ich könnte seine Assistentin fragen, aber die Blöße will ich mir nicht geben und fahre ab.

Schon beim Betreten des Flurs merke ich, dass Tom zu Hause war. Der Duft seines Aftershaves hängt noch immer in der Luft. Ich schaue ins Bad und finde feuchte Handtücher vor. Er muss geduscht haben, schlussfolgere ich. Doch er hat sich nicht nur frisch gemacht. Er hat alle Oberhemden und Anzüge mitgenommen, wie mir der Blick in den leeren Schrank offenbart. Ich kontrolliere auch die Schubladen, in denen ich seine Shorts und Socken aufbewahre. Sie sind leer. Es befindet sich auch keine Schmutzwäsche mehr im Technikraum und langsam wird mir klar, dass Tom Winter sich verdrückt hat. Er hat den kurzen Moment meiner Abwesenheit genutzt und seine Klamotten zusammengepackt. Ich suche das ganze Haus nach einer Nachricht von ihm ab. Vergeblich! Tom Winter hat mich nach vierundzwanzig Jahren ohne ein Wort des Abschieds verlassen.

Ich pfeife auf den Schwur, den ich vor weniger als vier Stunden geleistet habe, und schenke mir einen doppelten Wodka ein. Diesmal verzichte ich auf den Fruchtsaft und kippe den Schnaps pur hinunter. Was stellt frau an, wenn sie aus heiterem Himmel abserviert wird? Frau heult sich bei ihrer besten Freundin aus! Das entfällt in meinem Fall aus nachvollziehbaren Gründen. Frau stürzt sich in die Arbeit. Aber auch das hat sich für mich gerade erledigt. Ich habe das Bedürfnis, Tom laut anzuschreien und ihm körperlich wehzutun. Aber um das in die Tat umzusetzen, müsste ich zunächst wissen, wo er sich aufhält. Ich rufe ihn an, aber der Feigling hat sein Handy ausgestellt. Nach dem zweiten Glas Kartoffelschnaps ist es mir egal, was seine Sekretärin über mich denkt, wenn ich sie fragen werde, wo ich meinen Mann erreichen kann.

»Er ist auf dem Weg nach Chicago? Nein, wenn ich gewusst hätte, wohin seine Reise geht, bräuchte ich Sie nicht zu fragen, Frau Schüler«, gebe ich schnippisch zurück. Nun ist es auch egal. Ich habe mich bereits bis auf die Knochen vor ihr blamiert. Was spricht dagegen, ihr auch noch die entscheidende Frage zu stellen. »Fliegt er allein oder in Begleitung?«

»Ich weiß es nicht, Frau Winter. Ihr Mann hat sich selbst um die Buchung gekümmert.«

»Danke«, sage ich und lege auf, weil ein zweiter Anrufer anklopft. Es ist Swantje, die mich fragt, ob ich schon wieder zu Hause sei.

»Ich hatte Ihnen noch hinterhergerufen, weil ich Ihnen das Sakko Ihres Mannes mitgeben wollte. Wenn Sie wollen, kann ich es Ihnen nach Feierabend vorbeibringen.«

»Das Sakko meines Mannes?«

»Ja, er muss es gestern hier vergessen haben.«

»Er war gestern bei Judith?«

»Hätte ich das nicht sagen dürfen?«, fragt sie irritiert zurück. Doch, Swantje, sprich nur weiter, denke ich, aber sie schweigt.

»Hat mein Mann darum gebeten, den Vertrag aufzulösen? Sie können gern offen mit mir sprechen. Hat es wieder Streit zwischen den beiden gegeben?«

Ich höre sie laut durch den Hörer schnauben. Zögerlich antwortet sie: »Streit? Nein, sicher nicht! Es tut mir leid, Frau Winter, aber ich darf Ihnen dazu nichts sagen. Ich arbeite für Judith und bin ihr zu Loyalität verpflichtet, obwohl ich ihr Handeln verabscheue.« Es entsteht eine lange Pause, die ich zum Nachdenken nutze. Manchmal sind es die unausgesprochenen Worte, die den Groschen fallen lassen.

»Eine letzte Frage, Swantje. Wohin ist Judith gereist? Doch sicherlich nicht nach Italien, oder?«

»Soll ich die Jacke nun noch bringen?«

»Nicht nötig, Swantje. Lassen Sie sie hängen. So wie es sich darstellt, ist die Agentur der bessere Platz.«

Das nenne ich mal eine volle Breitseite. Natürlich handelt es sich bei der geheimnisvollen Frau, die meinem Mann seit geraumer Zeit Avancen gemacht hat, um keine Geringere als um Judith. Wie naiv bin ich eigentlich gewesen? Sie hat mich in die Agentur bestellt, um Tom die Möglichkeit zu geben, während meiner Abwesenheit seine Sachen zu packen. Nun weiß ich, wo er die gestrige Nacht verbracht hat. Ich habe mich von ihr manipulieren lassen und bin blindlings in ihre Falle getappt. Mit ihrem vermeintlichen Bemühen, aus mir eine erfolgreiche Autorin zu machen, hat sie nur ein Ziel verfolgt, sich hinter meinem Rücken ungestört an meinen Mann heranzumachen. Sie war es, die ihm gesagt hat, dass ich lediglich eine Vorleserin sei. Sie war es auch, die eine kurzfristige Lesereise aus dem Hut gezaubert hat, um sich ungehindert mit ihm treffen zu können. Sie hat nie ein Hehl daraus gemacht, dass sie Tom attraktiv findet.

Gerade tauchen die Bilder meiner Geburtstagsfeier vor meinem inneren Auge auf. »Jasper hat das gute Aussehen von seinem Vater geerbt. Er sieht Tom wie aus dem Gesicht geschnitten ähnlich. Du hast die Fahrt mit dem Heißluftballon ausgeschlagen? Ich würde austicken vor Freude«, hatte sie gesagt.

Ja, sie wäre gern an meiner Stelle gewesen. Sie hätte trotz ihres beruflichen Erfolgs ihr Singleleben ohne lange zu überlegen sofort gegen meins an Toms Seite eingetauscht. Jetzt hat sie ihr Ziel erreicht. Mit List und Tücke hat diese Schnepfe mich ausgebootet.

Dämmerschlaf

Ich habe schon tagelang das Telefonklingeln ignoriert. Die Jalousien sind rund um die Uhr heruntergelassen. Damit ich das Gefühl habe, nicht mutterseelenallein zu sein, läuft der Fernseher ohne Unterbrechung. Heute werde ich mich aufraffen müssen und zum Einkaufen fahren, denn es befindet sich nichts Genießbares mehr im Kühlschrank. Das ist nicht wirklich schlimm, denn ich verspüre überhaupt keinen Hunger mehr. Ich kenne nur noch Durst. Gerade packe ich die leeren Weinflaschen in Tüten, um sie später auf dem Weg zum Supermarkt im Altglascontainer zu entsorgen, als es an der Tür schellt. Mich interessiert nicht, wer der Störenfried ist, und ich gehe auf Tauchstation. Jetzt klopft derjenige auch noch überlaut. Erst, als ich eine weibliche Stimme wahrnehme, die unaufhörlich meinen Namen ruft, bequeme ich mich in den Flur.

»Hast du vor, die Scheibe einzuschlagen?«, frage ich Rosie und gewähre ihr Einlass.

»Meine Güte, Caroline. Wie siehst du bloß aus? Und weshalb stinkt es hier so abscheulich? Mach mal die Fenster auf und lass Frischluft rein.«

»Was willst du von mir?«

»Heute ist Montag.«

»Na und? Ich schwimme nicht mehr!«

»Kein Wunder! Du kannst dich ja kaum auf den Beinen halten.« Sie kommt näher und legt tröstend ihre Arme um mich.

Ich ertrage ihre Nähe nicht und sage: »Spar dir dein Mitleid!«

»Es stimmt also. Tom ist weg.«

»Jepp, Sarah hat ausnahmsweise mal die Wahrheit gesagt. Dieser Feigling hat sich nach vierundzwanzig Jahren einfach aus dem Staub gemacht. Hätte Sarah nicht geplaudert, wäre ich noch immer ahnungslos.«

»Habt ihr denn nicht miteinander geredet?«

»Wie denn? Er hat seit Tagen sein Handy ausgestellt. Seine Neue hat mich unter einem Vorwand aus dem Haus gelockt, damit er unbemerkt seine Sachen holen kann. Jetzt sind die beiden in Amerika, und er singt für sie den alten Sinatra-Song: *Chicago …that toddling town.*« Endlich ist es so weit. Nach meiner kurzen Zusammenfassung löst sich der Knoten, der sich seit Tagen hartnäckig in meinem Hals festgesetzt hat, und ein Sturzbach an Tränen bahnt sich den Weg über mein Gesicht.

»Du weißt, wer sie ist?«, fragt Rosie erstaunt, und ich befriedige ihre Neugierde.

»Du kennst sie auch. Es ist Judith, die Frau, mit der ich an meinem Geburtstag zum Picknick gekommen bin.«

»Diese aufgedonnerte Verlagstante? Die ist doch gar nicht Toms Typ. Ich dachte immer, er könnte sie nicht leiden.«

»Da haben wir uns wohl beide geirrt«, jaule ich.

Rosie reicht mir ein Papiertaschentuch, und ich schnäuze mich mit aller Kraft aus. Sie will wissen, was ich jetzt vorhabe.

»Jetzt fahre ich zum Einkaufen. Ich hab nichts Trinkbares mehr im Haus.«

»Das lässt du schön bleiben! Du gehst jetzt ins Bad und nimmst eine überfällige Dusche. Ich werde die Besorgungen für dich erledigen. Wenn ich zurück bin, dann quatschen wir uns in aller Ruhe aus.«

Ich erkläre, dass das nicht nötig sei. »Ich komme auch gut allein zurecht. Mehr gibt es nicht zu erzählen.«

Aber sie lässt sich nicht von ihrer Idee abbringen und meint, dass sie ursprünglich aus einem ganz anderen Grund gekommen sei.

»Ich muss dringend in einer heiklen Angelegenheit mit dir sprechen und brauche deinen Rat. Also bis gleich«, sagt sie und verlässt das Haus.

Als sie nach einer halben Stunde mit einem prall gefüllten Fresskorb zurückkommt, bin ich geduscht und habe mir die Haare gewaschen. Auf Schminke habe ich verzichtet und bin in meinen Schlabberanzug geschlüpft.

»Na, viel besser siehst du jetzt auch nicht aus, aber immerhin muffelst du nicht mehr«, frotzelt sie und stellt den Korb auf die Arbeitsplatte in der Küche.

»Hast du Wein mitgebracht?«

»Nein, aber eine Dosensuppe. Du wirst erst essen, bevor du einen Schluck davon bekommst«, bestimmt sie und hält grinsend eine Flasche Schnaps in die Luft.

»Ist das Weinbrand? Igitt!«

»Das ist Cognac, davon brauche ich jetzt dringend einen, wenn ich dir erzählen soll, was mir auf dem Herzen liegt.« Während sie die Fertigsuppe für mich erwärmt, frage ich sie, was sie so bedrückt. »Es geht um Sarah. Sie hat mich um Geld gebeten. Ich würde ja eigentlich kein Wort darüber verlieren, wenn es sich um fünfzig oder hundert Euro handeln würde, aber die Summe, die sie von mir erwartet, sprengt mein Haushaltsgeld um ein Vielfaches.«

Plötzlich bin ich hellwach. Ich frage Rosie, welche Begründung Sarah für ihre Bitte angeführt hat.

»Sie hat sich sehr bedeckt gehalten und nur gemeint, sie sei in einer Notlage. Ich finde, wir Frauen sollten in der Not zusammenhalten und uns gegenseitig unterstützen. Natürlich bin ich bereit, ihr zu helfen, schließlich sind wir Freundinnen, aber ich habe keine zweitausend Euro, die ich ihr leihen könnte. Deshalb spreche ich jetzt diskret die Frauen in unserem Club an und frage, wer bereit wäre, etwas in den Topf zu werfen.«

»Du startest eine Sammelaktion?«

»Ja, Maike und Jessica sind bereit, sich mit dreihundert Euro zu beteiligen.«

»Von mir gibt es nichts! Nicht einen müden Cent! Für ihre sogenannte Notlage hat Tom bereits zweitausend Euro gespendet, Geld, das wir nie im Leben wiedersehen werden.«

»Wirklich?«

Ich bin hin- und hergerissen. Soll ich wirklich weiter schweigen und zulassen, dass Sarah sich durch den ganzen Freundeskreis pumpt, um diesem Abzocker fremdes Geld in den Rachen zu werfen? Nein, jetzt ist Schluss. Ich muss Rosie warnen.

»Tu das nicht, gib ihr kein Geld. Sarah ist in keiner Notlage. Sie ist auf einen Internet-Betrüger reingefallen, der ihr systematisch das Geld aus der Tasche zieht. Es wird Zeit, dem Ganzen einen Riegel vorzusetzen, bevor noch Schlimmeres passiert und sie sich völlig ins Unglück stürzt.«

»Was schlägst du vor?«

»Ich weiß es nicht. Es hat wenig Sinn, ihr ins Gewissen zu reden. Sie ist völlig vernagelt, was diesen Mann angeht.«

»Wer ist dieser Typ?«

»Er ist ein Phantom! Ihr heißgeliebter Rick existiert gar nicht. Weiß der Geier, wer sich tatsächlich hinter diesem smarten Kanadier versteckt, der sich erst in ihr Herz geschlichen und ihr dann den Verstand geraubt hat. Sie will Lars für ihn verlassen. Wenn du mich fragst, ist sie völlig durchgeknallt.«

»Bist du dir sicher?« Rosie schaut aus dem Küchenfenster. »So wie es aussieht, ist sie gerade im Begriff, mit Lars in den Urlaub aufzubrechen. Die beiden stehen draußen und stellen ihre Fahrräder auf den Dachgepäckträger.«

Ich kann nicht glauben, was Rosie berichtet, und springe auf, um mir selbst ein Bild zu machen.

Tatsächlich, Lars verstaut eine Kühltasche im Kofferraum seines Wagens.

»Warte!«, sage ich und öffne die Haustür.

»Also doch Fahrradurlaub in der Eifel«, rufe ich über die Straße und marschiere auf ihn zu.

Lars begrüßt mich mit einem Wangenkuss.

»Ich habe sie überreden können.« Er mustert mich von oben bis unten. »Du siehst erschreckend beschissen aus, Caroline.«

»Ich sehe so aus, wie ich mich fühle.« Immerhin weiß ich im Vergleich zu ihm, woran ich bin. »Hast du was von Tom gehört?«, flüstere ich leise, aber er verneint.

»Er hat sich nicht bei mir gemeldet. Sollte er es noch versuchen, wird er mich im Urlaub nicht erreichen. Sarah und ich nehmen uns eine Auszeit und wollen die pure Natur genießen. Die Tablets sind während der Reise tabu, und ich werde nur im äußersten Notfall mein Handy anstellen.«

»Klingt aufregend!« Ich frage ihn, ob ich mich bis zu ihrer Rückkehr um die Blumen kümmern soll.

»Ich habe mich nicht getraut, dich darum zu bitten, aber wenn es dir nichts ausmacht, wäre das wirklich sehr lieb. Ich gebe dir meinen Haustürschlüssel.« Lars fummelt noch an seinem Bund, als Sarah auf die Straße tritt.

»Du hast Besuch von Rosie?«, fragt sie ängstlich und zeigt auf ihren Wagen.

»Ja, wir werden gleich eine Flasche Cognac kippen.«

»Ich kann mich doch auf dich verlassen?«, fragt sie und schaut mich beschwörend an.

Natürlich weiß ich, was sie meint. »Aber sicher, deine Blumen sind bei mir in besten Händen.« Ich wünsche den beiden gutes Wetter und eine ganze Menge Spaß. Insgeheim wünsche ich mir, dass es ihm gelingen möge, sie von ihrem abstrusen Vorhaben abzubringen. Was würde ich darum geben, eine Woche mit Tom allein durch die Wildnis zu radeln. Ich hätte endlich Zeit, ihm zu erklären, dass wir einer perfiden Intrige zum Opfer gefallen sind. Wenn er mir nur einmal die Gelegenheit gegeben hätte, mich zu erklären, hätten diese Missverständnisse nicht im Chaos enden müssen. Und ausgerechnet mit der hinterhältigen Initiatorin ist er durchgebrannt.

Lars drückt noch zweimal kurz auf die Hupe.

Ich winke ihnen hinterher, dann gehe ich zurück ins Haus.

»Dein Telefon hat unaufhörlich geklingelt. Ich bin nicht rangegangen«, ruft Rosie mir beim Betreten des Wohnzimmers zu. Sie meint, es könnten meine Kinder gewesen sein, denn sie hat die Vorwahl 0044 auf dem Display erkannt.

»Ich melde mich später bei ihnen«, antworte ich, denn ich vermute, dass Chris der Anrufer war. Meine Kinder würden nur eine SMS schreiben und um Rückruf bitten.

»Wissen Jasper und Nelli auch schon Bescheid?« Rosie erwischt mich eiskalt mit ihrer Frage. Darüber habe ich noch gar nicht nachgedacht. Wenn die Kinder von Toms Auszug erfahren, werden sie aus allen Wolken fallen. Mein Sohn wird schweigen und sich seinen Teil denken, aber meine Tochter wird mir wie gewohnt Vorhaltungen machen. In meiner Vorstellung baut sie sich provozierend auf und kreischt: »Was ist bloß in dich gefahren, Mama? Warum hast du Papa aus dem Haus geekelt?«

»Nein, die beiden sind noch ahnungslos. Ich werde ihnen bestimmt nicht die Hiobsbotschaft überbringen. Das soll Tom mal schön selbst erledigen. Ich bin es nämlich leid, stets die

Böse zu sein. Was ist nun mit dem Cognac? Hast du ihn nur gekauft, damit ich mir die Flasche ansehen kann, oder können wir auch einen trinken? Schenk endlich ein!«, fordere ich und hole zwei Gläser aus dem Schrank.

Rosie will mit mir anstoßen. Ihr Trinkspruch verschlägt mir glatt die Sprache. »Auf Sarah und Lars, die es nicht verdient haben, dass du solch einen Unsinn über sie verbreitest.«

»Wie bitte?«

»Ach, Caroline, mir war doch gleich klar, dass deine Geschichte über Sarah nicht stimmt. Würde sie sonst mit Lars in den Urlaub fahren? Ich weiß nicht, was zwischen euch gerade schiefläuft, aber du hast nicht das Recht, solche Unwahrheiten über unsere Freundin in die Welt zu setzen.«

»Du unterstellst mir, dass ich lüge?«

»Ich behaupte ja nicht, dass du absichtlich die Tatsachen verdrehst. Vielleicht projizierst du deine Eheprobleme ja auch auf Sarah, damit du deinen Schmerz besser ertragen kannst.«

»Ich habe selten so einen Blödsinn gehört. Lass die Finger von der Psychologie, auf dem Gebiet bist du komplett talentfrei. Weißt du was, Rosie, ich hab es endgültig satt, ständig als Lügnerin abgestempelt zu werden. Wenn du mir nicht glaubst, dann nimm deinen billigen Weinbrand und verpiss dich!«

»Das ist kein Weinbrand, das ist Cognac!«

»Das ist noch nicht einmal Weinbrand, sondern lediglich Verschnitt! Wer lesen kann, ist klar im Vorteil.« Ich zeige mit dem Finger auf das Etikett.

»Dann hat der Verkäufer mich dreckig übers Ohr gehauen.«

»Du bist so naiv, dass man dich einfach nur gernhaben muss«, lache ich. »Obwohl es mehr als offensichtlich ist, lässt du dir jeden Bären aufbinden, aber wenn ich dir die Wahrheit ins Gesicht sage, dann bezeichnest du mich als Lügnerin.«

»Was ist denn so offensichtlich?«, motzt sie beleidigt.

»Ein dreiviertel Liter Cognac kostet deutlich mehr als nur 6,99 Euro, und jemand, der in einer finanziellen Notlage ist, der …«

»… der fährt bestimmt nicht seelenruhig in den Urlaub«, beendet sie meinen Satz. »Meinst du das?«

»Ich meine, mach, was du willst. Setze deine Kollekte fort, aber behaupte später nicht, ich hätte dich nicht gewarnt.«

»Du hast recht, Caroline.«

»Nun also doch?«

»Ganz bestimmt ist das kein Cognac. Ich hab noch nie so einen ekeligen Schnaps getrunken. Gib mir mal den Schlüssel von drüben!«

»Was hast du vor?«

Doch sie hat ihn sich schon vom Tisch genommen und macht sich auf den Weg ins gegenüberliegende Haus.

Ich folge ihr und wiederhole, dass wir das nicht machen können.

»Lars hat immer eine Flasche Scotch im Schrank. Ich will sie nicht klauen, lediglich ausleihen. Morgen besorge ich eine neue.«

Zielsicher geht Rosie ins Wohnzimmer und öffnet den Schrank. Während sie sofort fündig wird, schaue ich auf den Esszimmertisch, auf dem sich Sarahs Notebook befindet. Es ist, als ob Rosie meine Gedanken lesen könnte, denn sie fordert mich auf, das Ding anzustellen.

»Mach schon! Ich will wissen, für wen sie die Kohle braucht«, befiehlt sie. Weil ich nicht sofort reagiere, stellt sie den Computer an. Sarah scheint es noch nicht einmal für nötig gehalten zu haben, ihren Computer mit einem Passwort zu schützen, denn kurz darauf leuchtet der Bildschirm im schönsten Blau. Rosie zögert nicht lange und klickt auf das Facebook-Symbol. Augenblicklich öffnet sich die Seite. »Na, das nenne ich mal eine attraktive Notsituation«, meint Rosie. Sie betrachtet die

Bilder und fragt, ob ich gut Englisch könne. »Ich verstehe nämlich nicht, was dort steht.«

»Er schreibt, dass er sich um die Einreiseformalitäten kümmern will. Allein dafür soll sie ihm dreitausend Euro überweisen.«

»Und was hat Sarah darauf geantwortet?«

»Dass sie diese Summe kurzfristig nicht aufbringen könne. – Darauf hat er geantwortet, dass es unbedingt notwendig sei, dass das Geld aus ihrem Heimatland auf das Konto transferiert wird. Nur so könne sie ihre Liquidität vor den Behörden nachweisen. Er hat ihr geraten, sich das Geld von Freunden zu leihen oder einen Kleinkredit aufzunehmen. Sobald sie in Kanada ist, wird er dafür sorgen, dass die Leute ihr Geld zurückbekommen, verspricht er ihr.«

»Aber das klingt doch ganz plausibel«, erklärt Rosie und löst mit ihrer naiven Bemerkung verständnisloses Kopfschütteln bei mir aus.

»Du wärst auch eine perfekte Kandidatin für so einen Schwindler«, schimpfe ich. Dann fällt mir die Kontoverbindung ins Auge, und ich bitte sie, mitzuschreiben. Sie notiert IBAN und BIC. »Jetzt haben wir wenigstens einen Anhaltspunkt für seine wahre Identität.« Ich fahre den Computer runter. Ich nehme den Zettel und Rosie den Whisky. Wir verlassen Sarahs Haus, ohne ein schlechtes Gewissen zu haben.

»Aber weshalb glaubst du, dass dieser Mann gar nicht existiert?«, fragt sie mich, als wir es uns auf dem Sofa gemütlich machen.

»Weil ich einen Beitrag im Fernsehen angeschaut habe. Dort wurde vor diesen Typen gewarnt. Sie geben sich als reiche Engländer, Amerikaner oder Kanadier aus, die nach einem schweren Schicksalsschlag die Frau fürs Leben suchen.«

»Aber es könnte doch sein, dass dieser Rick wirklich ein einsamer Witwer ist, der sich unsterblich in Sarah verliebt hat.«

»Wenn dieser Rick wirklich ein gutsituierter Rechtsanwalt wäre und seriöse Absichten hätte, würde er kein Geld von ihr fordern, sondern ihr Geld schicken.«

»Ja, in dem Punkt stimme ich dir zu.«

»Mit anderen Worten, du glaubst mir?«

»Ja, ich glaube dir, Caroline, und es tut mir aufrichtig leid, dich als Lügnerin bezeichnet zu haben.«

»Hast du eine Ahnung, wie gut es mir tut, das zu hören? Wäre es Tom gewesen, der diese Worte zu mir sagt, hätte ich auf der Stelle einen Orgasmus bekommen.«

»Echt? So schnell geht das bei dir? Ich komme erst, wenn mein Dildo vor Überhitzung schon Funken sprüht. Wie lange ist dein letzter Höhepunkt her?«, will Rosie wissen und schüttet die Gläser mit Scotch halb voll.

»Es war am Wochenende, bevor ich auf Lesereise gegangen bin.«

»Wo bist du hingegangen?«

So, jetzt ist es passiert, ich habe mein streng gehütetes Geheimnis einfach ausgeplaudert.

»Ich schreibe Romane. Seit zwei Jahren arbeite ich als Autorin.«

»Wahnsinn! Und was schreibst du? Krimis? Fantasy? Erotik?«

»Dreimal falsch.« Ich sehe keinen Grund mehr, noch weiter um den heißen Brei zu reden. Ich stehe auf, ziehe zwei Taschenbücher aus der untersten Schublade des Stubenschranks und reiche sie ihr.

»Nora Parker? Das bist du? Ich schmeiß mein Geld weg! Ich besitze sogar ein Buch von dir. *Licht- und Schattenseiten* steht noch ungelesen in meinem Regal. Meine Güte, Caroline, nie im Leben hätte ich gedacht, dass du …«

Rosie kommt nicht dazu, ihren Satz auszusprechen, denn mein Smartphone klingelt, und weil ich nicht rangehe, empfange ich einen fragenden Blick von ihr.

»Warum gehst du nicht ran?«

»Keine Lust!«

»Und wenn es Tom ist, der anruft?«

»Wenn der Anrufer tatsächlich Tom sein sollte, dann würde ich dich bitten, mich allein zu lassen, damit ich ihm ungestört den Marsch blasen kann. Aber der Anrufer ist nicht Tom, und du kannst gerne bleiben und nachschenken.«

»Wer war es denn?«

»Kennst du nicht«, sage ich und stelle mein Telefon aus.

»Ich werde jetzt nach Hause gehen. Meinen Wagen lasse ich stehen. Sauf nicht die ganze Flasche aus, Caroline.«

»Versprochen. Danke für deinen Besuch, Rosie.«

Offline

Seit drei Tagen schlafe ich bei geöffnetem Fenster und werde morgens durch lautes Vogelgezwitscher geweckt. Den Tag ohne Kater zu beginnen, ist weitaus angenehmer, als mich mit Kopfschmerztabletten vollzupumpen. Auch wenn Alkohol und Medikamente der Vergangenheit angehören, bedeutet es nicht, dass ich nicht mehr frustriert bin. Um gegen meinen Verdruss vorzugehen, habe ich das ganze Haus geputzt. Statt fernzusehen, höre ich Musik, und wenn ich abends nicht einschlafen kann, lese ich, bis mir die Augen vor Müdigkeit zufallen. Nach dem Aufstehen und vor dem Zubettgehen stelle ich mein Telefon an, um zu überprüfen, ob ich Anrufe meines fremdgehenden Ehemanns verpasst habe. Aber Tom hat sich nicht einmal bei mir gemeldet. Nachrichten habe ich lediglich von Chris erhalten. Er hat mich mehrmals täglich darum gebeten, ihn anzurufen. Seine Kurzmitteilungen begannen bisher alle mit: *Verdammt, Nora!* Seine heutige SMS nicht.

> *Was ist los? Wieso hast du deine Webseite vom Netz genommen. Weshalb bist du nicht mehr bei Facebook? Warum rufst du nicht zurück? Verdammt, Nora. Ich mache mir wirklich Sorgen. Sag mir doch, was passiert ist. Bitte! LG Chris*

Ich will seine Mitteilung sofort auf ihren Wahrheitsgehalt überprüfen und gehe online. Tatsächlich! Auf meiner Homepage steht geschrieben: *Diese Domain steht zum Verkauf. Unterbreiten Sie uns ein Angebot.* Ich rufe meine Facebook-Seite auf und lese den Hinweis: *Leider ist dieser Inhalt derzeit nicht verfügbar.*

»Was soll das, du blöde Kuh!«, rufe ich laut aus. Reicht es ihr nicht, dass sie sich meinen Mann gekrallt hat, will sie mich jetzt auch beruflich fertigmachen? Mag sein, dass sie Nora Parker mit einem Mausklick auslöschen kann, aber nicht Caroline Winter! Als mein Telefon klingelt und ich sehe, dass Chris der Anrufer ist, beschließe ich, ranzugehen.

»Ich bin so sauer, du glaubst nicht, wie unsagbar sauer ich bin«, eröffnet er das Gespräch.

»Das bin ich auch auf dich«, gebe ich zurück.

»Auf mich? Warum denn das?«

»Mit dir hat der ganze Ärger angefangen! Seit München geht in meinem Leben alles schief! Mein Mann ist abgehauen und vergnügt sich jetzt mit einer anderen Frau in den Staaten. Das wäre alles nicht passiert, wenn er uns nicht zusammen gesehen und ich die Nacht nicht bei dir im Haus verbracht hätte.«

»Aber zwischen uns ist doch gar nichts passiert. – Leider, wenn ich das anmerken darf. – Und nun? Bist du traurig?«

Ich schüttle nur stumm den Kopf.

»Das ist nicht gut, Nora. Wenn du traurig bist und ich dich nicht trösten kann, dann ist das gar nicht gut.«

»Ich bin nicht traurig, ich bin wütend.«

»Wütend klingt gut! Ja, sei wütend auf diesen Dummkopf, der seine tolle Frau verlässt, obwohl gar nichts passiert ist. Leider nichts passiert ist, wenn ich das anmerken darf.«

»Das hast du jetzt schon zweimal angemerkt.«

»Sorry, ich neige dazu, mich zu wiederholen, wenn ich verliebt bin. Und ich bin schwer verliebt in dich.«

»Hör mit dem Blödsinn auf, Chris!«

»Jawohl, Sir!«, ruft er laut und fragt, ob er mir von seinem Ärger berichten dürfe.

»Leg los, ich bin ganz Ohr.«

»Ich stand so kurz davor, mich mit dir treffen zu können. Uns liegt eine Anfrage eines Hamburger Unternehmens vor. Doch statt mich mit den Verhandlungen zu beauftragen, schickt das Oberarschloch von Chef Amy in die Hansestadt.« Er bittet mich, einen Moment dranzubleiben, und erklärt, dass er den Hörer kurz beiseitelegen müsse, weil das Würgetier naht. Kurz darauf höre ich ihn sagen: »Na, du falsche Schlange! Du hättest gern zu meinen Gunsten verzichten können. Du weißt doch, wie wichtig mir die Reise ist.«

»Wegen Nora?«

»Nein, Amy, wegen der leckeren Fischbrötchen, die es am Hafen zu kaufen gibt. – Natürlich wegen Nora!«

»Tut mir leid, Chris. Nora hatte ich gar nicht auf dem Schirm, als der Chef mich gefragt hat.«

»Mach jetzt 'nen Abgang, damit ich wenigstens ungestört mit ihr weitertelefonieren kann.«

»Du sprichst gerade mit ihr? Stell mal auf Freisprechen!« Kurz darauf ruft sie mir zu: »Hey, wie geht's? Kannst du mir ein Hotel empfehlen? Aber es muss eine gute Anbindung an Bus und U-Bahn haben. Ein Leihwagen kommt für mich nicht infrage, weil ich mich vor eurem Rechtsverkehr fürchte.«

Ich muss lachen, denn ich kann ihre Bedenken nur zu gut nachvollziehen. Wir Menschen sind halt Gewohnheitstiere, und sollte sie wie ich auch eine Rechts-Links-Schwäche haben, könnte es für sie im Straßenverkehr tatsächlich brenzlig werden.

»Wie lange bleibst du denn?«

»Eigentlich nur einen Tag. Ich könnte nach der Besprechung gleich wieder zurückfliegen. Aber wenn ich schon mal da bin, will ich das Wochenende nutzen und mir die Stadt ansehen.«

»Eine gute Entscheidung. Hamburg ist immer eine Reise wert. Brauchst du einen Fremdenführer? Ich hätte Zeit und Lust, dir alles Sehenswerte zu zeigen.«

»Da sage ich nicht Nein. Toll, Nora, ich freue mich.«

»Lass dir von Chris meine Rufnummer geben. Melde dich nach deiner Besprechung einfach bei mir. Ich hole dich dann ab, und wenn du willst, kannst du gern bei mir im Haus übernachten. Ich richte dir eins der Kinderzimmer her.«

»Großartig, ich nehme deine Einladung sehr gerne an. Aber jetzt gehe ich besser schnellstens in mein Büro zurück. So böse wie Chris mich gerade anguckt, könnte es sein, dass mein Leben in Gefahr ist.«

»Ich hasse dich, Amy Wilson. Schleich dich, bevor ich mich vergesse!«, höre ich ihn laut rufen.

»Na, bei euch herrscht ja ein nettes Betriebsklima«, unke ich.

»Nett? Nett war gestern. Ab heute herrscht Krieg zwischen ihr und mir!«

»Sei nicht bockig, Chris! Gönn ihr doch den kurzen Ausflug. Dir hätte ich ohnehin nicht angeboten, in meinem Haus zu schlafen.«

»Hm, das war deutlich und nicht sehr nett.«

»Nett ist der kleine Bruder von scheiße«, lache ich laut.

»Na, wenigstens ist es mir gelungen, dich aufzuheitern. Du hast bereits viermal gelacht.«

»Du zählst mit?«, amüsiere ich mich.

»Nora, ich muss Schluss machen. Das Oberarschloch ist im Anmarsch. Telefonieren wir später noch mal?«

»Lass uns skypen. Das geht nicht so ins Geld.«

»Ich darf dich sehen? Halleluja! Ja, unbedingt. Bis später.«

SPRUCHREIF

Ich bin auf dem Weg in die Hamburger City, um Amy am vereinbarten Treffpunkt abzuholen, als mein Handy klingelt. Erstaunt nehme ich Jaspers Anruf entgegen und befürchte, dass etwas passiert sein muss, denn gewöhnlich ruft er nicht an, sondern meldet sich via Skype oder schickt eine SMS.

»Hey, Mom, du erinnerst dich doch noch an die Firma Beissner, bei der ich nach dem Abi ein Praktikum absolviert habe.«

»Ja, sicher, ich bin ja nicht senil.«

»Die haben mir seinerzeit ein Zeugnis ausgestellt, das ich dringend für eine Bewerbung benötige. Und wenn ich *dringend* sage, dann meine ich sofort. Kannst du mir die Unterlagen bitte per Mail schicken?«

»Das kann ich, allerdings nicht sofort. Ich bin nämlich nicht zu Hause.«

»Mist, dann kann ich mir das Vorstellungsgespräch schenken. Echt schade, denn so einen gut bezahlten Job bekomme ich so kurz vor den Semesterferien nicht noch einmal angeboten.«

»Wann soll der Termin denn stattfinden?«

»In zwei Stunden.«

»Na, das fällt dir ja früh ein«, necke ich ihn, verspreche aber, es wenigstens zu versuchen.

Statt mit Amy an der Alster ein Lokal aufzusuchen, kutschiere ich uns auf dem schnellsten Weg nach Hause.

»Und? Hast du den Auftrag bekommen?«, will ich wissen, aber sie zuckt nur stumm mit den Schultern.

»Chris hätte diesen steifen Hanseaten sofort einen unterschriebenen Vertrag abgeluchst. Ihm kann niemand etwas abschlagen. Niemand außer dir.«

»Ist er noch sauer auf dich?«

»Das wäre zu milde ausgedrückt. Er kocht vor Wut.«

»Ich bin froh, dass er nicht kommen durfte.«

»Warum? Er ist einer der charmantesten Männer, die ich kenne. Er ist gebildet, gutaussehend, erfolgreich, und er ist Single.«

»Eben drum!« Ich setze den Blinker. »Er ist Single, ich bin es nicht. – So, da sind wir. Komm, ich zeige dir, wo du schlafen kannst.«

Während Amy ihren Koffer ins Obergeschoss trägt, durchforste ich den Ordner mit der Aufschrift *Jasper*. Ich habe von allen Zeugnissen und Dokumenten Kopien angefertigt und diese alphabetisch abgelegt. Unter B wie Beissner finde ich nichts. Aber unter P wie Praktikum werde ich fündig. Ich schaue auf die Uhr, und während ich die Seite einscanne, rufe ich meinen Sohn an.

»Ich hab's gefunden. Ich hoffe, es ist noch nicht zu spät. – Gut, dann schicke ich es dir sofort per Mail. – Nichts zu danken. Dafür sind Mütter doch da. Ich drücke dir ganz fest die Daumen und hoffe, dass sie dich nehmen.« Erleichtert, dass mein Einsatz noch rechtzeitig gewesen ist, drücke ich auf *Senden*. Nanu, es befindet sich eine Mail in meinem privaten Eingangsordner. Sie ist von Tom und wurde vor einer Minute verschickt. Mein Herzschlag nimmt an Tempo zu, und meine Hände zittern, als ich seine Zeilen lese.

Liebste Caroline,
wie du ja zwischenzeitlich weißt, bin ich in Chicago. Die Reise hat keine geschäftlichen Gründe. Ich habe sie angetreten, weil ich heillos durcheinander war und gehofft habe, dass mir die räumliche Distanz Klarheit verschafft. Aber so war es nicht. Dennoch bin ich mir bewusst, dass wir nicht einfach so weitermachen können, als wäre nichts passiert. Denn es ist etwas passiert, etwas, das ich dir nicht noch länger verheimlichen will. Es gibt eine andere Frau in meinem Leben. Ich weiß nicht, ob ich sie so sehr liebe, dass ich bereit bin, für diese Beziehung unsere Ehe zu beenden. Bis ich mir über meine Gefühle im Klaren bin, hoffe ich auf deine Geduld und dein Verständnis. Bitte lass uns reden, wenn ich am Montag zurück bin. Dein Tom

»Wirklich, sehr schön habt ihr es hier. Ich wusste gar nicht, dass Hamburg so grün ist.« Amy steht hinter mir, und ich klappe hastig meinen Laptop zu. »Alles in Ordnung, Nora?«

Nein, nichts ist in Ordnung. Es gibt eine andere Frau im Leben meines Ehemannes, und er weiß nicht, ob er sie genug liebt …? Er spricht tatsächlich von Liebe. Mir wird schlecht!

»Nora! Hallo! Geht es dir nicht gut?«

»Doch! Es geht mir blendend! Ich habe soeben erfahren, dass mein Mann eine andere liebt. Er ist gerade mal eine Woche mit ihr auf Reisen und spricht von Liebe. Ist das zu glauben?«

»Klingt sehr unwahrscheinlich«, antwortet Amy auf meine rein rhetorisch gemeinte Frage.

»Ich dachte, er wolle mir eins auswischen. Sich an mir rächen, weil er vermutet hat, dass ich was mit Chris angefangen habe. Aber offensichtlich läuft das zwischen ihm und ihr schon länger, als ich dachte. Der vögelt eine andere Frau und macht mir eine Szene, weil Chris mir Luftküsse zugeworfen hat! Das ist der Gipfel! Nein, der Gipfel ist, dass er Geduld und Verständnis von mir erwartet. Ich soll stillhalten, bis er sich im Klaren ist, wohin er gehört! Ist das zu fassen? Der muss mich ja für völlig verblödet halten!«

»Aber du bist nicht blöd, oder?«, unterbricht Amy meinen Monolog. Sie fragt, wie lange ich mit Tom verheiratet bin. Ob ich bis zuletzt glücklich war, will sie wissen, und ich kann ihr keine ehrliche Antwort darauf geben.

»Tom hat stets viel gearbeitet. Seine Karriere stand immer an erster Stelle. Es blieb kaum noch Zeit für uns als Paar. Wenn ich es recht betrachte, lebe ich schon lange das Leben eines Singles.«

»Kein anderes Lebensmodell käme für mich infrage«, meint Amy.

»Warst du noch nie verheiratet?«

»Doch, schon viermal. Ich habe es meist nach fünf Jahren beendet. Dann war die Luft raus. Sobald die Liebe zur Gewohnheit und der Sex zur Routine wurden, habe ich die Reißleine gezogen.«

»Du bist ja auch kinderlos und nur für dich allein verantwortlich.«

»Stimmt, aber deine Kinder sind mittlerweile erwachsen, und es besteht kein Grund mehr, die Fassade der glücklichen Familie aufrechtzuerhalten. Es wird Zeit, dass du dich mal wieder auf dich besinnst.«

»So wie Tom sich auf sich besonnen hat?«

»Vielleicht. Ich kann ihn gut verstehen. Allerdings für die Art und Weise, wie er es dir mitgeteilt hat, verdient er einen kräftigen Tritt in die Weichteile.«

»Ja, die Vorstellung hat etwas ungemein Befreiendes.«

»Und nun? Wollen wir etwa die ganze Zeit Probleme wälzen? Es ist Wochenende, und der Großstadtdschungel wartet auf zwei höchst attraktive Frauen.«

»Du hast recht, Amy. It's partytime.«

Ich fahre uns zurück in die Innenstadt, und wir kehren in ein thailändisches Restaurant ein, um ein Curry-Gericht mit richtigen Fleischstücken zu essen.

»Ich dachte, du wärst Vegetarierin«, sagt sie verwundert, und ich erwidere: »Ich dachte, ich wäre glücklich verheiratet.«

»Besser, wir überlassen das Denken den Philosophen und stürzen uns ins Nachtleben.«

Ich staune nicht schlecht über ihr Durchhaltevermögen. Ob es ums Tanzen oder um die Vernichtung von Tequila geht. Amy ist nicht totzukriegen. Ich habe die ganze Nacht lediglich eine Weinschorle getrunken. Schließlich will ich uns noch selbst nach Hause fahren.

»Hamburg ist eine wirklich geile Stadt, und sie bietet so tolle Geschäfte. Können wir morgen einen Bummel durch die Passagen machen? Ich brauche ein Souvenir und ein Geburtstagsgeschenk für Chris. Ich dachte an ein Fischbrötchen. Ist der Hafen weit entfernt?«

»Wann hat er denn Geburtstag?«, will ich wissen und notiere mir den kommenden Mittwoch. »Lass dir lieber etwas anderes einfallen, es sei denn, du hast vor, ihn mit verdorbenem Fisch zu vergiften.«

Der Samstag geht bei einer ausgiebigen Shoppingtour drauf. Am Sonntag zeige ich ihr den Elbstrand, die Hafencity und wir unternehmen mit dem Alsterdampfer eine Fahrt durch die

Fleete. Statt wieder auswärts zu essen, kochen wir gemeinsam. Ich habe keine Ahnung, wie ich das Wochenende ohne Amy durchgestanden hätte. Vielleicht wäre ich wieder rückfällig geworden und hätte mich zugeschüttet. In der Nacht von Samstag auf Sonntag wäre es beinahe so weit gekommen. Aber ich habe im letzten Moment die Kurve gekriegt und die schlaflosen Stunden damit zugebracht, mein Manuskript zu ändern. Statt die Hauptdarstellerin wie in der Erstfassung sterben zu lassen, habe ich das letzte Kapitel umgeschrieben. Es endet mit den Worten: »Du bist ein Idiot, aber ich liebe dich.« Vor dem Ausdrucken habe ich noch eine Widmung dazugeschrieben.

Für meinen Lieblingsstalker Chris zum Geburtstag. Ich hoffe, dir gefällt das Ende nun besser, obwohl ich dabeibleibe: Im Leben gibt es nicht immer ein Happy End.

Ich bin mir sicher, dass er sich darüber freut, denn ich beabsichtige, es Amy für ihn mitzugeben. Damit es eines Geschenks würdig ist, habe ich die Seiten zusammengeheftet und das neue Exemplar in einen hübschen Schmuckkarton gelegt.

Es ist unsere letzte gemeinsame Stunde, bevor ich sie zum Flughafen fahre. Kurz darauf ist mit Toms Eintreffen zu rechnen, und die lang erwartete Aussprache steht an.

»Ich habe gar keine Lust, mir seine Beichte anzuhören. Je länger ich darüber nachdenke, was er sich mit mir geleistet hat, desto weniger bin ich an seinen Ausreden interessiert. Was soll das bringen? Erwartet er etwa, dass ich dem verliebten Paar alles Gute wünsche? Unsere Aussprache dient doch einzig dazu, sein Gewissen zu erleichtern. Ich bin an keinen Details interessiert!«

»Gut gebrüllt, Löwe! Dann pack schnell deine Sachen zusammen und begleite mich nach London. Ich habe ein freies Zimmer, das ich dir gern so lange zur Verfügung stelle, bis sich die Wogen geglättet haben. Ich bin den ganzen Tag im Büro, und du hättest ausreichend Ruhe zum Schreiben. Ein Tapetenwechsel kann Wunder bewirken.«

»Wie recht du hast, Amy.«

Ich räume meinen Kleiderschrank leer, packe die guten Sommersachen in einen Koffer, die restlichen Klamotten wandern in den Keller. Jetzt hängen nur noch leere Bügel auf meiner Schrankseite. Ich lasse die Türen geöffnet und biete Tom den gleichen Anblick, den er bei seinem Auszug für mich hinterlassen hat. Rasch räume ich die Konsole im Badezimmer ab und verstaue Kosmetik und Parfumflaschen in meiner Reisetasche. Den hässlichen roten Lippenstift, der ein absoluter Fehlkauf war, nehme ich zur Hand und beschrifte den Spiegel mit: FUCK YOU. Jetzt nur noch Laptop, Handy und Ladegeräte einpacken, ein Taxi bestellen und Lars seinen Schlüssel in den Briefkasten werfen. Das war's. Nein, noch nicht ganz. Ich muss noch den Anrufbeantworter und meine Mailbox neu besprechen. Der passende Text sprudelt bloß so aus mir heraus:

»Hier ist der Anschluss von Caroline Winter, alias Nora Parker. Ich bin bis auf unbestimmte Zeit telefonisch nicht zu erreichen. Auf Wiederhören.«

Wie am Tag der Einweihungsparty stehen Amys Umzugskartons nach wie vor im Wohnzimmer. Sie erklärt mir, dass sie bisher noch nicht die Zeit gefunden habe, alles auszupacken, verspricht aber, dass das Gästezimmer komplett eingerichtet sei. Sie hat nicht zu viel versprochen. Das kleine Zimmer unter dem Dach ist richtig gemütlich, und ich weiß, dass ich mich hier für eine Weile sehr wohlfühlen werde. Ich packe meine Sachen aus und richte mich häuslich ein, als es an der Haustür klingelt. Kurz darauf höre ich, wie Amy Chris begrüßt und ihn hereinbittet.

»Du hättest dich wenigstens einmal melden oder mir zumindest ein Foto von euch schicken können. Was habt ihr am Wochenende angestellt? Wie geht es Nora? Ist sie noch immer schlecht drauf? Nun sag schon, Amy.«

»Nun«, entgegnet sie, »das Wochenende war …, wie drücke ich mich richtig aus? Ereignisreich! Ja, ich denke, das trifft es. Und wie es Nora geht? Ich denke, gut, aber wenn du es genauer wissen willst, dann frag sie selbst. Sie ist oben und bezieht gerade mein Gästezimmer.«

»Sie ist hier?«

»Das erwähnte ich gerade.«

Ich kann hören, wie er die Treppe hinaufstürmt.

Ich muss grinsen, als wir uns gegenüberstehen.

Er sagt nichts, er strahlt über das ganze Gesicht, und ich frage mich, ob ich jemals zuvor mit so einem Ausdruck der Freude begrüßt worden bin.

»Wie lange bleibst du?«, will er wissen, und ich sage, dass ich mit einem One-Way-Ticket eingereist sei und keinen Plan hätte, was die nächsten Tage passiert.

»Komm mit runter, Chris. Ich will dir zeigen, was ich uns mitgebracht habe.« Er folgt mir in die Küche, wo mein Handgepäck darauf wartet, endlich ausgepackt zu werden.

»Brot? Du hast deutsches Brot mitgebracht?«

»Schwarzbrot, Graubrot, Krustenbrot aus Sauerteig und ein Körnerbrot. Such dir zwei aus, die anderen beiden habe ich für meine Kinder besorgt. Dazu habe ich Leberwurst, Zwiebelfleisch und Schinken in allen Variationen eingekauft.«

»Eingekauft?«, lacht Amy. »Das ist ja wohl maßlos untertrieben. Nora hat den halben Laden am Hamburger Flughafen leergekauft. Vermutlich glaubt sie, dass bei uns in England Mangelwirtschaft herrscht.«

Chris schnuppert genüsslich an den Broten. »Ich glaube nicht, dass sie das gedacht hat.« Er lächelt.

Zu dritt an einem runden Tisch sitzen, lecker zu Abend essen und dabei quatschen und lachen, bereitet mir ein verdammt gutes Gefühl. Amy lobt das Brot und die Wurst in höchsten Tönen, bedauert aber, dass wir nicht an deutsches Bier gedacht haben.

»Mit einem Pils wäre dieses Mahl unschlagbar.« Chris grinst sogar, während er kaut. Wäre es mucksmäuschenstill, könnte ich bestimmt sein freudiges Glucksen hören. Aber es ist nicht leise. Die beiden kabbeln sich schon wieder. Er rümpft die Nase, nachdem Amy ihm beichtet, dass sie ohne verbindlichen Auftrag zurückgekommen sei.

»Da siehst du es! Hättest du mir den Kunden überlassen, dann …«

»… dann säße Nora hier nicht am Tisch«, kontert sie.

»Time out!«, rufe ich dazwischen und gackere mal wieder laut los.

Was denn so komisch sei, wollen die beiden wissen.

»Ich finde euch beide einfach zum Piepen. Irgendwie erinnert ihr mich an meine Kinder. Jasper und Nelli haben sich auch zu jeder Mahlzeit gezankt, obwohl sie ein Herz und eine Seele sind. Morgen werde ich zu ihnen in die WG fahren und mein Care-Paket abgeben. Die werden vielleicht staunen.«

»Du kannst meinen Wagen nehmen. Ich lasse mich von Amy ins Büro mitnehmen«, schlägt Chris vor.

»Du würdest mir so ohne Weiteres deinen Wagen überlassen?«

»Aber sicher, ich weiß doch, dass du eine gute Fahrerin bist. Das hast du von Fulda bis Würzburg bereits unter Beweis gestellt.«

»Ja, in Deutschland, aber doch nicht hier.«

»Im Handschuhfach liegt ein mobiles Navigationsgerät. Du schaffst das schon, da bin ich mir sicher«, meint Chris.

Nun ist es beschlossene Sache.

Fahrstunde

Das ist kein Auto. Dieses grün lackierte Teil mit weißem Dach ist eine Zumutung. Ich habe das Gefühl, ein Teenager zu sein, der sich auf dem Hamburger Dom befindet und einen Autoskooter besteigt. Dieser Oldtimer hat bestimmt keinen Airbag. Immerhin springt er gleich beim ersten Mal an. Okay, Navi programmieren, Kupplung durchtreten und mit der linken Hand die Gänge eins bis vier im Stand ausprobieren. Hurra, es handelt sich um eine ganz normale H-Schaltung. Nur, wo befindet sich der Rückwärtsgang? Noch ein Fehlversuch, und ich lande auf meinem Vordermann. Bevor das passiert, schalte ich in den Leerlauf und steige aus dem Wagen. Ich manövriere den Mini, der seinen Namen völlig zu Recht trägt, schiebend mit mäßiger Kraftanstrengung aus der Parklücke. Achtung! Die Straße führt bergab, und der Wagen nimmt rasant an Tempo zu. Mit einem kühnen Sprung schaffe ich es, auf dem Fahrersitz zu landen. Ich habe noch keine fünfzig Meter zurückgelegt und bin bereits schweißgebadet. »An der nächsten Kreuzung bitte links abbiegen«, befiehlt das Navi, und ich flehe: »Bitte nicht. Nicht rechts lenken und auch noch neunzig Grad nach links abbiegen!« Ich schlage das Lenkrad viel zu scharf ein und lande auf dem Grünstreifen inmitten beider Fahrspuren einer stark befahrenen Hauptverkehrsstraße. So, das war's! Keinen Meter fahre ich weiter! Ich betätige den Warnblinker und steige aus. Unter lautem Hupen schiebe ich das Vehikel wieder zurück über die Kreuzung und werde bei diesem Manöver beinahe von einem Lkw erfasst. Geschafft. Ich befinde mich wieder auf der Wohnstraße. Hier geht es ruhiger zu, und ich werde nicht mehr von vorbeieilenden Rasern beschimpft. Das Gefühl der Erleichterung dauert nur kurz an, denn mir geht aufgrund der Steigung allmählich die Luft aus. Ich zähle die Schritte und keuche, als würde ich unter Asthma leiden.

Vor mir tritt ein Mann im dunklen Anzug aus seinem noblen Stadthaus heraus und sieht, wie ich mich mit letzter Kraft abmühe. Als wir fast auf gleicher Höhe sind, ruft er: »Kein Benzin mehr?« Bestimmt wird dieser elegante Gentleman mir jetzt seine Hilfe anbieten, denke ich und warte darauf, dass er mit anpackt. Aber er hustet mir was und stolziert schnurstracks zu seinem Luxusschlitten und steigt ein. »Die nächste Tankstelle ist rund zwei Meilen entfernt. Immer geradeaus. Sie können sie nicht verfehlen«, lacht er und fährt davon.

»Sehr zuvorkommend!«, brülle ich ihm hinterher. Soll das etwa die viel gepriesene feine englische Art sein? Immerhin hinterlässt er eine übergroße Parklücke, in der ich den Mini abstellen kann. Ich suche nach dem Straßennamen und der Hausnummer und bestelle mir ein Taxi, das mich quer durch die Stadt zur WG meiner Kinder bringen soll.

Nach einer Dreiviertelstunde erreiche ich das Wohnhaus, das ich bisher allein von Fotos kenne. Ich bezahle einen gigantischen Fahrpreis und trage die Tasche mit den Köstlichkeiten aus der Heimat in die zweite Etage. Weil es keine Klingel gibt, klopfe ich an die Tür. Die junge Frau, die mir öffnet, ist nicht meine Tochter. Ich stelle mich vor und frage, ob meine Kinder zu Hause sind. Sie sind es nicht, aber ich darf trotzdem eintreten. Sie bietet mir einen Platz in der Gemeinschaftsküche an, und ich bitte sie um einen Stift und ein Blatt Papier. Die Nachricht an meine Kinder lautet: *Lasst es euch schmecken. – Mit besten Wünschen. Mom – Meldet euch doch mal per SMS.*

Gerade, als ich beschließe, nicht länger zu warten, höre ich, dass jemand von draußen den Schlüssel ins Schloss steckt. Die Wohnungstür öffnet sich: Jasper tritt in den Flur. Statt ein überraschtes Gesicht zu machen, bricht es aus ihm heraus: »Hier bist du also.«

»Hallo, Sohn, wo steckt deine Schwester?«

»Nelli ist auf dem Weg nach Hamburg. Ich habe sie gerade zum Flughafen gebracht.«

Aha, dann wissen sie also schon Bescheid. Tom wird seinen kleinen Goldschatz angerufen und geplappert haben. Warum sonst sollte meine Tochter Hals über Kopf nach Hause fliegen?

»Ich kann es nicht glauben, Mama.«

»Lass dir ein paar Tage Zeit. Bei mir hat es auch eine Woche gedauert, bis ich es begreifen konnte.«

»Hast du vor, hier zu wohnen? Wenn ja, wo ist dein Gepäck?«

»Keine Sorge, Jasper. Das habe ich nicht vor. Ich wohne bei einer Bekannten in Chelsea. Ich schreibe dir ihre Adresse auf. Dort bin ich die nächste Zeit zu erreichen.«

Wir gehen zurück in die Küche und setzen uns an den Tisch.

»Ich habe euch Brot mitgebracht.«

Aber mein Sohn zeigt wenig Interesse an meinen Backwaren. Er sieht besorgt aus, und ihm stehen hundert Fragen ins Gesicht geschrieben. Die, die ihn am meisten interessiert, stellt er sogleich. »Warum, Mama? Wieso trennt ihr euch? An deinem Geburtstag schien doch noch alles in Ordnung zu sein.«

»Völlig richtig, Jasper, es schien so.«

»Man trennt sich doch nicht einfach nach über zwanzig Jahren Ehe!«

»Wer sagt dir denn, dass es einfach ist?«

»Spuck es aus, Mom. Warum bist du abgehauen? Was hat dein junger Frühstücksgast mit deinem Auszug zu tun? Ist er etwa *die Bekannte* aus Chelsea?«

»Ach, Jasper«, stöhne ich und wünsche mir, dass er aufhört, mir Fragen zu stellen.

»Nelli hatte also doch recht. Sie hat gestern lange mit Papa telefoniert, aber ich wollte nicht glauben, dass du .... Wenn die Sache so ist, hätte ich doch mitfliegen sollen, um ihn zu trösten.«

»Nelli liegt falsch, und dein Vater braucht keinen Trost!«, sage ich schroff. »Er ist es, der seit geraumer Zeit außer Haus frühstückt. Wenn du an weiteren Einzelheiten interessiert bist, dann rede selbst mit ihm!«

»Er betrügt dich? – Was für ein Arsch!«

»Rede nicht so! Immerhin finanziert dieser Arsch dir und deiner Schwester ein kostspieliges Studium. Dafür hat er ja wohl ein wenig mehr Respekt verdient.«

»Wieso nimmst du ihn noch immer in Schutz?«

Seine Frage ist nicht unberechtigt. Vielleicht aus Gewohnheit? Weil ich seit Jahren die Schlichterin, Vermittlerin und hauptberufliche Harmoniebeauftragte in unserer Familie bin? Ich will das Thema wechseln und frage meinen Sohn, ob er den Job bekommt, für den er sich beworben hat.

»Das erfahre ich in den nächsten Tagen«, erwidert er betrübt.

»Nun aber Kopf hoch, mein Großer, es ist niemand gestorben.« Ich greife ihm ans Kinn. Er hasst es, wenn ich das mache, aber diesmal zieht er seinen Kopf nicht zurück, sondern streckt ihn mir freiwillig entgegen. Er presst seine Stirn gegen meine und flüstert mir den Satz zu, den ich ihm und seiner Schwester stets gesagt habe, als sie noch klein und unschuldig waren: »Alles wird wieder gut, und nicht nur das, es wird noch viel besser, glaub mir.« Fest drücke ich ihn an mich. Bevor mir vor Rührung die Tränen in die Augen schießen, beschließe ich zu gehen.

»Ich lass dich jetzt allein. Allerdings habe ich noch eine Bitte. Kannst du mir sagen, wie ich mit öffentlichen Verkehrsmitteln auf schnellstem Weg zurückkomme?«

Ich werde mir nicht noch mal ein Taxi rufen. Diese Stadt ist wirklich schön, aber um sich das Leben hier leisten zu können, muss man schon einiges auf der hohen Kante haben. Und weil weder Caroline Winter noch Nora Parker über ein stattliches Vermögen verfügen, wird der Rückweg unterirdisch zurückgelegt.

Einige Meter vom U-Bahnaufgang entfernt entdecke ich kleine Einzelhandelsgeschäfte. An den appetitlichen Auslagen des Obst- und Gemüsestandes kann ich nicht vorbeigehen, ohne etwas einzukaufen. Mit Zutaten für einen gemischten Salat und einer Auswahl an saisonalen Früchten spaziere ich gemächlich den Rest des Weges zu Fuß. Die Nachmittagssonne scheint mir ungehindert ins Gesicht. Ich bewundere die gepflegten Vorgärten, die in den schönsten Farben leuchten. Warum habe ich mir nie so viel Mühe mit der Bepflanzung gegeben? Auch unser Grundstück hätte so prächtig aussehen können. Aber hätten Blumen und Sträucher etwas an meiner jetzigen Situation geändert? Tom hat sich bestimmt nicht auf Judith eingelassen, weil ich unsere Außenanlage nicht in Schuss gehalten habe. Aber warum dann? Bis ich die Wohnstraße erreiche, in der Chris' Wagen parkt, beschäftigt mich diese Frage. Wie konnte er sich ausgerechnet in sie verlieben? Was sieht er nur in ihr? Was zum Teufel habe ich falsch gemacht? Wieso habe ich es nicht früher gemerkt? Und wo zum Geier ist Chris' Auto?

Ich stehe an der Stelle, an der ich den Wagen vor vier Stunden abgestellt habe. Ja, bin ich denn blöd? Ich schwöre Stein und Bein darauf, dass es genau hier vor der Hausnummer zwölf war. Dort aus dem Nebenhaus ist dieser feine Pinkel gekommen. Ich hab doch wohl nicht den Schlüssel stecken lassen? Nervös durchforste ich meine Handtasche. Nein, der Wagenschlüssel ist hier. Wer benötigt schon einen Schlüssel, um ein Auto zu stehlen? Der Dieb wird die Karre einfach kurzgeschlossen haben. Doch wer klaut einen zwanzig Jahre alten Mini Cooper? »Liebhaber dieser Marke! Menschen, für die dieser Wagen nicht bloß ein Fortbewegungsmittel, sondern der persönliche Ausdruck ihres Lifestyles ist«, weiß meine innere Stimme. Meine Güte, wie bringe ich das nur dem Besitzer bei? Ohne zu zögern, nehme ich mein Handy aus der Tasche und rufe ihn an.

»Chris? Wo bist du?«

»Ich bin schon zu Hause. Und wo bist du?«

»Bitte setz dich! Ich muss dir etwas beichten.«

»Ich bin ganz Ohr.«

»Ähm … ich … ähm … ich …«

»Ja?«

»Ich bin gleich bei dir!« Ich lege auf und renne das letzte Stück so schnell ich kann. Kurz darauf kann ich ihn schon sehen.

Lässig steht er auf dem Bürgersteig und steckt beide Hände in die Hosentaschen. Erwartungsvoll schaut er mir entgegen. Als sich unsere Blicke treffen, grinst er.

Das Grinsen wird dir gleich vergehen, wenn ich dir beichte, was mit deinem Wagen passiert ist, denke ich.

»Hey, du kannst es wohl auch nicht abwarten, mich zu sehen, oder warum bist du so gerannt?«

»Ich muss dir was sagen, Chris.«

»Komm erst mal rein!« Er geht vor und fragt: »Wie war dein Tag? Bist du gut mit dem Wagen zurechtgekommen?«

»Mit dem Wagen …? Genau darüber muss ich mit dir sprechen.«

»Hast du eine Beule reingefahren?«, fragt er amüsiert. »Nicht schlimm, Hauptsache dir ist nichts passiert.«

»Keine Beule, der ganze Wagen ist …«

»Ist Schrott?«, unterbricht er mich und grinst immer noch.

»Er ist weg! Einfach verschwunden! Ich habe ihn am Ende der Straße geparkt. Vor der Hausnummer zwölf. Ich habe die Tür ganz bestimmt abgeschlossen! Dort gibt es auch keine Halte- oder Parkverbotsschilder. Ich habe mich gerade noch einmal vergewissert. Demzufolge wird man den Wagen nicht abgeschleppt haben.« Meine Stimme überschlägt sich. Ich atme tief durch, nehme meinen ganzen Mut zusammen: »Chris, dein Wagen wurde geklaut!« So, jetzt ist es raus!

Er grinst nicht mehr. Er lacht!

»Das ist kein Witz, Chris! Der Wagen ist weg!«

»Nun beruhige dich doch. Du bist ja völlig aus dem Häuschen.« Er bemüht sich, ein ernstes Gesicht zu machen. Es scheint ihm schwerzufallen, denn er presst die Lippen fest zusammen und gluckst leise vor sich hin.

»Was hältst du von einem kühlen Glas Wein? Dann erzählst du mir in aller Ruhe, was passiert ist.«

»Ja, gut.« Wie könnte ich jetzt noch ablehnen? Er bittet mich, ihm in die Garage zu folgen, weil dort die Weinlieferung lagert, die er für seine anstehende Geburtstagsparty bestellt hat.

»Weiß oder rot?« Er knipst das Licht an.

»Du verdammter Mistkerl!«, rufe ich, denn sein vermeintlich gestohlener Wagen steht unversehrt vor mir. »Warum hast du es nicht gleich gesagt? Und warum steht der Wagen jetzt hier?«

»Weil du eine Einfahrt blockiert hast. Die Bewohnerin des Hauses hat meinen Mini erkannt und mich angerufen. Sie hat mich vor die Wahl gestellt, ihn schnellstens wegzufahren oder die Kosten für einen Abschleppdienst zu übernehmen.«

»Da war eine Einfahrt? Das muss ich in meiner Panik völlig übersehen haben.«

»Wieso warst du in Panik?«

»Weiß! Wenn ich wählen darf, dann bitte den Chardonnay«, sage ich und gehe zurück ins Wohnzimmer. Gott, ist mir das peinlich! Er muss mich für eine komplette Idiotin halten.

»Hör auf zu lachen!«, mosere ich. »Das ist nicht witzig! Ich habe einen solchen Schreck bekommen! Mein Herz rast noch immer!«

»Warum? Der Wagen ist gegen Diebstahl versichert. Aber nun sag mir, weshalb du nur fünfhundert Meter gefahren und dabei in Panik geraten bist.«

»Wegen des verdammten Linksverkehrs und weil dein Wagen kein Auto, sondern eine Krankheit ist! Ich hab noch nicht einmal den Rückwärtsgang reinbekommen, und beim Linksabbiegen ist es dann passiert. Ich hab 'ne Punktlandung auf dem grünen Mittelstreifen hingelegt und ein Verkehrschaos ausgelöst. Ich kann die Autofahrer nicht zählen, die gehupt haben. Die, die mir einen Vogel gezeigt haben, schon. Es waren genau dreiundzwanzig! – Hör gefälligst auf zu lachen!«

»Geht nicht«, hüstelt er und biegt sich zur Seite.

»Ich war fix und fertig! Um ein Haar wäre ich unter einen Lkw gekommen. Es fehlte nur so viel!« Ich übertreibe maßlos, als ich ihm meine Hand entgegenstrecke und meinen Daumen und den Zeigefinger krümme, um einen Abstand von einem Zentimeter anzuzeigen.

Nun ist ihm das Lachen abrupt vergangen. Mit schuldbewusster Miene kommt er auf mich zu.

»Alles okay?«, fragt er und streicht mit seinem Handrücken über meine Wange.

Ich ziehe einen Schmollmund und bitte ihn, mich nicht weiter zu veräppeln.

»Ja, jetzt ist wieder alles okay, aber ich hatte wirklich Angst«, dramatisiere ich.

»Es tut mir so leid, ich hätte deine Bedenken ernster nehmen müssen. Jetzt mache ich mir die größten Vorwürfe.«

»Das ist unnötig. Ich hätte dein nettes Angebot ja nicht annehmen müssen, aber ich wollte mir unbedingt beweisen, dass ich kein Angsthase bin.«

»Wollen wir den Wein nicht später trinken? Es ist noch lange hell. Was hältst du von einer Übungsfahrt? Nicht durch die Stadt, sondern in einer Gegend, in der dir garantiert keine hupenden Raser entgegenkommen?«

»Jetzt?«

»Wann immer du willst.«

»Na, dann los!«

Sweet Caroline

Sollte Chris aus irgendwelchen Gründen mal seinen Job verlieren, könnte er sich erfolgreich mit einer Fahrschule selbstständig machen. Mit seiner beispielhaften Ruhe und Gelassenheit ist es ihm gelungen, mir jegliche Furcht zu nehmen. Während unserer zweistündigen Fahrt habe ich ihm mein Herz ausgeschüttet. Ohne meine Schilderungen zu kommentieren, hat er mir aufmerksam zugehört.

Ich lasse mich breitschlagen und begleite ihn nach unserer Spritztour in sein Haus. Aus meinen Einkäufen zaubern wir gemeinsam ein fleischloses Abendessen.

»Sieht lecker aus, Nora«, lobt er unsere Kreation.

»Nora Parker ist mein Pseudonym. Mein richtiger Name lautet Caroline Winter«, verrate ich meinem Beikoch.

»*Sweet Caroline – good times never seem so good*«, singt er.

»Ach du Schreck, du stehst auf Oldies? Bin ich deshalb so interessant für dich?«

»Es lässt sich nicht abstreiten, dass ich auf dich stehe, aber du bist bestimmt kein Oldie. Mit diesem Lied hat meine Mutter mich in meiner Kindheit an den Rand des Wahnsinns gebracht. Sie hat pausenlos Neil Diamond gehört.«

»Es gibt Schlimmeres«, finde ich und schaue seit Stunden das erste Mal auf die Uhr. Meine Güte, ist es schon so spät? Die Zeit ist wie im Flug vergangen. »Es ist schon nach Mitternacht. Besser wir räumen schnell auf, und ich gehe rüber und lass dich schlafen.«

»Du glaubst, ich könnte jetzt ohne dich schlafen? Bleib doch, und wir verbringen die Nacht zusammen«, säuselt er und wirft mir einen atemberaubenden Blick zu.

»Du glaubst tatsächlich, ich würde jetzt mit dir ins Bett steigen?«, verhöhne ich ihn.

»Schließlich habe ich jetzt Geburtstag. Das wäre doch …«

»Das wäre ein ziemlich unverschämter Geburtstagswunsch«, unterbreche ich ihn.

»Ich bekomme nichts von dir zu meinem Ehrentag? Obwohl ich jetzt ein Jahr älter bin und dein bekopptes Argument wegen des Altersunterschieds weiter an Bedeutung verliert, werde ich nicht von dir beschenkt?«

»Happy Birthday, Chris.« Ich drücke ihm einen kurzen Schmatzer auf die Lippen.

»Du hast mich geküsst!«

»Gern geschehen!«, lache ich und gehe über die Straße zu Amy, die mittlerweile alle Lichter im Haus gelöscht hat.

»Hab ich was verpasst?«, ruft sie mir durch ihre verschlossene Schlafzimmertür zu.

»Und ob! Ich beherrsche jetzt den Linksverkehr wie eine gebürtige Engländerin.«

»Das ist alles? Mehr hast du nicht zu verkünden? Und dafür stehe ich seit drei Stunden am Fenster und beobachte euch? Wie langweilig!«

»Ja, dir auch eine gute Nacht.«

Cindy Lauper

»*Girls just want to have fun*«, trällert Cindy Lauper durch das ganze Haus. An konzentriertes Weiterschreiben ist bei dieser Lautstärke nicht zu denken. Da Amy offensichtlich nicht vorhat, die Musik leiser zu stellen, klappe ich meinen Laptop zu, verlasse das Gästezimmer und gehe die Treppe hinunter, um nach ihr Ausschau zu halten. Sie steht vor dem großen Spiegel in der Diele und tuscht ihre Wimpern.

Als sie mich sieht, dreht sie sich um und tanzt auf mich zu. »Komm, Nora, lass uns einen Drink nehmen. Es kann nicht schaden, ein wenig vorzuglühen.«

Ich folge ihr in die Küche. Unter meinen ungläubigen Augen schenkt sie zwei Wassergläser randvoll mit Wodka.

»Wenn ich den trinke, kann ich das Haus nicht mehr verlassen. Dann bin ich knülle«, lehne ich ab und nehme das Glas gar nicht erst an.

»Ohne den Schnaps überstehen wir den heutigen Abend nicht.« Sie kippt die Hälfte in einem Zug hinunter. Ich wundere mich. Noch heute Morgen hat sie lauthals verkündet, wie sehr sie sich auf Chris' Geburtstagsparty freut.

»Ich hatte mich auf einen gemütlichen Abend unter Freunden eingestellt, aber nun findet das Fest nicht wie geplant bei ihm zu Hause, sondern in diesem Schickimicki-Club statt.«

»Wann hat er das denn entschieden?«

»Gar nicht! Es war ein Befehl von oben.«

»Euer Boss schmeißt die Party?«

»Party? Es wird wohl eher eine geschäftliche Veranstaltung.«

»Dann bleibe ich hier«, beschließe ich, denn auf einer firmeninternen Feier habe ich nichts zu suchen.

»Auf gar keinen Fall! Das kannst du uns nicht antun. Los, Nora, nur für ein oder zwei Stunden, dann machen wir einen Abflug. Bitte!«

Warum habe ich mich nur breitschlagen lassen? Schon beim Betreten frage ich mich, wo ich denn gelandet bin. Wohin das Auge reicht, erblicke ich nur leicht bekleidete Mädchen.

»Ist das hier ein Puff?«, entrüste ich mich.

Amy lacht aus voller Brust und fragt, woher ich denn wisse, wie es in einem Bordell aussieht.

»Nein, diese Hühner sind keine Nutten. Es sind Kandidatinnen für kommende Trash-Formate. Diese Sendungen gibt es in Deutschland doch auch, oder? All diese Schnepfen wollen Top Models werden oder sich im Fernsehen einen Millionär angeln. Dabei sind die meisten so blöd, dass sie das Wort *Millionär* noch nicht einmal fehlerfrei schreiben können.«

»Ich fühle mich hier unwohl.«

»Du hättest den Wodka nicht ausschlagen sollen. Aber keine Panik, ich hole uns was zu trinken.«

Amy ist in der Menschenmenge verschwunden, und ich schaue mich nach einem bekannten Gesicht um. Fehlanzeige. Auch von Chris fehlt jede Spur. Endlich entdecke ich ihn. Er ist von Minikleidträgerinnen umzingelt, die sich an ihn schmiegen, als wäre er der nächste Bachelor. Ich winke ihm kurz zu. Als er mich erblickt, versucht er, sich aus den Armen einer blonden Barbie zu lösen, aber sie hält seinen Arm fest und säuselt ihm etwas ins Ohr.

Diese Gesellschaft muss ich mir nicht geben, denke ich und suche nach einer Möglichkeit, unbemerkt die Flucht anzutreten. Der Weg über die Terrasse scheint mir geeignet, um dieses schmuddelige Etablissement zu verlassen. Vorbei an riesigen Silikonbrüsten schlängle ich mich durch das Gedränge ins Freie, um dort festzustellen, dass ich mich auf einer geschlossenen Veranda befinde. Um von hier wegzukommen, müsste ich über das Geländer steigen und in zwei Meter Tiefe springen. Ob es das wert ist? Eher nicht. Immerhin ist in diesem Bereich Rauchen gestattet, denn auf den Tischen befinden sich Aschenbecher und Streichholzschachteln. Ich krame in meiner Handtasche nach Zigaretten und stecke mir eine an. In dem Moment, als ich den ersten Zug nehme, klopft mir jemand von hinten auf die Schulter.

»Endlich treffe ich eine Raucherin. Würden Sie mir eine abgeben?«, fragt eine Männerstimme, und ich drehe mich um.

Wie klein die Welt doch ist, fällt mir ein, als ich das Gesicht des Schnorrers sehe und ihn sofort erkenne. Es handelt sich um das Oberarschloch, das sich gestern mit einem breiten Grinsen aus dem Staub gemacht hat, statt mir mit dem Wagen zu helfen.

»Sie bekommen bestimmt Zigaretten an der Tankstelle. Die nächste ist rund zwei Meilen entfernt. Immer geradeaus. Sie können sie nicht verfehlen«, antworte ich explizit mit den Worten, die er mir gestern teilnahmslos zugerufen hat.

»Kennen wir uns? Ihr Gesicht kommt mir irgendwie bekannt vor.«

»Nein, wir kennen uns bestimmt nicht«, antworte ich und drücke meine Zigarette aus.

»Nun renn doch nicht weg! Ich bin mir sicher, dass wir uns kennen. Du bist Cindy, stimmt's? Oder Sandy? Wir haben uns im Frühjahr beim Poloturnier getroffen. Richtig?«

»Nein, das ist völlig ausgeschlossen.«

»Aber wir hatten mal was miteinander! Ich kann mir zwar keine Namen merken, aber einen gutgebauten Körper vergesse ich nie.«

Ich glaube, mich verhört zu haben. Hat dieser eingebildete Macho mich tatsächlich gefragt, ob wir eine gemeinsame Bettgeschichte haben?

»Glauben Sie mir, Mister, hätten wir tatsächlich was miteinander gehabt, würden Sie sich genau an mich und meinen Namen erinnern! Und nun entschuldigen Sie mich!«

Ich trete einen Schritt vor, aber er stellt sich mir in den Weg und taxiert mich auf unverschämte Weise. »Was nicht ist, kann ja noch werden. Also ich würde dich nicht von der Bettkante stoßen.«

»Sie sind nicht nur unverschämt, sondern offensichtlich auch schwer von Begriff. Ich habe Sie gebeten, mich zu entschuldigen. Also geben Sie den Weg frei!«

»Hier bist du. Ich habe dich schon überall gesucht«, ruft Amy und reicht mir ein Glas. »Ihr habt euch schon bekannt gemacht?«

»Nicht nötig. Ich habe kein Interesse an einer Bekanntschaft mit diesem abgehalfterten Playboy.«

Amy greift nach meinem Arm und zieht mich recht barsch zur Seite. Ihr Blick ist eine Mischung aus Entsetzen und großer Belustigung.

»Dieser abgehalfterte Playboy ist mein Boss«, flüstert sie mir leise zu.

»Wirklich? Du hast mein ganzes Mitgefühl!«

»Wie lautet denn nun der Name deiner Bekannten?«, will er von Amy wissen und glotzt mir immer noch unverblümt in den Ausschnitt meiner Bluse.

»Warum wollen Sie das wissen? Sie können sich doch sowieso keine Namen merken«, lache ich ihn aus.

»Sie heißt Nora, und ich hatte schon die Befürchtung, dass sie gar nicht kommt«, erklärt Chris, der sich unbemerkt von hinten angeschlichen hat.

»Ich bin zwar gekommen, aber ich gehe jetzt. Mir reicht es!«, verkünde ich.

Chris meint, das wäre eine hervorragende Idee.

»Ja, lass uns von hier verschwinden«, schlägt er vor und greift nach meiner Hand. »Danke für die Drinks, Chef. Aber den Rest des Abends möchte ich lieber allein mit Nora verbringen.«

»Das ist Nora Parker, die Schriftstellerin?«, entgegnet der Unsympath erstaunt, und ich wundere mich, woher er weiß, dass ich Autorin bin.

Genau diese Frage stelle ich Chris, als wir zum Parkplatz gehen.

»Ich habe ihm von dir erzählt. Richard ist zwar ein Oberarschloch, aber er verfügt über ausgezeichnete Kontakte. Du solltest dich gut mit ihm stellen. Er könnte dir sehr nützlich sein.«

»Dafür ist es zu spät. Ich habe ihn einen unverschämten, begriffsstutzigen, abgehalfterten Playboy genannt.«

»Das trifft hundertprozentig auf ihn zu«, lacht Chris und startet den Wagen.

»Danke«, sagt er nach wenigen Metern. »Danke, dass du mich aus diesem Gruselkabinett befreit hast!«

»Ich hatte nicht den Eindruck, dass du dich gegruselt hättest. In den Armen dieser Blonden hast du recht zufrieden ausgesehen«, erwidere ich und muss mir eingestehen, dass mein Ton ein wenig vorwurfsvoll klingt. Er grinst zufrieden.

»Bist du hungrig?«

»Nur mäßig«, gebe ich knapp zurück.

»Darf ich dich zum Essen ausführen oder ziehst du einen gemütlichen Abend bei mir zu Hause vor?«

»Entscheide du! Schließlich ist es dein Geburtstag.«

Chris wählt den Heimweg.

Wir trinken ein Glas Wein in seinem Garten, um kurz darauf durchgefroren ins Wohnzimmer zu gehen. Statt das Licht anzuknipsen, steckt er Kerzen an. Bei leiser Musik sitzen wir uns gegenüber und schauen uns schweigend an. Er streicht über meine kalten Waden und bietet an, den Kamin für mich zu entzünden. Ich halte das für unnötig, denn ihm so nah zu sein, zaubert mir genug Wärme in den Körper.

»Du, Nora«, setzt er an und schaut mir direkt in die Augen.

»Du kennst doch meinen richtigen Namen. Warum nennst du mich immer noch so?«

»Weil ich befürchte, dass Caroline meinen Vorschlag ablehnen könnte.«

»Verstehe ich nicht! Wir sind doch ein und dieselbe Person.«

»Das stimmt nicht! Nora ist mutig. Sie springt über ihren Schatten und traut sich was. Aber Caroline ist ein Angsthase. Sie ist noch immer in ihrer Rolle als treusorgende Ehefrau und Mutter gefangen, obwohl ihr Mann sie betrügt und ihre Kinder längst erwachsen sind. Ich weiß nicht, ob ich mir an Caroline Winter nicht die Zähne ausbeiße.«

»Das wäre sehr schade, denn du hast bemerkenswert schöne Zähne«, lache ich.

»Das ist doch keine Antwort auf meine Frage.«

»Auf welche Frage, Chris? Noch hast du mir keine gestellt.«

»Spürst du nicht, wie gern ich dich habe?«, flüstert er und rückt noch näher.

Das ist kaum zu übersehen. Bevor meine Zweifel wieder Oberhand gewinnen, will ich auf seine Frage antworten. Was habe ich denn schon zu verlieren? Chris hat völlig recht. Mein Mann betrügt mich, und auf meine erwachsenen Kinder muss ich auch keine Rücksicht mehr nehmen. Ich kann endlich mal nur an mich denken. Mich nach über zwanzig Jahren einem Mann hingeben, der nicht mein Ehemann ist …

»Ich hab dich auch gern«, hauche ich und drücke meine Lippen zärtlich auf seinen Mund.

Chris schläft tief und fest. Ich hingegen bin hellwach und frage mich, woher ich den Mut genommen habe, mich auf dieses Abenteuer einzulassen. Ich hätte mich nachts unbemerkt wegschleichen, duschen und die restlichen Stunden bis zum Morgengrauen in Amys Gästezimmer verbringen können, so wie es nach einem One-Night-Stand üblich ist.

»Warum schläfst du nicht?«, murmelt er, öffnet einen Spalt weit die Augen und zieht mich in seinen Arm.

»Ich kann nicht. Mir gehen so viele Fragen durch den Kopf.«

Plötzlich setzt er sich auf, streckt sich und steigt aus dem Bett.

Ich rate ihm, wieder zurückzukommen und weiterzuschlafen. Meinetwegen soll er nicht auf seine Nachtruhe verzichten.

»In meinem Bett wird nicht gegrübelt!«, bestimmt er und knipst das Licht an.

Ich schaue in sein müdes Gesicht und frage, was er vorhabe.

»Wir tun das, was ich nachts ständig mache, seitdem mich die Gedanken an dich um den Schlaf bringen. Wir lesen!« Er bückt sich, greift nach seinem Shirt und zieht sich vor meinen ungläubigen Augen an. »Soll ich uns Kaffee oder Tee kochen?«, fragt er, und ich schaue auf die Uhr.

»Es ist halb vier Uhr morgens. Das ist doch Unsinn. Nur weil ich nicht schlafen kann, musst du doch jetzt nicht aufstehen.«

»Wenn du nicht schlafen kannst, habe ich meine Aufgabe wohl nicht zu deiner vollsten Zufriedenheit erfüllt. Demzufolge ist es nur fair, dass ich jetzt mit dir wach bleibe.«

Zu meiner vollsten Zufriedenheit? Sollte er damit unser Liebesspiel meinen, könnte ich ihm bestätigen, dass ich rundum zufrieden bin! Aber das behalte ich für mich und sage nur: »Kaffee wäre mir lieber.«

Chris bietet mir an, in seinen Bademantel zu schlüpfen, und verlässt das Schlafzimmer.

Ich gehe ins Bad, nehme den Mantel vom Haken und richte mein Haar vor dem Spiegel. Als ich kurz darauf die Treppe hinuntergehe, schlägt mir schon der Duft von frisch gebrühtem Kaffee entgegen.

»Und was lesen wir? Hast du uns etwas Spannendes ausgesucht?«, frage ich und setze mich aufs Sofa.

»Was hältst du davon?« Er legt sein Tablet auf den Tisch. »Lust auf eine englischsprachige Romanze?«

»Nur, wenn du laut vorliest«, lautet meine Bedingung, und ich kuschele mich in die Sofakissen. Doch schon nach wenigen Sätzen bitte ich ihn, aufzuhören. »Was liest du denn da? Das ist doch meine Geschichte!«

»Ganz richtig. Ich habe sie ins Englische übersetzt.«

»Warum?«

»Weil ich es kann. Ich habe während meiner Studienzeit häufig als Übersetzer gearbeitet.«

»Ich bezweifle nicht deine Fähigkeiten als Dolmetscher, aber sag mir doch, warum du dir die Mühe gemacht hast?«

»Was kann ich sonst nachts tun, um dir nah zu sein?«

»Du bist komplett verrückt«, lache ich und nehme ihm das Tablet aus der Hand. »Du willst mir nah sein? Dann hör auf zu lesen, und küss mich lieber!«

Für die Familie

Es ist schon halb zehn, als mich ein heller Klingelton weckt. »Chris! Aufwachen! Ich fürchte, wir haben die Zeit verschlafen. Außerdem bimmelt dein Handy.« Energisch rüttle ich an seinem Arm.

Er meint, ich solle es klingeln lassen. »Musst du nicht ins Büro?«

»Später«, murmelt er schlaftrunken und greift neben sich, um den Anruf entgegenzunehmen. »Was gibt es, Amy?«, höre ich ihn fragen. »Natürlich ist sie hier. – Wer? – Ich richte es ihr aus.« Dann dreht er sich zu mir, drückt mir einen Guten-Morgen-Kuss auf die Stirn: »Du hast Besuch, mein Schatz. Deine Tochter wartet drüben auf dich.«

»Nelli ist hier? Ach du großer Mist!«, rufe ich aus und springe hektisch aus dem Bett. »Und nun? Was soll ich ihr sagen, wenn sie mich fragt, wo ich die Nacht verbracht habe? Dass ich nicht im Haus einer Freundin übernachtet habe, wie ich Jasper versichert habe, dürfte ihr ja nun klar sein.«

»Hey, beruhige dich. Du bist erwachsen und musst dich nicht vor ihr rechtfertigen.«

»Das verstehst du nicht! Du hast keine Kinder!«

»Stimmt! Das verstehe ich wirklich nicht.«

Ich renne ins Bad und wasche mein Gesicht mit kaltem Wasser. Doch auch die nasse Abkühlung schafft es nicht, meine Gedanken zu ordnen.

»Fang!«, ruft Chris durch die geöffnete Badezimmertür und wirft mir eine Sporthose zu. »Zieh die über und sage ihr, du wärst eine Runde joggen gewesen.«

»Das glaubt sie mir im Leben nicht. Ich jogge nie!«

»Das würde aber deine Schnappatmung erklären«, lacht er und drückt seine nackte Brust an meinen Rücken. Wir stehen eng umschlungen vor dem Spiegel, als er mich fragt, ob ich nicht auch der Meinung bin, dass wir ein wunderschönes Paar abgeben.

»Vielleicht gewinnen wir irgendwann die Auszeichnung *Traumpaar des Jahres*, aber jetzt muss ich gehen.«

»Soll ich dich begleiten?«

»Auf gar keinen Fall!«

In meinen Klamotten vom Vortag und mit einem mulmigen Gefühl in der Magengegend gehe ich über die Straße. Amys Haustür ist nur angelehnt. Bevor ich eintrete, atme ich noch einmal tief durch.

»Nelli?«, rufe ich und gehe ins Wohnzimmer. »Seit wann bist du wieder zurück?«

Sie erhebt sich vom Stuhl und kommt auf mich zu. Statt mich, wie befürchtet, mit bösen Blicken zu strafen, fällt sie mir um den Hals.

»Was macht ihr nur für Sachen, Mama? Warum darf Papa nicht wissen, wo du bist? Er ist völlig fertig mit den Nerven, und es tut ihm aufrichtig leid.«

»Es tut ihm leid?«, frage ich empört und fahre mir nervös mit den Fingern durch die Haare.

Amy erklärt, dass sie uns jetzt allein lässt, und geht die Treppe hinauf.

»Papa bereut seinen Fehltritt. Er will, dass du wieder nach Hause kommst.«

»Das war kein einfacher Fehltritt, Nelli. Das mit ihm und Judith geht schon eine ganze Weile.«

»Wie kommst du denn auf Judith?«

»Sie ist die Frau, von der er nicht weiß, ob er sie genug liebt, um mich zu verlassen.«

»Unsinn! Papa kann Judith nicht ausstehen. Seine Schnepfe heißt Helen Lewis und ist Amerikanerin. Er hat sie in Chicago kennengelernt.«

»Bist du dir sicher?«

»Ja! Nachdem er mir zwei Tage den Ahnungslosen vorgespielt hat, rückte er gestern endlich mit der Wahrheit heraus.«

Was hat Nelli gerade gesagt? Chicago? Deshalb hat dieser Lump sich stets geweigert, mich auf seine Reisen mitzunehmen. Aber ändert das was? Es ist doch völlig egal, mit wem er mich hintergangen hat. Tatsache ist, dass er es getan hat.

»Ihr kriegt das doch wieder hin, oder, Mama?«

Ich kann ihre Frage nicht verbindlich beantworten. Deshalb schweige ich.

»Bitte Mama, ruf ihn an und sprich mit ihm. Er wartet schon seit Tagen auf ein Lebenszeichen von dir.«

Nein, bei einem Telefonat werden wir unsere Differenzen nicht klären können. Es führt kein Weg daran vorbei, ich muss zurück und mich unseren Problemen stellen. Ich gehe hinauf und packe meinen Koffer.

Amy tritt ins Zimmer und fragt, warum ich so überstürzt abreise.

»Ich kann mich nicht auf Dauer bei dir verstecken.«

»Wirst du dich noch von Chris verabschieden?«

»Besser nicht. Richte ihm Grüße aus, und gib ihm mein Geschenk. Dazu bin ich gestern nicht mehr gekommen.«

»Ist dir eigentlich klar, welches Risiko ich als Überbringerin der schlechten Botschaft eingehe?«

»Er wird dich schon nicht köpfen.«

»Er hat dich richtig gern.«

Ich weiß. Wie sehr, hat er mir in der letzten Nacht auf beeindruckende Weise demonstriert.

Ich postiere mich vor dem Fenster und warte, bis Chris abfährt. Erst dann bestelle ich mir ein Taxi, das mich zum Flughafen bringen soll. Bis zum Taxi begleitet Nelli mich. Es ist ihr anzusehen, wie erleichtert sie ist. Ich bekomme zum Abschied eine feste Umarmung.

»Bitte verzeih ihm, Mama. Setz unsere Familie nicht aus falschem Stolz aufs Spiel.«

Noch vor dem Boarding rufe ich Tom an. Ich frage ihn, ob er in Hamburg ist.

»Ich lande um siebzehn Uhr in Fuhlsbüttel.«

»Ich werde pünktlich sein, Caroline.«

Nach der Landung warte ich mit anderen Passagieren bei der Gepäckausgabe auf meinen Koffer. Ich nutze die Zeit und überprüfe mein Handy auf neue Nachrichten. Chris hat mir eine SMS geschickt. *Du kommst doch wieder, Schatz?* hat er geschrieben. Er nennt mich *Schatz.* Der Mann, mit dem ich verheiratet bin, hat mich all die Jahre nicht einmal *Schatz* genannt. Er nennt mich beim Vornamen. Und genauso begrüßt er mich auch.

»Hallo, Caroline, gut, dass du wieder da bist.«

Während der Rückfahrt sitzen wir nebeneinander, ohne ein Wort miteinander zu wechseln.

Erst als wir in unsere Wohnstraße einbiegen, breche ich das Schweigen.

»Was ist denn da los?«

Vor Sarahs Haus steht ein Notarztwagen. Zwei Sanitäter bringen eine Person auf der Trage in den Rettungswagen.

Lars kauert leichenblass im Türrahmen.

Ohne zu zögern, laufe ich zu ihm. »Was ist passiert? Was ist mit ihr?«

»Sarah hat eine Überdosis Schlaftabletten geschluckt. Als ich von der Arbeit heimgekommen bin, lag sie regungslos auf dem Sofa.«

»Wird sie durchkommen?«

Lars nickt und fragt den Arzt, ob er im Wagen mitfahren dürfe. Er darf.

Völlig erschüttert schaue ich ihnen hinterher.

Tom hat mein Gepäck ins Haus getragen. Als wir uns im Flur gegenüberstehen, fragt er mich, ob ich ihm verzeihen könne.

»Ich werde dir zuhören, Tom. Bevor ich dir vergebe, möchte ich einiges wissen. Wer ist sie? Seit wann geht das mit euch?«

Mit gesenktem Kopf schleicht er ins Wohnzimmer. Mir den Rücken zugewandt, beginnt er zögerlich. »Helen ist die Europa-Managerin und arbeitet in unserem Mutterhaus in Chicago. Ich habe sie vor einem Jahr kennengelernt.«

»Dann ist sie deine Vorgesetzte! Du hast deinen Boss gevögelt!«

»Müssen wir uns auf diesem Niveau unterhalten?«

»Was ist denn das für eine Unterhaltung? Du hast ja noch nicht einmal den Schneid, mich anzusehen!«

Endlich dreht er sich um. »Glaub mir, ich bin nicht stolz darauf. Wenn ich es rückgängig machen könnte, würde ich es tun.«

»Tom, es geht nicht nur darum, dass du mich monatelang betrogen hast. Du hast versucht, den Spieß umzudrehen und mir eine Affäre unterstellt. Dann hast du dich verpisst! Hast du eine Ahnung, wie ich mich gefühlt habe?«

»Ich habe die Zeit gebraucht, um mir Klarheit zu verschaffen.«

»Und siehst du nun klar?«

»Ich werde die Beziehung zu ihr beenden. Auch wenn das mit weitreichenden Konsequenzen verbunden ist.«

»Bitte? Du hast die Beziehung noch gar nicht beendet?«

»Ich muss erst sicherstellen, dass du mir verzeihst.«

»Bist du noch ganz dicht? Du hältst dir beide Türen offen? Wie jämmerlich ist das denn?«

»Ich muss wissen, wie du zu mir stehst. Wenn wir zusammenbleiben, wird es gravierende Folgen für mich haben. Ich könnte meinen Job verlieren. – Wo willst du hin, Caroline?«

»Ich gehe kotzen! Das, was du mir hier gerade auftischst, ist eindeutig zu schwer verdaulich!«

»Ich will nicht, dass wir uns trennen. Du bist mir tausendmal wichtiger als Ingolstadt.«

»Du hast dich nur mit dieser Helen eingelassen, um die Position des General Managers zu bekommen? Du hast dich hochgeschlafen! Frauen, die so was tun, nennt man Schlampen. Wie soll ich dich nennen?«

»Du hast allen Grund, böse auf mich zu sein.«

»Das sehe ich auch so!«

»Ich habe dich zu Unrecht beschuldigt. Mittlerweile weiß ich, dass es deine Romane sind und du tatsächlich auf Lesereise warst. Ich bin bei Judith gewesen, sie hat es mir bestätigt.«

»Hast du sie aufgefordert, mir den Vertrag zu kündigen?«

»Nein, ich schwöre. Ich war nur dort, um mich für meinen Wutausbruch zu entschuldigen.«

Warum hat sie es dann gemacht, frage ich mich. Wenn Tom nicht der Grund war, was war es denn?

»Ich weiß auch, dass du dir kein Geld von Sarah geliehen hast. Lars war hier und hat mir alles erzählt. Es ist wirklich ein starkes Stück, was sich diese Frau mit ihm geleistet hat.«

»Ich finde, was du dir geleistet hast, ist um einiges schlimmer. Und nur das sollte uns momentan interessieren. Also lenk nicht ab, und sag mir, wie es hier weitergehen soll!«

»Ich habe Nelli versprochen, dass wir das wieder hinkriegen. Wir werden nicht zulassen, dass unsere Familie zerbricht. Wir beide und die Kinder sind doch das, was im Leben wirklich zählt.«

»Für dich war stets dein Job das Wichtigste. Ich kann nur schwer glauben, dass sich das über Nacht geändert hat. Allein mit leeren Worten wirst du mich nicht umstimmen können.«

»Was erwartest du denn von mir? Was kann ich tun, um dich zu überzeugen?«

»Ruf sie an! Ich will mit eigenen Ohren hören, wie du ihr deine Entscheidung mitteilst. Und sollte sie dir den Job kündigen, dann übernimm gefälligst die Verantwortung, schließlich hast du es selbst verbockt.«

Ich nehme sein Handy vom Tisch und reiche es ihm.

Er nickt stumm und geht ans Fenster. Kurz darauf sagt er: »Mailbox. Ich werde es später noch einmal versuchen.«

»Vergiss es nicht, Tom!«

Ich habe bereits die zweite Trommel Wäsche aufgesetzt, nun esse ich in der Küche eine Scheibe Brot und gucke aus dem Fenster. Ich beobachte das gegenüberliegende Haus und warte darauf, dass Lars zurückkommt. Endlich fährt ein Taxi vor. Mit meinem Schlüssel in der Hand gehe ich zu ihm.

»Sie ist außer Lebensgefahr«, berichtet er, doch so, wie es aus seinem Mund klingt, scheint er sich nicht darüber zu freuen. Ich hingegen bin erleichtert.

»Seit wann bist du wieder da, Caroline?«

»Erst kurz, bevor der Notarztwagen abgefahren ist.«

»Dann weißt du gar nicht, was passiert ist? Sarah hat …«

»Willst du mir nicht lieber drinnen davon erzählen? Es muss ja nicht jeder in der Straße mitbekommen.«

»Warum? Die ganze Nachbarschaft ist doch schon im Bilde. All ihre Freundinnen, denen sie Geld abgeluchst hat, wissen eh Bescheid über ihre heimliche Internet-Liebe. Du auch! Tu doch nicht so.«

»Sie hat es dir erzählt. Das ist gut.«

»Gut? Sie hat sich im Urlaub einfach aus dem Staub gemacht. Ich habe sie stundenlang verzweifelt gesucht. Per SMS hat sie mir mitgeteilt, sie sei auf dem Weg nach Kanada, um mit ihrer neuen Liebe ein neues Leben anzufangen. Dieses Miststück hat vor ihrem Abflug noch mein Konto leergeräumt und mich ohne einen Cent wie einen Deppen in der Eifel zurückgelassen. Gestern ist sie reumütig zurückgekommen. Ich habe sie hochkant aus dem Haus geworfen.«

»Aber dieser Mann existiert ja gar nicht. Er ist ein Betrüger, der diese Masche mit unzähligen Frauen abzieht.«

»Und das soll mich jetzt trösten? – Nein, Caroline, auch wenn Sarah ihren Selbstmordversuch überlebt hat, für mich ist sie gestorben.«

»Vielleicht fragst du dich mal, wie es so weit kommen konnte. Dass sie sich im Internet auf einen fremden Mann eingelassen hat, hat doch seinen Grund. Sie war einsam an deiner Seite. Hast du das denn nie gemerkt? Sie hat jemanden gesucht, der mit ihr spricht und ihr zuhört.«

»Den hat sie ja jetzt! Ihr wird ein Seelenklempner zur Seite gestellt, dem kann sie erzählen, was sich in ihrem kranken Hirn abspielt. Und das Gute ist, dass die Krankenkasse die Kosten übernimmt! Denn ich bin pleite!«

»Ich werde sie morgen besuchen.«

»Nachdem, was sie sich mit dir geleistet hat, willst du sie besuchen? Ich verstehe dich nicht, Caroline.«

»Genau das ist das Problem mit dir. Du willst einfach nicht verstehen!«, sage ich und gehe resigniert zurück ins Haus.

Tom erwartet mich bereits. Seine Frage verschlägt mir die Sprache. »Hat Lars sich mal geäußert, wann er gedenkt, uns das Geld zurückzugeben?«

»Bist du noch bei Trost? Statt zu fragen, wie es Sarah geht, gilt dein einziges Interesse dem Scheißgeld? Was stimmt nicht mit euch Männern? Wie kann man so gefühlskalt sein?«

»Ich habe Gefühle, Caroline. Komm mit mir nach oben, und ich zeige dir, wie tief ich für dich empfinde.«

Alles, nur das nicht. An mir klebt noch immer Chris' Schweiß. Jetzt mit Tom zu schlafen, bringe ich nicht.

»Wolltest du nicht telefonieren?«, ermahne ich ihn streng. »Bevor du auch nur einen Gedanken an Versöhnungssex verschwendest, solltest du erst diese Angelegenheit in Ordnung bringen!«

Hinter verschlossener Tür lasse ich mir ein Bad ein. Während das heiße Wasser den Raum in dichten Nebel hüllt, laufen mir erste Tränen über das Gesicht. Ich weiß, dass es richtig war, wieder nach Hause zu kommen. Warum fühlt es sich so verdammt falsch an?

Tom klopft und bittet mich zu öffnen. Er hält sein Handy ans Ohr, und ich sehe, dass er telefoniert.

»Es tut mir leid, Helen. Ich werde meine Familie nicht aufgeben. Ich liebe meine Frau und die Kinder. – Ja, das ist mein letztes Wort.« – »Bist du jetzt zufrieden?«, fragt er und schaut mich erwartungsvoll an.

»Mach die Tür von draußen zu!«, fordere ich ihn auf und tauche mit dem Kopf unter Wasser.

Wäre ich an ihrer Stelle, würde ich ihm kündigen. Vier läppische Sätze. Mehr hatte er für die Frau, der er seine Position verdankt und ein ganzes Jahr Liebe vorgegaukelt hat, nicht übrig.

»Tom Winter, du bist ein charakterloses Schwein!«, sage ich leise vor mich hin. Lauter spreche ich erst wieder, als ich ihm eröffne, dass einer von uns auf dem Sofa schlafen wird.

»Du kannst das Bett haben. Ich bin ohnehin noch nicht müde«, bestimme ich und stelle den Fernseher an.

»Dann gute Nacht«, antwortet er leise und geht nach oben.

Seit geschlagenen zehn Minuten starre ich auf Toms Handy, das er entgegen seiner Gewohnheit nicht mit nach oben genommen hat. Üblicherweise liegt es nachts neben ihm auf dem Nachtschrank. Ich tue das, was ich zuvor noch nie getan habe, und stelle es an. Mich interessiert zunächst nur der Ordner für ausgehende Gespräche. Doch das Verzeichnis ist leer. Ich frage mich, ob er sie überhaupt angerufen hat. Inzwischen habe ich keine Skrupel, auch seine Kurzmitteilungen zu checken. Ich überlese den ganzen Darling-I-miss-you-Schmalz. Allerdings ihre letzte Nachricht an Tom weckt mein Interesse.

Habe einen Flug über Frankfurt bekommen. Hier die Daten für dich: LH9153 + LH002. Warte morgen am Flughafen auf dich. Kann es kaum erwarten. Tausend Küsse, Helen

Ein Blick auf die Website der Lufthansa verleiht mir Gewissheit. Tom kann gar nicht mit ihr gesprochen haben, denn zu der Zeit, als er das Schauspiel für mich veranstaltet hat, war sie schon längst in der Luft. Morgen früh um acht Uhr wird sie planmäßig in Hamburg landen. Na, da bin ich aber gespannt, wie er aus der Nummer rauskommen will.

Gut geplant ist halb gewonnen

Natürlich habe ich einen genialen Plan. Schließlich bin ich Autorin und verfüge neben ausreichender Fantasie auch über strategisches Geschick, das für mein Vorhaben unbedingt notwendig ist. In einer SMS, die ich von Toms Handy an Helen schicke, heißt es:

> *Sorry, Darling. Ich kann leider nicht persönlich kommen. Aber ich habe dafür gesorgt, dass du abgeholt wirst. Halte Ausschau nach meiner Zugehfrau, die mit deinem Namensschild am Ausgang der Ankunftshalle auf dich wartet. Sie wird dich auf direktem Weg zu mir nach Hause bringen. Love you. Miss you. Kiss you. Tom*

Ich habe alle Uhren zwei Stunden zurückgestellt. Als ich um sieben Uhr aufbreche, liegt ein Zettel für Tom auf dem Küchentisch.

Konnte nicht schlafen. Bin zum Bäcker gefahren und kaufe für ein leckeres Frühstück ein. Bitte warte auf mich. Gruß Caroline

Sollte er wider Erwarten gleich aufstehen, wird er erst lange und vergeblich sein Handy suchen, denn das habe ich dabei. Damit er nicht vor meiner Rückkehr abfahren kann, habe ich seine Autoschlüssel versteckt.

Natürlich war mir klar, dass nicht ich sie vom Flughafen abholen kann. Die Gefahr, dass Helen mich von Fotos kennt, ist einfach zu groß. Ich habe Rosie gebeten, mich zu unterstützen und sich mit mir beim Bäcker zu treffen. Getreu ihrem Leitspruch, dass wir Frauen in der Not zusammenhalten müssen, hat sie sofort zugesagt, die Haushälterin zu spielen.

Sie ist pünktlich, und ich übergebe ihr das Namensschild, das ich in der Nacht ausgedruckt habe.

»Wie raffiniert du bist!«, lobt mich meine Freundin. Sie fragt, ob wir später zusammen ins Krankenhaus fahren wollen, um Sarah zu besuchen.

»Gleich nach dem Showdown! Dann berichte ich dir in allen Einzelheiten, wie es gelaufen ist.«

Mit vier Rundstücken, zwei Körnerbrötchen und drei Croissants fahre ich zurück. Leise öffne ich die Tür und schließe sie fast geräuschlos. Barfuß gehe ich in die Küche und lege die warmen Backwaren ab, als ich Schritte höre.

Tom kommt die Treppe runter und fragt, wie spät es sei.

»Viertel vor sechs«, antworte ich und zeige auf die manipulierte Küchenuhr.

»Meine Uhr ist viertel vor acht«, sagt er und schaut auf sein Handgelenk

»Du wirst wohl eine neue Batterie brauchen. Gib her, ich fahre später zum Uhrmacher und lass dir eine neue einsetzen.«

»Das ist lieb von dir, aber unnötig. Diese Uhr braucht keine Batterie. Es handelt sich um eine Automatikuhr, die durch bloße Handbewegungen angetrieben wird«, erklärt mir dieser verlogene Klugscheißer.

»Hast du Hunger? Schau nur, die Semmeln sind noch warm.«

»Darf ich deinen morgendlichen Einsatz als Versöhnungsgeste deuten?«, fragt er und kommt näher.

Ich ringe mir ein gequältes Lächeln ab. »Geh duschen, Tom. Ich koche derweil Kaffee für uns.«

»Hast du mein Handy gesehen? Ich muss es gestern hier irgendwo abgelegt haben.«

»Nein, habe ich nicht. Wann musst du im Büro sein?«

»Spätestens um acht Uhr. Ich habe alle Mitarbeiter vor Geschäftsbeginn zu einer Besprechung geladen.«

»Dann trödel nicht! Schließlich möchte ich mit dir in aller Ruhe frühstücken.«

»Ich wüsste, wie wir die kurze Zeit viel angenehmer verbringen könnten«, haucht er und drückt mir seine Morgenlatte gegen den Po.

Am liebsten möchte ich ihn anschreien. »Lass mich sofort los, oder es passiert was«, liegt mir auf der Zunge, aber ich reagiere betont zahm: »Übertreib es nicht, Tom.«

Ich schenke uns Kaffee ein, reiche ihm den Teller mit Rührei und frage ihn beiläufig, worum es in der heutigen Mitarbeiterbesprechung ginge.

Er stutzt. »Wieso fragst du? Dich hat doch sonst nicht interessiert, was in der Firma los ist.«

»Es interessiert mich aber jetzt«, entgegne ich und beiße genüsslich von meinem Körnerbrötchen ab.

»Es geht um die Zusammenlegung der Geschäftsstellen. Ich beabsichtige, Ingolstadt aufzulösen und künftig alles von

Hamburg aus zu steuern. Einige Mitarbeiter werden dadurch ihren Job verlieren. Ich denke, es ist nur fair, wenn ich sie vorwarne.«

Ich kann mir meinen sarkastischen Unterton nicht verkneifen und sage: »Ja, das ist sehr rücksichtsvoll und anständig von dir. Aufrichtigkeit liegt dir nun mal im Blut, Darling.«

»Hast du mein Handy gefunden?«

»Nein, aber wenn du dringend telefonieren musst, kannst du auch meins benutzen.«

Ich habe meinen Satz gerade ausgesprochen, als mein iPhone klingelt. Es ist meine Komplizin, die verkündet, mit der besagten Dame auf dem Rückweg zu sein.

»Wir werden pünktlich eintrudeln«, teilt sie mir knapp mit.

»Super, Rosie, dann bleibt es wie abgesprochen.« Höchst zufrieden lege ich auf.

»Was wollte sie so früh?«, fragt Tom erstaunt.

»Wir wollen später gemeinsam zu Sarah ins Krankenhaus fahren und ihr einen Besuch abstatten.«

»Du verzeihst dieser durchtriebenen Schlange? Sie hat wie gedruckt gelogen und dich für ihren Plan schamlos ausgenutzt«, empört er sich.

»Ach, Tom, du erwartest doch auch, dass ich dir vergebe.«

»Ich bin ja auch dein Mann. Das ist doch wohl kaum miteinander zu vergleichen.«

»Du hast recht«, stimme ich ihm zu und stehe auf, um die Terrassentür zu öffnen. Ich werfe noch einen letzten Blick auf die Uhr, denn jetzt kommt es auf das richtige Timing an. Als ich höre, dass Rosies Wagen vorfährt, schlendere ich um den Tisch zu Tom und setze mich breitbeinig auf seinen Schoß. Meine Finger fahren durch sein Haar, und ich schaue ihm tief in die Augen.

»Gib mir einen Kuss«, fordere ich ihn auf und rücke so dicht, wie es nur möglich ist, an ihn heran.

»Oh Caroline, jetzt willst du doch?«

»Sag mir, dass alles wieder gut wird, Tom.«

»Es wird alles wieder gut. Ich verspreche es dir«, haucht er und steckt mir seine Zunge in den Mund. »Du bist mein Leben, Caroline. Ich könnte nicht ohne dich sein.«

»Guten Morgen«, höre ich Rosie sagen. »Ich störe eure Schmuserei recht ungern, aber ich glaube, die Dame braucht dringend ein Glas Wasser.«

»Wasser oder doch lieber Kaffee? Ich glaube, er ist noch heiß.« Ich steige von Toms Schoß und streiche mir selbstbewusst durchs Haar. »Mrs Lewis, kommen Sie doch herein. Wollen Sie mit uns frühstücken? Sie sind doch sicherlich hungrig nach der langen Reise.«

»Tom!«, schreit sie entsetzt.

»Was soll das, Caroline?«, fährt der Mann mich schroff an, der noch immer mit einer Erektion am Küchentisch sitzt.

Für ihr Leben gern würde Rosie noch bleiben, aber ich bitte sie, uns drei jetzt allein zu lassen.

»Warum tun Sie mir das an, Frau Winter?«, jammert die Lewis.

»Ich Ihnen? Darf ich Sie daran erinnern, dass Sie sich mit einem verheirateten Mann eingelassen haben? Mit meinem Mann und dem Vater meiner Kinder!«, brülle ich, so laut ich nur kann.

»Tom, was hat das zu bedeuten? Warum demütigst du mich so?«, plärrt sie.

»Musste das sein, Caroline?«, faucht er mich vorwurfsvoll an und rennt der fliehenden Helen hinterher.

Ich nehme seinen Schlüsselbund aus dem Versteck und lege es mit seinem Handy auf den Tisch. Mit meiner Handtasche unter dem Arm verlasse ich das Haus durch die Eingangstür. Als ich die beiden vor der Garage stehen sehe, rufe ich: »In zwei

Stunden bin ich wieder zurück. So lange hast du Zeit, um deine Sachen zu packen!«

Er nickt nur stumm. Es ist zehn nach neun, als ich mich nach vierundzwanzig Jahren von Tom Winter trenne.

Als ich das Krankenzimmer betrete, ist Rosie schon da. Sie sitzt an Sarahs Bett und hat ihr bereits von der erfolgreich durchgeführten Aktion berichtet.

»Wie konntest du bloß solche Dummheiten machen?«, sage ich und streiche der Patientin sanft übers Haar.

»Ich habe keinen anderen Ausweg mehr gesehen, weil ich mich abgrundtief geschämt habe. Noch immer kann ich nicht fassen, dass mir so etwas passiert ist. Wie kann ein Mensch nur so auf den Gefühlen anderer rumtrampeln? Stundenlang hab ich auf dem Flughafen in Québec auf ihn gewartet. Irgendwann hat die Polizei mich aufgegriffen, und es stellte sich heraus, dass ich nicht die erste Deutsche gewesen bin, die auf diesen Rick hereingefallen ist. Ich habe Anzeige erstatten wollen, aber die kanadische Polizei fühlte sich nicht zuständig. Eine Polizistin hat mir erklärt, dass es sich um nigerianische Banden handelt, die gar nicht von Kanada aus agieren. Für die Afrikaner ist es ein lohnendes Geschäft. Dass diese Betrüger den Frauen das Herz brechen und sie in die Verzweiflung treiben, ist ihnen völlig egal.«

»Der Schmerz vergeht wieder. Bis es so weit ist, kannst du dich auf Rosie und mich verlassen. Sobald du das Krankenhaus verlassen darfst, kommst du erst mal zu mir. Du kannst in eines der Kinderzimmer ziehen.«

»Aus deinem Mund klingt das so einfach.«

»Ist es auch.«

»Immerhin schulde ich einigen Leuten eine ganze Menge Geld. Lars wird bestimmt nicht für meine Schulden aufkommen.«

»Wenn du dich wieder stark genug fühlst, dann begeben wir uns für dich auf Jobsuche. Kopf hoch, Sarah!«

»Wie kommt es, dass du in deiner jetzigen Lage gar nicht niedergeschlagen bist?«

»Oh, das war ich, frag Rosie. Aber ich habe tolle Freunde, die mir durch die schwere Zeit geholfen haben.«

»Ich war nicht für dich da. Im Gegenteil. Ich habe …«

»Du hast einen wichtigen Beitrag geleistet. Erst deine Worte haben den Anstoß gegeben, über meine Ehe nachzudenken. Du sagtest: *Verschließ weiterhin die Augen und leb in deiner Traumwelt! Red dir dein lausiges Leben schön!* Damit hattest du vollkommen recht. Mein Leben an Toms Seite war lausig. Dass es auch anders geht, weiß ich jetzt.«

»Dann hast du doch einen Lover, du alte Heuchlerin«, schimpft Rosie und fordert Details.

»Ist es was Ernstes?«, fragt Sarah und setzt sich neugierig auf.

»Er ist viel zu jung für mich. Außerdem lebt er in London. Chris war eine Sommerliebe. Das mit uns hat keine Zukunft.«

»Schade«, seufzt Rosie. »Wieder eine Nora-Parker-Geschichte ohne Happy End.«

»Du hast mein Buch endlich gelesen?«

»Es hat mir wirklich gut gefallen, aber der Schluss war absoluter Mist!«

»Mein nächster Roman wird glücklich enden«, verspreche ich.

Die Krankenschwester betritt das Zimmer und fordert uns auf, Sarah Ruhe zu gönnen.

Daraufhin verabschieden wir uns und verlassen die Station.

Was ich nun vorhabe, will Rosie wissen. Ich stelle fest, dass die Zwei-Stunden-Frist, die ich Tom eingeräumt habe, noch nicht vorbei ist. Nun gilt es, die Zeit irgendwie totzuschlagen, denn ich möchte kein weiteres Mal auf ihn und Mrs Lewis treffen.

»Ich werde einen Bummel über den Wochenmarkt machen und mir so viele Blumen kaufen, wie in meinen Kofferraum passen«, antworte ich Rosie und verabschiede mich mit Küsschen von ihr.

Mir steht der Sinn nach Sommerblumen. Ich habe vor, mir blühende Kübelpflanzen anzuschaffen, die meine Terrasse in einen schönen Ort verwandeln sollen, der Chris' kleinem Garten in nichts nachsteht. Aber der Blick auf die Auswahl hat sofortige Ernüchterung zur Folge.

»Astern, Chrysanthemen und Heidekraut? Haben Sie keine Sommerblumen mehr im Angebot?«

»Schätzchen, der Sommer ist vorbei. Wir bewegen uns mit großen Schritten auf den Herbst zu«, lacht die Marktfrau.

Das mag aus botanischer Sicht stimmen, aber für mich ist es noch immer Sommer. Ich bin noch längst nicht im Herbst angekommen.

»Ich nehme Sonnenblumen. Geben Sie mir bitte zwanzig Stück«, sage ich und verlasse mit einem schweren Strauß Schnittblumen den Markt.

Der Himmel reißt auf und die Sonne blitzt durch die Wolken, als ich mein Zuhause erreiche.

Toms Wagen parkt noch immer in der Einfahrt. Notgedrungen gebe ich Gas.

Während ich wiederholt um den Pudding kurve, rufe ich ihn an.

»Deine zwei Stunden sind längst um! Mach 'nen Abgang und vergiss nicht, deine Ami-Braut mitzunehmen!«

»Caroline, ich …«

»Ich gebe dir zehn Minuten! Solltet ihr bis dahin nicht verschwunden sein, werfe ich euch eigenhändig vor die Tür!«, fauche ich und lege auf. Mein Blick haftet auf der Uhr im

Fahrercockpit, als ich bereits nach fünf Minuten eine Kurzmitteilung erhalte. Sie ist nicht von Tom. Chris hat geschrieben und mich gebeten, ihn anzurufen. Weil ich ihm unbedingt einen aktuellen Lagebericht geben will, wähle ich seine Nummer.

»Hey, alles gut bei dir? Du hättest dich wenigstens verabschieden können, obwohl …«

»Obwohl?«, frage ich zurück, und ich merke, wie mein Herz hüpft, als ich seine Stimme höre.

»Ich hätte dich nicht gehen lassen.«

»Da hast du den Grund, weshalb ich es vorgezogen habe, ohne Tschüss abzureisen.«

»Wann kommst du zurück?«

»Zurück? Gar nicht, Chris.«

»Du verzeihst ihm doch wohl nicht? Amy hat mir von dem Gespräch zwischen dir und deiner Tochter erzählt. Verdammt, deine Kinder sind erwachsen! Ihretwegen wirst du doch nicht …«

»Sag nicht immer verdammt!«

»Ich verspreche es! Kommst du dann zurück?«

»Ich kann nicht, Chris. Stell dir vor, Sarah hat einen Selbstmordversuch unternommen. Ich werde mich jetzt um sie kümmern müssen. Es ist eine lange Geschichte. Wenn du willst, dann berichte ich dir, wenn ich wieder zu Hause bin.«

Ich starte den Motor und lenke den Wagen wenige Augenblicke später auf meine freie Einfahrt. »Lass uns später quatschen. Ich melde mich.«

Zuerst müssen die Blumen ins Wasser, bestimme ich und gehe in die Küche, um diesen schweren Strauß auf mehrere Vasen zu verteilen. Das Geschirr vom Frühstück steht noch immer auf dem Tisch, und ich räume die Reste von Toms Henkersmahlzeit zusammen. Das angetrocknete Rührei wandert in den randvollen Abfalleimer. Ich nehme den Beutel heraus und will ihn nach draußen bringen, um ihn in der Tonne zu entsorgen, als ich im Flur mit Tom zusammenstoße.

»Scheiße, was machst du noch hier? Ich habe mich fast zu Tode erschreckt!«, kreische ich laut auf.

»Warum? Sag mir, warum du das gemacht hast?«

»Einer von uns musste doch für klare Verhältnisse sorgen! Du warst dazu ja nicht in der Lage!«

»Ich wollte mit ihr sprechen, und ich hätte ihr auch meine Entscheidung mitgeteilt, aber sie war doch schon auf dem Weg hierher. Ich habe es ernst gemeint, als ich dir sagte, dass du die Frau bist, mit der ich leben möchte. Weiterleben möchte.«

»Dabei hast du versäumt, mich zu fragen, ob ich das auch möchte, Tom. Und ich möchte es nicht! Nicht wegen deiner Lügen und deines Betrugs. Unsere Lebensanschauungen passen einfach nicht mehr zusammen. Ich habe es schon lange gespürt, allerdings war ich nicht mutig genug, es mir einzugestehen. Behalte deinen Job, bleib bei Helen!«

»Du servierst mich ab?«

Ich finde, das trifft den Nagel auf den Kopf, aber ich wähle eine Formulierung, die weniger an seinem Ego kratzt. »Ich lasse dich gehen.«

»Und die Kinder? Was ist mit Nelli und Jasper?«

»Unsere Kinder sind groß und bestimmt kein Grund, um weiter an dieser Ehe festzuhalten.«

Tom ist blass wie die Wand. Er ringt nach Worten und unternimmt einen letzten Versuch, um mich umzustimmen. »Wir haben bisher unser ganzes Leben miteinander verbracht. Wie willst du ganz allein klarkommen?« Es scheint, als würde ihm diese Vorstellung ernsthaft Sorgen bereiten.

»So wie sonst auch, Tom. Ich lebe doch schon lange ohne dich. Es ist also keine große Umstellung für mich.«

»Und was passiert mit dem Haus?«

»Was soll damit passieren? Das behalte ich!«, antworte ich mit einer Selbstverständlichkeit, die schon an Arroganz grenzt.

»Die Rechnung hast du ohne den Wirt gemacht, Caroline. Du glaubst doch nicht, dass ich dir das Haus überlasse. Dafür habe ich mein halbes Leben lang geschuftet.«

»Und ich habe es mein halbes Leben lang geputzt und in Ordnung gehalten! In diesem Haus habe ich zwei Kinder zu gescheiten Menschen erzogen und dir jeden Alltagsmist vom Hals gehalten!«

»Freiwillig überlasse ich es dir nicht!«, schreit er.

Ich schlage einen versöhnlichen Ton an. »Wollen wir uns nach über zwanzig Jahren wirklich im Streit trennen? Wir haben uns mal geliebt und bisher immer mit Respekt behandelt. Ist das denn jetzt gar nichts mehr wert?«

Mein Blick scheint Wirkung zu zeigen, denn er antwortet deutlich ruhiger: »Das müssen wir ja nicht unbedingt jetzt entscheiden.«

»Lass uns einen Abschiedsdrink nehmen. Und danach machst du endgültig 'ne Fliege. Ich habe einen passenden Tropfen für diesen Anlass«, verkünde ich und hole Rosies billigen Verschnitt aus dem Schrank. Angewidert kippen wir den Fusel runter.

»Gib mir deinen Haustürschlüssel, und dann raus mit dir!«

Kopfschüttelnd folgt er meiner Bitte und ruft sich ein Taxi. Als er abfährt, überkommt mich ein merkwürdiges Gefühl. Es ist eine Mischung aus Wehmut und unbändiger Erleichterung. Letztere überwiegt.

Offiziell

Nun darf ich mich offiziell Single nennen. Ich habe die zurückliegenden Tage bravourös gemeistert, ohne auch nur einmal in Trauer oder Wut zu verfallen. Dass ich so guter Laune bin, verdanke ich den Engländern. Mehrmals täglich klingelt mein Telefon, und ich unterbreche meine Schreibarbeit, um mit den Kindern oder mit Amy zu telefonieren. Mit Chris verbringe ich die Abende vor dem Monitor. Unsere Videounterhaltungen beginnen stets gleich. Er begrüßt mich mit den Worten: »Ich hatte heute einen absoluten Scheißtag, und du bist schuld! Warum kommst du nicht endlich zu mir?«

Heute verhält es sich anders. Er strahlt über das ganze Gesicht. »Mein Boss schickt mich nach Hamburg. Ich soll die Nachverhandlungen führen. Im Nachhinein ist es geradezu genial, dass Amy auf ganzer Linie versagt hat.«

»Das ist aber nett vom Oberarschloch«, kichere ich und frage, wann es so weit sei.

»Nur noch zweimal schlafen.«

»Dann machen wir uns hier bei mir zu Hause ein schönes Wochenende. Ich werde für uns kochen und … Warum ziehst du eine Schnute, Chris?«

»Die Firma übernimmt die Übernachtungskosten. Wir könnten uns ein schönes Hotel aussuchen, und es muss kein Stadthotel sein.«

»Sondern? Was schwebt dir vor?«

»Ich würde gern mit dir an die See fahren. Wir könnten bis Montagmorgen bleiben, mittags nehme ich den Termin wahr, und anschließend fliegen wir beide nach London.«

»Mit deiner Planung bis Montagmorgen bin ich einverstanden.«

»Du bist ein harter Verhandlungspartner, Caroline Winter! Lass uns einen Deal machen. Für den Fall, dass ich mit einem unterschriebenen Auftrag zurückkomme, begleitest du mich nach London.«

»Du gibst wohl nie auf!«

»Bist du dabei?«

»Du scheinst dir ja sehr sicher zu sein, den Auftrag zu bekommen.«

»Pack schon mal deine Koffer!«

»Gute Nacht, Chris, ich freu mich wie verrückt auf übermorgen.«

Bevor ich Chris vom Flughafen abhole, um anschließend mit ihm an die Ostseeküste zu fahren, steht der Weg ins Krankenhaus an. Sarah wird heute entlassen, und ich habe versprochen, sie abzuholen. Ich steige in meinen Wagen und will mich auf den Weg zu ihr machen, als ich merke, dass ihre Haustür weit offensteht. Kurz darauf erkenne ich Lars, der im hohen Bogen große blaue Müllsäcke auf den Bürgersteig wirft. Ich halte wieder an und steige aus.

»Was machst du da?«, frage ich ihn, doch er nimmt keine Notiz von mir. Wie von Sinnen schleudert er einen Sack nach dem anderen ins Freie.

»Lars!«, rufe ich nun lauter, und endlich blickt er auf.

»Ich habe aufgeräumt«, fährt er mich an und geht zurück ins Haus.

Ich kann es mir nicht verkneifen, die Müllsäcke auf ihren Inhalt zu überprüfen, und öffne zwei der Riesenbeutel. Entsetzt stelle ich fest, dass sich Sarahs Kleidung darin befindet. Als er mit einem Karton im Arm erneut nach draußen tritt, frage ich, ob er den Verstand verloren hätte.

»Du kannst doch nicht einfach ihre Sachen auf die Straße stellen!«

»Du siehst doch, dass ich es kann«, keucht er völlig außer Atem.

»Komm zur Vernunft, Lars!«

»Ich schaffe alles, was mich an dieses Weib erinnert, aus dem Haus, und wenn ich damit fertig bin, wird das Schloss ausgewechselt. Richte ihr aus, dass sie es nicht wagen soll, noch einmal an meine Tür zu klopfen!«

Mit einem mulmigen Gefühl fahre ich ins Krankenhaus.

Sarah ist nicht allein, sondern in Begleitung einer mir fremden Frau.

»Das ist meine Schwester«, erklärt sie und eröffnet mir, dass sie vorerst bei ihr unterkommen werde. »So überaus großzügig dein Angebot auch ist, aber ich kann nicht in unmittelbarer Nähe zu Lars wohnen. Ihm ständig zu begegnen, könnte ich nicht ertragen.«

»Das beruht wohl auf Gegenseitigkeit.« Vorsichtig berichte ich den beiden von seinem Räumungskommando.

Sarahs Schwester stößt einen tiefen Seufzer aus. Sie erklärt, dass sie die Sachen nicht abholen könne, weil sie in ihrer kleinen Zwei-Zimmer-Wohnung dafür gar keinen Platz habe.

»Vorübergehend können wir die Sachen in meiner Garage unterbringen. Da stehen sie wenigstens trocken«, schlage ich vor und fordere die beiden auf, sich zu beeilen.

Unterwegs informiere ich Rosie und bitte sie, rasch mit anzupacken, bevor es anfängt zu regnen.

Mit vereinten Kräften gelingt es uns, Sarahs Habseligkeiten vor dem großen Guss in Sicherheit zu bringen.

»Was für ein Arsch! Dass Männer immer so überreagieren müssen«, schimpft Rosie.

Sie hat ihren Satz gerade ausgesprochen, als Lars die Tür öffnet und in den Vorgarten tritt.

»Verzieh dich, du blöde Schlampe! Und lass dich hier nie wieder sehen!«, brüllt er über die Straße.

»Das hat ein Nachspiel, du Schwachstruller! Du hörst von meinem Anwalt!«, schreit sie zurück und zeigt ihm den Stinkefinger.

Ich stehe fassungslos daneben und bin heilfroh, dass meine Trennung von Tom gesitteter vonstattenging.

Zugegeben, Chris gleich leibhaftig zu begegnen, macht mich nervös. Es ist schon etwas anderes, als ihn nur über den Monitor zu sehen. Gespannt warte ich in der Ankunftshalle vor der Glastür. Als ich ihn entdecke, winke ich ihm zaghaft zu.

»Hey, Caroline!«, ruft er und beugt sich vor, um mich zu küssen.

Schnell drehe ich meinen Kopf zur Seite und reiche ihm meine Wange.

Irritiert schaut er mich an. »Das war aber keine sehr herzliche Begrüßung«, beschwert er sich.

»Wir sollten uns beeilen, wenn wir nicht im Wochenendverkehr feststecken wollen.« Ich haste drei Schritte vor ihm hinaus zum Parkdeck. Als ich den Kofferraum öffne und ihm vorschlage, sein Gepäck dort zu verstauen, mustert er mich fragend.

»Alles in Ordnung mit dir?«

»In allerbester Ordnung«, lache ich und hoffe, dass er rasch einsteigt, damit ich mit meinem jungen Begleiter endlich diesen öffentlichen Platz verlassen kann. Ich habe das Gefühl, von allen Leuten angegafft zu werden. Was sich in ihren Köpfen abspielt, kann ich mir nur zu gut vorstellen. Sie mokieren sich über unseren nicht zu leugnenden Altersunterschied. Wäre ich die Jüngere, würde niemand Notiz von uns nehmen.

»Und warum benimmst du dich so distanziert?«

»Stimmt doch gar nicht. Ich freu mich total auf unser Wochenende«, beschwichtige ich.

»An unserem Begrüßungsritual müssen wir dringend arbeiten«, sagt er und setzt sich auf den Beifahrersitz.

Auf dem Weg zur Lübecker Bucht erzähle ich ihm von dem unschönen Vorfall in meiner Nachbarschaft. »Die beiden müssen sich abgrundtief hassen.«

»So weit habe ich es nie kommen lassen«, antwortet er und gibt mir eine steile Vorlage, ihn nach seinen früheren Beziehungen auszuhorchen. »Die Längste dauerte sieben Jahre«, antwortet er und wechselt sofort das Thema. »Unser Zimmer hat Seeblick. Das Hotel verfügt über einen Fitnessraum und eine Sauna. Das Restaurant hat auch einen ausgezeichneten Ruf.«

»Klingt wunderbar«, antworte ich und kehre zu der Sache zurück, die mich mehr beschäftigt. »Warum warst du nie verheiratet?« Im Augenwinkel kann ich erkennen, dass er die Brauen hochzieht. Ich weiß, dass ich ihn mit meinen Fragen nerve, dennoch gebe ich nicht auf. »Nun sag schon! Ich habe dir auch alles über mich erzählt.«

»Sobald die Kinderfrage anstand, habe ich mich verdrückt.«

»Magst du keine Kinder?«

»Keine eigenen. Ich hätte lieber einen Hund.«

Ich muss lachen und frage, weshalb er sich noch keinen Vierbeiner angeschafft habe.

»Weil es sich mit meinem Beruf nicht vereinbaren lässt.«

»Oder weil du nicht bereit bist, Verantwortung zu übernehmen?«

»Ich bin sehr wohl verantwortungsbewusst. Gerade deshalb besitze ich ja kein Haustier.«

Wenn Engel reisen, lacht der Himmel, lautet ein bekanntes Sprichwort. Wenn das stimmt, gehören wir definitiv nicht zu dieser Spezies, denn bei unserer Ankunft in dem Vier-Sterne-Strandhotel schüttet es wie aus Eimern. Wir beziehen ein geräumiges Zimmer mit Blick auf den Strand. Während ich aus dem Fenster sehe und die Aussicht genieße, wirft Chris sich aufs Bett.

»Ich liebe es, aufs Wasser zu schauen. Früher habe ich immer davon geträumt, am Meer zu wohnen«, schwärme ich.

»Hier kann dich niemand sehen, Caroline. Wir sind völlig ungestört. Bekomme ich jetzt endlich meinen Kuss, auf den ich seit Tagen sehnsüchtig warte?«

»Danke für die Einladung in diesen Luxusschuppen«, sage ich und drücke ihm einen leichten Schmatzer auf die Lippen.

Er schüttelt den Kopf und lacht mich amüsiert aus. »Bedanken kannst du dich bei meinem Boss. Und ihn musst du auch nicht küssen. Ich hingegen erwarte schon ein wenig mehr Leidenschaft.«

Was Chris unter einem leidenschaftlichen Kuss versteht, zeigt er mir sofort. Er zieht mich aufs Bett, und ich lande punktgenau in seinen Armen.

Beim Frühstück fragt er mich allen Ernstes, was ich von einem Strandlauf halte.

»Ich jogge nie«, gebe ich mit vollem Mund zurück.

»Stimmt ja!«, lacht er und erinnert mich an den Morgen, als Nelli überraschend bei Amy aufgetaucht ist. »Du hättest dein

Gesicht sehen sollen! Deine übertriebene Reaktion war wirklich zum Totlachen.«

»Schön, dass du deinen Spaß hattest.«

»Aber zwischenzeitlich hat sich die Lage doch vollkommen geändert. Die Fronten sind geklärt. Du bist jetzt Single, und es besteht kein Grund mehr, dass wir uns vor der Öffentlichkeit verstecken.«

»Ich sitze doch ganz öffentlich hier mit dir.«

»Ja, so innig, dass uns die anderen Hotelgäste für Bruder und Schwester halten könnten.«

Ich schüttle verständnislos den Kopf, obwohl ich genau verstehe, was Chris meint.

»Reichst du mir bitte die Kaffeesahne, Schätzelchen?«, frage ich ihn und breche sofort in schallendes Gelächter aus. Erst als ich mich wieder beruhige, erzähle ich ihm vom Abendessen in Kensington mit dem Pärchen aus dem Schwabenland.

Chris findet die Geschichte überhaupt nicht komisch und reagiert mit Unverständnis. »Was ist daran auszusetzen, wenn ein Paar offen seine Zuneigung zeigt? Also ich finde das Benehmen der beiden angemessener als deins.«

»Wie zugeneigt ich dir bin, habe ich in der letzten Nacht ja wohl ausreichend unter Beweis gestellt«, empöre ich mich.

»Ja, hinter verschlossenen Türen!«

»Wo denn sonst? Du willst es doch wohl nicht mit mir am Strand treiben? Bei dem Wetter?«, frotzele ich und hoffe, ihn mit dieser Frage aus der Reserve zu locken. Es gelingt mir, denn er lächelt endlich wieder.

»Also gut, ein Strandlauf entfällt aufgrund deiner Unsportlichkeit. Und auf Sex im nassen Sand habe ich keine Lust. Wärst du denn zu einem Strandspaziergang bereit?«

»Dafür bin ich zu haben, Schätzelchen.«

Wir sammeln Muscheln und haben schon unzählige flache Steine über die Wasseroberfläche springen lassen, als sich der Nieselregen zu einem heftigen Schauer entwickelt. Ich habe Glück, denn meine Jacke hat eine Kapuze. Chris' Haare hingegen sind pitschenass.

Ich bleibe stehen und streiche ihm die nassen Strähnen aus dem Gesicht. Dabei huscht mir ein Lächeln über das Gesicht.

»An wen oder was hast du gerade gedacht, Caroline?«

»An dich! Ich hatte ein Déjà-vu. Genauso hast du ausgesehen, als du nach meiner Lesung in Fulda an die Scheibe meines Wagens geklopft hast.«

»Und du hast mich nur aus Mitleid mitgenommen.«

»Aus welchem Grund denn sonst?«, necke ich ihn.

»Vielleicht weil du dich schlagartig in mich verliebt hast. Das wäre nicht ungewöhnlich. Ich habe diese Wirkung auf Frauen«, sagt er mit einer Spur Überheblichkeit in seiner Stimme.

»Nicht auf alle Frauen!«, kontere ich. »Bei mir war es nicht Liebe auf den ersten Blick.«

»Sondern?«

Diesmal bin ich es, die seine Hand nimmt. »Irgendwann zwischen München und Chelsea. Da hast du mich in dich verliebt gemacht«, gestehe ich mir ein und drücke ihm unzählige kurze Küsse auf den Mund.

Kurz vor unserer Abreise werfe ich einen letzten Blick aus dem Fenster. Chris hat sich in seinen Business-Anzug geschmissen und duftet wunderbar frisch nach seinem Aftershave. Er steht dicht hinter mir und drückt sein Kinn auf meine Schultern. Ob er eine Ahnung hat, wie gut mir seine körperliche Nähe tut? Seine Wärme und seinen Atem zu spüren, ist so wohltuend. Ich lege meinen Kopf zur Seite und genieße diesen Augenblick mit geschlossenen Augen.

»So schön könnte es immer sein«, haucht er in mein Ohr.

»Mit dem Wort *immer* habe ich schlechte Erfahrungen gemacht. Müssen wir nicht langsam los?«

»Ja, wir müssen, wenn ich pünktlich erscheinen will.«

Die Gefahr, dass wir uns verspäten, besteht nicht, denn wir erreichen Hamburg viel früher als nötig.

Ich schlage ihm vor, mich zuerst nach Hause zu bringen und danach mit meinem Wagen zu seinem Meeting zu fahren.

Er stimmt zu. Allerdings, Zeit, um mich noch ins Haus zu begleiten, bleibt nicht mehr. Wir verabschieden uns im Wagen mit einem langen Kuss.

»Drück mir die Daumen!«, fordert er, als ich aussteige.

»Du schaffst das, Schätzelchen«, rufe ich und werfe ihm noch einen Luftkuss zu.

»Ist der Knabe nicht ein wenig zu jung für dich? Auf den ersten Blick hätte man meinen können, Jasper sitzt neben dir«, ruft Lars über die Straße.

Ich glaube, er hat getrunken. Das würde auch erklären, wie er auf die abstruse Idee kommt, ich würde meinen Sohn auf diese innige Art verabschieden. Was schert es mich, was dieser Vollpfosten denkt!

»Ich empfehle dir, rasch wieder ins Haus zu gehen. Gleich ist Schulschluss, und du hast doch wohl nicht vor, die kleinen Abc-Schützen mit deinem Anblick zu erschrecken«, rufe ich ihm zu und zeige ihm die kalte Schulter.

»Hier ist deine Welt. So lebst du also«, sagt Chris Stunden später und gibt sich große Mühe, den Beeindruckten zu spielen. »Hast du gepackt? Können wir los?«, fragt er, und ich habe das Gefühl, es könne ihm nicht schnell genug gehen, mein Zuhause zu verlassen.

»Dann hast du den Auftrag bekommen?«

»Hattest du etwa Zweifel?«

Ich deute wortlos auf meine kleine Reisetasche, die bereits fertig gepackt im Flur steht.

»Das ist alles, was du mitnehmen willst?«, fragt er irritiert.

»Ja, sicher, ich habe schließlich nicht vor, auszuwandern.«

»Und warum nicht? Was willst du denn hier allein in diesem großen Haus?«

»Was soll die Frage? Das ist mein Zuhause und das meiner Kinder.«

»Deine Kinder leben in London.«

»Aber doch nur während des Studiums. Irgendwann kommen sie zurück und …«

Chris unterbricht mich. »Du glaubst, sie kehren in deinen Schoß zurück? Wach auf, Caroline, deine Kinder sind erwachsen und wollen auf eigenen Füßen stehen.«

»Woher willst du das denn wissen? Du kennst sie doch gar nicht!«

»Das lässt sich schnell ändern. Wir laden sie ein, und du stellst uns einander vor. Es wird Zeit, dass wir uns kennenlernen. Wir wollen dieses Versteckspiel doch wohl nicht weiter fortsetzen?«

»Oh mein Gott!«, seufze ich, denn ich kann mir die Reaktion meiner beiden bereits bildhaft vorstellen. Jasper wird auf Abstand gehen und mir in einer ruhigen Minute stecken, dass er die Verbindung zu Chris mehr als unpassend empfindet. Was hat er im Kensington Hotel zu mir gesagt? »Dass du nichts mit diesem Mann hast, glaube ich dir aufs Wort, Mama. Der Typ wäre auch eindeutig zu jung für dich. Er würde altersmäßig eher zu Nelli passen.«

Und meine Tochter, für die Chris meiner Meinung nach viel zu alt wäre, wird mit mir maulen und mir schwere Vorhaltungen machen, weil ich ihrem Daddy nicht verziehen habe. Nein, Chris meinen Kindern jetzt schon vorzustellen, halte ich eindeutig für verfrüht. Besser, wir spielen das Versteckspiel noch eine Weile weiter.

Filmreif

Ich fühle mich pudelwohl. Chris ist so liebevoll und aufmerksam. Und das sind nur zwei Punkte auf meiner Was-ich-alles-an-ihm-liebe-Liste. Wenn unsere Blicke sich treffen, müssen wir unwillkürlich lächeln. Und wenn er mich anlächelt, dann kann ich nicht anders, als ihn zu küssen.

Ich kann den ganzen Tag schreiben. Wenn Chris am späten Nachmittag mit vollen Einkaufstüten zurückkommt, kochen wir zusammen. Er erzählt mir von seinem Arbeitstag, und ich berichte ihm von meinen Fortschritten.

»Wenn ich mich weiter so ranhalte, kannst du den fertigen Roman schon am Wochenende lesen«, verkünde ich stolz.

»Es kommt am Ende aber nicht wieder zu bösen Überraschungen, oder?«

Ich schaue ihn verwundert an.

»Hat dir das neue Ende etwa auch nicht gefallen?«, frage ich, aber er scheint nicht zu wissen, was ich meine. Ich erzähle ihm, dass ich mein Manuskript für ihn umgeschrieben habe.

»Wirklich? Zeig her!«

»Hat Amy es dir denn nicht gegeben?«

»Nein, davon höre ich jetzt zum ersten Mal.«

»Sie wird es wohl vergessen haben. Wie schade, denn das Ende wird dir bestimmt gefallen. Ich habe die Romanheldin nicht sterben lassen und nur für dich ein von Schmalz triefendes Happy End verfasst.«

»Wie süß von dir. Du weißt doch, ich liebe es, wenn Geschichten gut ausgehen. Genau wie mit uns beiden«, sagt er und zieht mich in seine Arme.

Natürlich komme ich mit den wenigen Klamotten, die ich eingepackt habe, nicht aus. Zwar hat Amy angeboten, mir mit ihren Sachen auszuhelfen, aber das ist keine Lösung. Uns trennen zehn Zentimeter Körpergröße und weitere zehn Kilo Gewicht. Der Versuch, eine ihrer Hosen anzuprobieren, endet in einem Lachanfall auf beiden Seiten.

»Lass uns auf Shoppingtour gehen. Ich werde dich begleiten«, schlägt sie vor. Ob sie während der Woche überhaupt Zeit für einen Bummel habe, will ich wissen, und sie nickt. Bevor wir uns auf den Weg machen, frage ich sie nach dem kleinen Schmuckkarton, den ich ihr für Chris gegeben habe.

»Gut, dass du das ansprichst. Genau darüber möchte ich mit dir reden«, sagt sie und macht es spannend. Erst während der Fahrt gesteht sie mir, dass sie das Manuskript gelesen hat. Und nicht nur das. Sie gibt zögerlich zu, es weitergereicht zu haben.

»An wen?«, will ich sofort von ihr wissen. »Und vor allen Dingen, warum?«

»Aus Eigennutz, Caroline. Ich hab die Nase gestrichen voll von meinem Job. Wenn ich in meinem Alter nicht bald den Absprung schaffe, ist der Zug für mich abgefahren, und ich werde bis zur Rente für dieses bornierte Oberarschloch arbeiten müssen. Mein Wunsch ist es, künftig selbstständig tätig zu sein. Ich verfüge über gute Kontakte in die Verlags- und Filmbranche.

Ich habe mir erlaubt, deine Geschichte einem einflussreichen Produzenten vorzulegen. Könntest du dir vorstellen, mich als deine Agentin zu engagieren?«

Ich finde, Amy hätte mir diese Frage stellen sollen, bevor sie mit meinem Roman hausieren gegangen ist. Dennoch will ich ihr nicht böse sein und frage, wer dieser einflussreiche Produzent ist.

»Mein Exmann Nummer drei«, lacht sie und eröffnet mir ganz nebenbei, dass er uns heute treffen möchte.

»Deine Nummer drei ist ein Filmfuzzi?«, staune ich und frage, was er mit einem Skript vorhabe, das es noch nicht einmal in den Druck geschafft hat.

»Deine Story ist filmreif. Das findet Norman auch. Er ist interessiert, aber ich finde, du solltest die Verhandlung nicht ohne fachlichen Beistand führen.«

»Und du besitzt die fachliche Kompetenz, mir beizustehen?« Ich kann mir mein Lachen nicht verkneifen.

»Ich bin eine knallharte Verhandlungsführerin«, antwortet sie selbstbewusst. Ich spare mir, sie an ihren geplatzten Deal in Hamburg zu erinnern, den Chris im zweiten Anlauf nur mit Müh und Not gerettet hat. Andererseits, was habe ich zu verlieren?

»Also gut«, stimme ich nach wenigen Augenblicken zu. »Sollte mir dein Ex tatsächlich die Rechte abkaufen, dann sind wir beide künftig ein Team.«

Wie Amy mir während unserer Shoppingtour berichtet, hat Norman Revett, Gründer und alleiniger Inhaber einer renommierten Filmproduktionsgesellschaft, im Laufe der letzten zwölf Jahre zahlreiche deutsch- und englischsprachige Filmklassiker fürs Kino und Fernsehen produziert. In einem sündhaft teuren Dufflecoat, den ich mir extra für diesen Anlass gekauft habe, betreten wir sein Firmengebäude. In meiner Vorstellung ist ein Filmproduzent ein koksender Wichtigtuer, der sich selber gerne reden hört und sich für den Größten hält. Doch meine Vorurteile bestätigen sich in keinster Weise. Amys Ex ist ein distinguierter Herr mit perfekten Manieren.

»Einen tollen Pageturner haben Sie verfasst, Mrs Parker.«

»Nora Parker ist mein Pseudonym. Mein richtiger Name lautet Caroline Winter«, stelle ich klar.

»Handelt es sich dabei um Ihr Erstlingswerk?« Ich verneine und zähle ihm die Verlagstitel auf, die bereits erschienen sind. »Wurde schon eines Ihrer Bücher verfilmt?«

Ich erkläre, dass ich mich bisher noch nie getraut habe, so etwas überhaupt in Betracht zu ziehen.

»Caroline ist eine Tiefstaplerin«, mischt Amy sich ein.

»Mir hat Ihre Geschichte außerordentlich gut gefallen, und ich habe Interesse an diesem Stoff. Werden Sie von einem Agenten vertreten?«

»Ich vertrete die Interessen von Frau Winter«, erklärt Amy und nimmt eine kerzengerade Körperhaltung an.

»Nun gut, dann lasst uns über eine Option verhandeln. Ich lasse von meiner Assistentin einen Standardvertrag ausdrucken, dann machen wir Nägel mit Köpfen.«

»Spar dir das, Norman! An Standardverträgen sind wir nicht interessiert«, kontert sie.

Sind wir nicht, wundere ich mich, lasse sie aber gewähren.

»Eine Optionsvereinbarung ist eine ganz normale Vorgehensweise in diesem Geschäft«, erwidert Revett.

»Mag sein, aber bei Nora-Parker-Romanen handelt es sich nicht um ganz normale Geschichten, wie du selbst sofort erkannt hast. Eine Option kommt hier nicht infrage. Wir haben andere Vorstellungen.« Sie reicht ihm einen Ausdruck über den Tisch. Nanu? Amy hat bereits einen Vertragsentwurf dabei. Sie muss sich ihrer Sache ja ziemlich sicher gewesen sein.

»Selbstverständlich geben wir dir Bedenkzeit. Ich halte eine Woche für angemessen, dich mit unseren Bedingungen einverstanden zu erklären.«

Revett liest und lacht. »Du bist ganz schön unverschämt. Niemand wird einer Newcomerin diese Summe zahlen. Und was steht hier? Der Autor hat das Recht … Und hier steht es schon wieder: Der Autor hat das Recht. Und welches Recht habe ich?«

»Das Recht, einen guten Film daraus zu machen, dann haben beide Parteien etwas davon«, kontert sie wie aus der Pistole geschossen.

»Ich überlege es mir.« Revett grinst und erhebt sich vom Stuhl. Mir reicht er die Hand, Amy bekommt zum Abschied einen Wangenkuss.

Noch im Fahrstuhl halte ich ihr vor, den Bogen überspannt zu haben. »Ich kann doch froh sein, wenn er überhaupt Interesse an meiner Geschichte zeigt. Was spricht denn gegen eine Option?«

»Eine Optionsvereinbarung ist Mist! Und einen Standardvertrag solltest du niemals unterzeichnen. Wäre Norman nicht hundertprozentig von deinem Stoff überzeugt, hätte er sich nicht die Zeit für ein persönliches Gespräch genommen. Vertrau mir, Caroline, ich weiß, was ich tue.«

»Chris wird Augen machen, wenn ich ihm von unserem ereignisreichen Nachmittag berichte«, sage ich euphorisch.

»Noch ist es nicht spruchreif. Bitte erzähle ihm erst davon, wenn die Verträge unterzeichnet sind.«

Ich stimme zu. Eine Woche zu schweigen, sollte mir wohl gelingen.

Feuertaufe

Heute herrscht richtiges Herbstwetter. Durch das Fenster beobachte ich, wie der Wind die gelben und roten Blätter von den Bäumen fegt. Ich sehne mich nach meinem langen Kuschelpullover und meinen dicken Wohlfühlsocken. Am liebsten würde ich mir ein Billig-Ticket besorgen und nach Hamburg fliegen, um meine warme Kleidung herzuholen. Aber das geht heute nicht, denn Jasper und Nelli haben ihr Kommen angekündigt. Es waren bereits drei Einladungen nötig, bis sie endlich einem Besuch zugestimmt haben. Ich habe lecker gekocht, den Tisch gedeckt und den Kamin entzündet. Sie sollen es hier genauso gemütlich finden wie ich. Chris hat angeboten, sie von der U-Bahnstation abzuholen. Nun sind sie auf dem Weg hierher und sollten jeden Moment eintreffen.

Verdammt, bin ich nervös! Ich habe mir vorgenommen, sie zur Begrüßung fest an mich zu drücken und ihnen leise zuzuflüstern: »Bitte, gebt ihm eine Chance.«

Gerade fahren sie vor, und mein Herz rast vor Aufregung in Turbogeschwindigkeit. Ich öffne die Haustür und bin völlig verblüfft, als ich sehe, dass mein zurückhaltender Sohn Chris höchst amüsiert auf die Schulter klopft. »Das ist ja saukomisch! Ich brüll mich weg. Nee, wirklich? Das hätte ich zu gern gesehen«, lacht er.

Was so saukomisch ist, werde ich ihn fragen, sobald sie im Haus sind.

Nelli zieht eine Schnute. Nichts anderes habe ich von ihr erwartet.

»Chris hat uns gerade von deinem ersten Fahrversuch mit seinem Wagen erzählt. Du hast die Karre tatsächlich die halbe Straße raufgeschoben?«, fragt Jasper und grinst noch immer über das ganze Gesicht.

»Dir auch einen guten Tag«, sage ich zu meinem Sohn und wende mich gleich der mürrischen Nelli zu. »Alles klar bei dir? Du schaust so grimmig.«

»Ich schau immer so«, pampt sie mich an, und statt mich zur Begrüßung zu umarmen, reicht sie mir stumm ihren Mantel.

»Was gibt es zu essen?« Jasper setzt sich sofort an den gedeckten Tisch und sagt: »Ich habe einen Mordskohldampf.«

»Rippchen mit Kraut und Kartoffelklößen.«

»Hmm, lecker«, sabbert mein Sohn.

Meine Tochter entrüstet sich: »Wie passend, das war Papas Lieblingsessen.«

»Das ist es wohl immer noch, schließlich ist er nicht gestorben«, gebe ich ebenso patzig zurück.

Sie rümpft die Nase und fragt, ob es eine bestimmte Sitzordnung bei uns gäbe.

»Sitzordnung?«, belustigt sich Chris. »Nein, ganz sicher nicht. Nimm Platz, wo du möchtest.«

»Zum Wohl«, ruft der Mann an meiner Seite aus und hebt sein Glas.

Ich wünsche uns »Guten Appetit« und hoffe inständig, dass sich die verkrampfte Stimmung möglich rasch auflöst.

Jasper macht den ersten Schritt. »Bist du an Sport interessiert, Chris?«, fragt er und schaut auf seine Armbanduhr. »In einer halben Stunde beginnt die Fußball-Übertragung.«

»Chris ist Chelsea-Fan«, lasse ich die Kinder wissen.

»Falsch«, berichtigt er mich. »Mit Chelsea und Manchester habe ich nur beruflich zu tun. Fan bin ich vom 1. FC Nürnberg.« Mit dieser Aussage hat er bei Jasper einen Volltreffer gelandet. Er fordert Chris auf, ihm mehr über seinen Job zu erzählen. Während sich die beiden Männer angeregt unterhalten, schweigt meine Tochter.

Ich spüre, dass sie etwas bedrückt, frage sie aber erst nach den Gründen, als Chris und Jasper sich nach dem Essen ins Wohnzimmer begeben und sich das Spiel ansehen.

»Und nun raus mit der Sprache, was ist los, Nelli?«, fordere ich sie auf.

»Hast du wirklich vor, hierzubleiben?«

»Ach, Nelli, ich habe Chris wirklich gern, und wenn du ihm die Gelegenheit gibst, ihn besser kennenzulernen, dann wirst du feststellen, dass er ein verdammt toller Mann ist. An seiner Seite macht mir das Leben endlich wieder richtig Spaß.«

»Es geht mir doch gar nicht um ihn. Ich freue mich, dass er dich glücklich macht. Das hast du dir nach Papas Eskapaden wahrlich verdient.«

Sie verblüfft mich mit ihrer Reaktion. Hört! Hört! Diese Worte aus dem Mund meiner Tochter … Es geschehen noch Zeichen und Wunder. »Wenn nicht ich es bin, wer oder was bereitet dir denn so schlechte Laune?«

»Ich bin sauer auf Papa! Er weigert sich, unser Studium weiterzuzahlen. Angeblich fehlt es ihm an Geld, wenn es zwischen euch zur Scheidung kommt und du auf deinem Anteil bestehst.«

»Das ist ja ungeheuerlich!«, empöre ich mich. »Darüber ist das letzte Wort noch nicht gesprochen!«, versichere ich ihr. »Mach dir keine Sorgen! Ich werde das regeln«, verspreche ich, und langsam löst sich ihre Verkniffenheit.

Als sich die Kinder verabschieden, bin ich mir sicher, dass Chris die Feuertaufe mit Bravour bestanden hat. Erleichtert nehme ich ihn in den Arm.

»Lief doch super«, sagt er und zieht mich aufs Sofa. »Jetzt spricht doch nichts dagegen, deine restlichen Sachen zu holen.«

Keine komplette Lüge

Ich habe bereits meinen Wagen annonciert, ein Umzugsunternehmen beauftragt und einen Termin mit einem Immobilienmakler vereinbart. Er soll den Marktwert unseres Hauses schätzen. Wenn ich heute Vormittag in Hamburg lande, bleiben mir zwei Tage, um alles zu erledigen. Chris missfällt meine Planung. Er wirkt angekratzt.

»Warum hast du die Termine nicht auf das Wochenende gelegt? Dann hätte ich dich begleiten können.«

»Ich muss zur Bank und mich um den Behördenkram kümmern. Das ist am Wochenende nicht möglich«, erkläre ich, obwohl das nur die halbe Wahrheit ist. Es stehen harte Verhandlungen mit Tom an, die ich lieber in einem Vieraugengespräch mit ihm führen will.

Wir verabschieden uns vor dem Flughafengebäude, und ich gebe ihm das Versprechen, mich zwischendurch zu melden.

Nach der Landung lasse ich mich mit einem Taxi in mein ehemaliges Zuhause bringen. Während der Fahrt schaue ich gebannt aus dem Fenster. Es ist das vorletzte Mal, dass ich die Bilder der Stadt sehe, in der ich sechsundvierzig Jahre gelebt und in der ich meine Wurzeln habe. Hier bin ich geboren, zur Schule gegangen, habe geheiratet, meine Kinder zur Welt gebracht und meine Eltern beerdigt.

»Ein alter Baum lässt sich nicht so einfach umpflanzen«, erklärt mir der Taxifahrer, als ich ihm von meiner Auswanderung berichte. Ich hoffe, dass er sich meint, wenn er von einem *alten Baum* spricht, denn ich fühle mich alles andere als alt.

Entgegen meiner Erwartung ist es im Inneren des Hauses nicht kalt und muffig. Tom muss während meiner Abwesenheit hier gewesen sein, gelüftet und die Heizung angestellt haben. Aber wie ist er ins Haus gekommen? Woher hatte er einen Schlüssel? Seinen habe ich ihm doch abgenommen. Egal. Ich gehe in die Garage und stelle zufrieden fest, dass Sarahs Sachen nicht mehr eingelagert sind. Gut, jetzt habe ich Platz für meine Kartons.

Meine Garderobe ist schnell gepackt. Bei den persönlichen Sachen geht es nicht ganz so schnell. Ich sitze im Wohnzimmer auf dem Teppichboden und blättere die Fotoalben durch, als es an der Haustür schellt. Schon durch das Küchenfenster kann ich erkennen, dass es Tom ist, der seinen Wagen auf der Einfahrt geparkt hat.

»Warum klingelst du?«

»Ich hätte auch wie sonst durch den Keller gehen können, denn den Schlüssel hast du mir freundlicherweise nicht abgenommen«, entgegnet er. »Du machst also Ernst, Caroline? Ich hatte gehofft, du kommst zwischenzeitlich wieder zur Vernunft und überlegst dir den Unsinn mit der Übersiedlung noch einmal.«

»Wo steckt denn deine Ami-Braut?«

»Sie ist in Chicago«, sagt er knapp und weicht meinem Blick aus. »Was siehst du dir da an?« Er deutet auf die Alben, die ich quer über den Boden im Wohnzimmer verteilt habe.

»Die willst du doch wohl nicht alle mitnehmen? Das sind auch meine Erinnerungen!«, beschwert er sich.

»Ich nehme sie mit und scanne alle Fotos ein. Du und die Kinder, ihr bekommt eine CD.«

»Und die Filme? Was passiert mit den Videos von unseren Urlaubsreisen?«

»Auch davon kann man Kopien anfertigen, Tom.«

Er betrachtet mich mit Argusaugen. »Du siehst gut aus, Caroline.«

Leider kann ich das Kompliment nicht zurückgeben, denn er wirkt müde und blass.

»Es geht mir auch gut«, antworte ich und packe die Alben in einen Karton.

»Der Bursche soll gute fünfzehn Jahre jünger sein als ich, hat Nelli gesagt. Als ich in seinem Alter war, haben wir es mindestens zweimal am Tag wild getrieben. Erinnerst du dich?«

»Als du in seinem Alter warst, hatten wir kaum Sex. Ich hatte zwei quirlige Kinder, die mir die letzte Kraft geraubt haben, während du dich ausnahmslos um deine Karriere gekümmert hast. Wenn du in der Zeit wirklich täglich zweimal Sex hattest, dann gewiss nicht mit mir!«

»Ich hab dich nie betrogen … Ich meine …, damals nicht.«

»Schön zu hören, dann war unsere Ehe wenigstens keine komplette Lüge.«

»Soll ich uns einen Kaffee kochen, und später gehen wir zum Essen aus?«

»Dafür hast du Zeit?«

»Ich werde mir doch nicht die Gelegenheit entgehen lassen, einen letzten Abend mit dir zu verbringen.«

»Wenn du das wirklich willst, dann hör auf, mich auf diese Weise anzusehen! Du kannst bleiben und mir beim Packen helfen. Mehr aber auch nicht!«

Rund zwanzig Umzugskartons stehen fein säuberlich gestapelt in der Garage. Tom trägt meinen geliebten Schaukelstuhl die Treppe hinunter, als jemand laut meinen Namen ruft.

Es ist die junge Frau, die sich für meinen Wagen interessiert, und ich bitte sie, am Fahrzeug auf mich zu warten. Nach einer kurzen Probefahrt werden wir schnell handelseinig.

»So, das wäre auch erledigt«, freue ich mich und gehe zurück ins Haus.

Tom stellt abrupt das Handy aus. Sein oder mein Handy?

»Es war für dich. Ich habe gesagt, du wärst gerade beschäftigt«, erklärt er und grinst zufrieden. »Ich fahre jetzt los und besorge uns etwas zu essen«, schlägt er vor und zieht sich durch seinen Abgang geschickt aus der Affäre.

Natürlich rufe ich sofort bei Chris zurück, und natürlich ist er auf hundertachtzig.

»Wieso geht er an dein Telefon? Weshalb ist er bei dir im Haus?«, giftet er, und ich bitte ihn, diese alberne und überflüssige Eifersuchtsanwandlung zu unterlassen. Er hat keinen Grund, mir zu misstrauen.

»Ich hab den Wagen verkauft. Wenn ich morgen mit dem Makler fertig bin, muss ich nur noch zur Bank und mich um meine Abmeldung kümmern.«

»Du fehlst mir, Schatz. Du bist noch keinen Tag weg, und ich vermisse dich schon.«

»Dito«, flüstere ich und küsse mein Handy ab.

»Amy will dich dringend sprechen. Weshalb, hat sie mir partout nicht sagen wollen.«

Ich habe schon eine Idee, was so wichtig sein könnte, aber wie versprochen schweige ich. Mit der Aussicht, dass mein Manuskript schon bald verfilmt wird, werde ich ihn überraschen, wenn ich wieder zurück bin. Dann lade ich meinen

Schatz und die Kinder in das beste Lokal der Stadt ein und verkünde die tolle Neuigkeit.

Tom fährt das volle Programm auf. Mit Vitello tonnato und meinem Lieblingswein schlägt er eine Stunde später wieder auf. Er legt die alten Videokassetten ein, und wir betrachten wehmütig die Bilder vergangener Zeiten. Zusammen lachen und erinnern wir uns.

»Meine Güte, waren wir jung und schön«, seufzt er wehmütig.

Ich kann ihm nur zustimmen.

»Wir hatten auch schöne Zeiten. Vergiss das nie, Caroline«, ermahnt er mich.

»Wir haben eine weite Strecke miteinander zurückgelegt«, erwidere ich und trinke einen Schluck Wein.

»Ich rechne es dir hoch an, dass wir uns nicht im Streit trennen. Das, was sich im Haus gegenüber gerade abspielt, spottet jeder Beschreibung. Es würde mich nicht wundern, wenn es noch in Mord und Totschlag ausartet.«

»Sarah und Lars sind kinderlos. Uns beide werden Jasper und Nelli ein Leben lang verbinden«, antworte ich weise. »Künftig beteilige ich mich zur Hälfte an den Kosten für ihr Studium. Wir werden doch die berufliche Zukunft der beiden nicht aufs Spiel setzen, nur, weil es zwischen uns vorbei ist.«

»Ich glaube immer noch, dass du einen Fehler machst, Caroline. Das zwischen uns ist nicht endgültig aus. Dieser junge Typ hat dir den Kopf verdreht. Irgendwann wirst du zur Vernunft kommen. Wenn es so weit ist, dann bin ich hier.«

Ich will das nicht hören und frage ihn, wann er vorhat zu gehen.

»Gar nicht! Ich schlafe im Kinderzimmer. Ich hoffe, du hast nichts dagegen?«

»Na dann, gute Nacht.«

Heikel?

Wir beginnen den Tag mit einem Kaffee im Stehen. Tom sagt, er hätte sich freigenommen, um der Begutachtung persönlich beiwohnen zu können. Er befürchtet wohl, dass ohne ihn die Wertermittlung zu meinen Gunsten ausfallen könnte. Und genau so passiert es auch. Tom erklärt, das Haus behalten und mich auszahlen zu wollen. Er rät mir, nicht gleich die ganze Summe auf den Kopf zu hauen.

»Sag deinem jungen Galan, dass es sich um deine Altersversorgung handelt und er sich nicht einbilden soll, jetzt auf großem Fuß leben zu können.« Er glaubt tatsächlich, Chris hätte es lediglich auf mein Geld abgesehen.

Ich lache Tom gerade höhnisch aus, als ich einen Anruf von Amy erhalte. »Na, werde ich jetzt stinkreich?«, flachse ich und frage sie, ob Revett den Vertrag unterzeichnet hat.

»Ich habe keine guten Nachrichten, Caroline. Die Angelegenheit ist ziemlich heikel.« Nun bin ich aber neugierig.

Die Sache ist nicht heikel, sondern eine bodenlose Frechheit. So wie meine neue Agentin in spe mir gerade berichtet, unterstellt dieser Filmonkel mir, ihm ein Plagiat untergejubelt zu haben. Seine Recherchen haben ergeben, dass der Roman bereits von der Autorin Melissa Bolton veröffentlicht worden ist.

»Caroline, da ist doch hoffentlich nichts dran, oder? Bitte sag mir, dass die Geschichte wirklich von dir stammt.«

»Bitte?«, empöre ich mich laut und viel zu drastisch. Wie kann sie nur in Erwägung ziehen, ich würde plagiieren? »Das traust du mir allen Ernstes zu?«

»Natürlich nicht. Ich werde mir jetzt ein Exemplar besorgen und mich später bei dir melden.«

Auch ich besorge mir das Buch und stelle entsetzt fest, dass es Wort für Wort mit meiner Erstfassung übereinstimmt.

»Es gibt nur zwei Personen, die meine Geschichte zu Gesicht bekommen haben. Chris und Judith!«

»Dass sie dahintersteckt, ist mir gleich in den Sinn gekommen und erklärt auch, weshalb sie dich so schnell loswerden wollte. Keine Sorge, Caroline. Es wird ein Leichtes sein, ihr den Betrug nachzuweisen«, beruhigt Amy mich.

»Und wie?«, frage ich völlig aufgelöst.

»Das Speicherdatum auf deinem Computer wird zeigen, wer der wahre Urheber dieser Geschichte ist.«

»Das Datum?«, frage ich entsetzt zurück. »Damit lässt sich gar nichts beweisen, denn ich habe das Dokument kurz vor Chris' Geburtstag geändert, als ich das letzte Kapitel umgeschrieben habe.«

»Das ist nicht gut.«

»Stimmt, das war ausgesprochen schusselig von mir, allerdings wissen nur wir beide davon.«

»Was hast du vor?«

»Na, was wohl? Ich werde ihr einen Besuch abstatten und sie zur Rede stellen.«

»Caroline, ich halte das für keine gute Idee. Besser, du schaltest einen Anwalt ein.«

»Einen guten Strafverteidiger werde ich brauchen, wenn ich dieser miesen Schlange den Hals umgedreht habe.«

Jetzt ergibt ihr Handeln endlich Sinn. Von wegen: »Der Lektorin war die Geschichte nicht prickelnd genug!« Diese miese Betrügerin! Und ihre Assistentin wusste auch Bescheid. Das hat sie gemeint, als sie mir sagte, sie verabscheue Judiths Handeln. Die können ihren Laden dichtmachen, wenn ich mit ihnen fertig bin.

Diese Angelegenheit duldet keinen Aufschub. Noch bevor mein Wagen den Besitzer wechselt, fahre ich quer durch die Stadt und halte direkt vor der Agentur. Die junge Frau hinter dem Empfangstresen ist mir unbekannt. Weil auch sie mich nicht kennt, begrüßt sie mich freundlich und fragt nach meinem Anliegen.

»Ich möchte zu Judith«, sage ich forsch und erfahre, dass sie nicht im Haus sei. »Und wo steckt Swantje?«

»Sie begleitet die Chefin auf Reisen. Worum geht es denn?« Mit einem gezielten Handgriff öffne ich meine Tasche. »Es geht um den Roman von Melissa Bolton«, erkläre ich und halte das Buch in die Luft.

»Sie wollen es sich signieren lassen?«

»Unbedingt«, gebe ich zurück.

»Es kann ein Weilchen dauern, bis Sie das Buch zurückbekommen. Unsere Autoren sind zurzeit alle in Frankfurt.«

»Auf der Buchmesse?«, frage ich und werfe einen Blick auf den Wandkalender.

»Dort finden morgen einige Lesungen mit anschließender Signierstunde statt.«

Nun weiß ich genau, was zu tun ist. Ich muss schnellstens die Käuferin meines Wagens bitten, sich mit der Übergabe noch einen Tag zu gedulden. Aber sie macht mir einen Strich durch die Rechnung.

»Jetzt oder gar nicht!«, schmettert sie mich ab. Ich nehme das Geld und lasse sie abfahren.

Dann werde ich halt mit der Bahn reisen, beschließe ich und erkundige mich nach den passenden Abfahrtzeiten.

Tom staunt nicht schlecht, als er nach Feierabend ins Haus kommt und mich noch immer dort vorfindet.

»Wolltest du nicht schon längst in der Luft sein?«, fragt er völlig zu Recht.

Ich berichte ihm von meinem Vorhaben, morgen zur Buchmesse zu reisen.

»Ich hoffe, es stört dich nicht, wenn ich noch eine Nacht bleibe.«

Er nickt und bietet mir sogar an, seinen Wagen zu nehmen. Ich halte das für unnötig, denn ich beabsichtige, nicht wieder nach Hamburg zurückzufahren. Nun gilt es, Chris meine kurzfristige Planänderung mitzuteilen. Er schweigt, als ich ihm von meinem anstehenden Messebesuch erzähle.

»Soll ich einkaufen oder gehen wir zum Abendessen aus?«, ruft Tom überlaut.

Ich kann mich des Eindrucks nicht erwehren, dass er mit voller Absicht mein Gespräch mit seiner Frage unterbricht. Obwohl ich ihm mit »Weder noch« antworte, zeigt sein Störmanöver sofortige Wirkung.

Chris stöhnt am anderen Ende der Leitung genervt auf.

Mit einem lauten Knall schließe ich die Tür vor Toms Nase, um ungestört weiter telefonieren zu können.

»Sei bitte nicht maulig, Schatz. Es gibt wirklich triftige Gründe, um nach Frankfurt zu reisen. Ich muss dringend ein Hühnchen mit Judith rupfen. Du ahnst ja nicht, was sich diese Schlange geleistet hat.« In kurzen Worten erzähle ich ihm die ganze Geschichte.

Chris ist sprachlos.

Ich frage bereits zum zweiten Mal nach, ob er noch dran ist.

»Mach das nicht, Caroline. Fahr nicht nach Frankfurt. Du bist viel zu impulsiv. Überlass das einem Anwalt.«

»Nein, Schatz! Ich will in ihr Gesicht sehen, wenn ich der Lesung beiwohne und mir eine Widmung von der Plagiatorin abhole. Danach werde ich mit der Verlagsleitung sprechen und diese Betrügerin vor versammelter Mannschaft auffliegen lassen.«

»Das ist kein guter Plan. Komm nach Hause, und wir übergeben die Angelegenheit einem Fachanwalt.«

»Diese Genugtuung werde ich mir doch nicht entgehen lassen. Aber du hast recht. Einen guten Anwalt werde ich brauchen, der ihr das Fell über die Ohren zieht. Ihre Tage als Literaturagentin sind gezählt, wenn ich mit ihr fertig bin.«

»Ich merke schon, du lässt dich nicht umstimmen«, sagt er resigniert. »Dann warte wenigstens auf mich. Ich werde dich begleiten. Wenn ich noch einen Platz in der Frühmaschine bekomme, treffen wir uns morgen am Hamburger Flughafen. Ich leg jetzt auf und kümmere mich um die Buchungen.« Er nimmt mir jede Möglichkeit, ihm zu widersprechen.

Trotz verschlossener Tür hat Tom jedes Wort mitgehört. Er zeigt sich fassungslos. »Und bei dieser Schnepfe habe ich mich noch entschuldigt!«, sagt er und schüttelt den Kopf.

»Ich habe mich ständig gefragt, warum sie mich so abserviert hat. Erst hatte ich den Verdacht, es ginge ihr um dich. Aber sie hatte es nicht auf dich, sondern auf meinen Roman abgesehen, den sie jetzt dreist für ihr Werk ausgibt.«

»Mach sie fertig, Caroline!«

»Worauf du dich verlassen kannst!«

Falschspieler

Tom meint, ich solle mir das Taxi sparen und bietet an, mich zum Flughafen zu fahren. Überhaupt zeigt er sich sehr hilfsbereit und hat zugestimmt, sich auch um die Abholung meiner Sachen zu kümmern. Mit einer ansehnlichen Summe Bargeld, die ich für meinen Wagen erhalten habe, und einem prallgefüllten Koffer mit Winterklamotten steige ich in seinen Wagen. Ich bin in Hochstimmung. Während ich mir bereits Gedanken darüber mache, was ich Judith alles an den Kopf werfen werde, sagt Tom: »Bevor ich es vergesse, Caroline. Ich habe mittlerweile alle deine Bücher gelesen. Mal davon abgesehen, dass ich zu hundert Prozent davon überzeugt bin, dass du sie auch geschrieben hast, möchte ich dir sagen, dass ich schwer beeindruckt bin. Du hast wirklich ein Talent, spannend und humorvoll zu erzählen.«

»Seit wann hast du Zeit, Romane zu lesen?«

»Abends, nachts, am Wochenende.«

Bitte drück jetzt nicht auf die Tränendrüse, Tom Winter, und vor allen Dingen rede mir kein schlechtes Gewissen ein, ermahne ich ihn stumm. Ich weiß, dass er die allerletzte Gelegenheit nutzt, um mich umzustimmen, aber irgendwann muss er begreifen, dass unsere gemeinsame Zeit vorbei ist.

»Du kannst mich auf dem Kurzzeitparkplatz rauslassen«, sage ich, doch er besteht darauf, mir mit dem schweren Koffer zu helfen.

Mein Handy klingelt. Chris teilt mir mit, dass er bereits gelandet sei. Wir verabreden, uns vor den Schaltern der Autovermietungen zu treffen.

»Ab hier komme ich allein klar«, erkläre ich, doch Tom nimmt mein Gepäck und folgt mir trotz Widerspruch. Als ich Chris erblicke, laufe ich sofort auf ihn zu, und wir begrüßen uns innig. Obwohl Tom uns dabei zusieht, überschütte ich ihn mit vielen Küssen.

»Wir müssen, Caroline«, mahnt mein Schatz und schaut auf die Uhr.

Tom bittet mich, uns einander vorzustellen. Ich halte es kurz.

»Das ist Chris, das ist Tom.« Bevor sie sich die Hand reichen können, nehme ich meinen Koffer und sage: »Wir haben es wirklich eilig, Tom. Danke fürs Bringen, und danke, dass du dich um den Umzugswagen kümmerst.«

»Caroline …«, ruft er uns hinterher.

Ich drehe mich im Laufen noch einmal um und rufe: »Ja, ich gebe dir Bescheid, wie es gelaufen ist!«

Chris verhält sich während des kurzen Fluges nach Frankfurt sehr maulfaul. Ich ahne, dass es ihm nicht recht war, dass ich während der vergangenen Tage viel Zeit mit Tom verbracht habe.

»Ich bin froh, dass wir einen zivilisierten Umgang miteinander pflegen. So, wie Sarah und Lars ihre Trennung handhaben, käme es für mich niemals infrage«, erkläre ich mein unverkrampftes Verhalten meinem baldigen Ex-Mann gegenüber.

Nach der Landung muss Chris dringend auf die Toilette. Danach besteht er darauf zu frühstücken.

»Mir ist ganz flau im Magen«, klagt er, und ich sehe, dass sein Gesicht kreidebleich ist.

»Aber bitte nur kurz«, bestimme ich und schaue wiederholt auf die Uhr. Uns bleibt nur noch wenig Zeit, um es rechtzeitig zur Lesung zu schaffen. Ich lehne seinen Vorschlag ab, ein Taxi zu nehmen, denn die Gefahr, im Verkehr stecken zu bleiben, erscheint mir zu groß. Deshalb schlage ich vor, mit der Straßenbahn zum Messegelände zu fahren.

In der Halle drängle ich mich durch Menschenmassen und überhole links und rechts Bücherjunkies, die gemächlich schlendernd die Gänge versperren. Als ich endlich den besagten Stand erreiche, höre ich, wie eine Verlagsmitarbeiterin zu den Besuchern spricht. »Es tut uns sehr leid. Die angekündigte Lesung mit Melissa Bolton fällt leider aus. Die Autorin ist kurzfristig erkrankt und kann hier heute leider nicht erscheinen.«

»Na, das ist ja ein Zufall!«, schimpfe ich und kämpfe mich in die erste Reihe vor. Mein Interesse gilt dem Anzugträger, der seine jungen Mitarbeiter anweist, die Bücher aus der Auslage zu nehmen und das Plakat abzuhängen.

Es ist nicht zu übersehen, wie er sich nervös mit der Hand durch die Haare fährt.

Chris steht dicht hinter mir und fragt, was ich jetzt vorhabe.

»Na, was wohl?« Ich betrete den Messestand und rufe: »Ich bin Caroline Winter alias Nora Parker«, und nehme das Namensschild meines Gegenübers genauer ins Visier.

Er scheint nicht erstaunt zu sein, mich zu sehen, denn er gibt zu, bereits mit meinem Auftauchen gerechnet zu haben.

»Kommen Sie, Frau Winter. Lassen Sie uns die Angelegenheit nicht hier in aller Öffentlichkeit besprechen.« Er geht vor, und ich folge ihm in eine Abseite, in der er mich bittet, Platz zu nehmen. Zwischen Kartons und unzähligen Mänteln ergreift der Verlagsmitarbeiter das Wort. »Bitte glauben Sie mir, Frau Winter. Wir waren bis vor einer Stunde komplett ahnungslos. Uns hat die Nachricht ebenso überrascht und erschüttert wie Sie. Auch wir wurden getäuscht! Das wird Konsequenzen haben. Wir haben unseren Justiziar bereits informiert. Aber ich hoffe, dass wir die Angelegenheit …«

»Wie wir die Angelegenheit zu meiner Zufriedenheit letztendlich regeln werden, interessiert mich momentan nicht die Bohne! Wieso haben Sie bereits mit meinem Erscheinen gerechnet?«, frage ich energisch und überlege angestrengt, wie es sein kann, dass Judith Lunte gerochen hat.

»Wir nehmen das Buch unverzüglich vom Markt.«

»Wer hat Sie informiert?«, will ich wissen.

»Sie selbst. Vor einer Stunde hat sie uns telefonisch davon in Kenntnis gesetzt, dass dieser Roman nicht aus ihrer, sondern aus Ihrer Feder stammt. – Frau Winter, wir haben in der Vergangenheit doch immer gut zusammengearbeitet. Sollten wir in dieser unangenehmen Angelegenheit nicht besser beide an einem Strang ziehen?«

Ich bin nicht hier, um weitere Vorgehensweisen zu besprechen. Das Einzige, was ich wollte, war, in ihr verlogenes Gesicht zu sehen. Das entfällt jetzt. Und ich will wissen, warum! Wer hat ihr den Tipp gegeben? Einzig diese Frage beschäftigt mich. Hier auf dem Messestand komme ich nicht weiter. Folglich verabschiede ich mich und erhalte die feste Zusage, dass mir kein finanzieller Schaden entstehen wird. Als ob die Sache damit erledigt wäre!

Chris sieht es völlig anders. Er meint, ich könne zufrieden sein, dass der Verlag sich auf meine Seite stellt. »Schatz, besser hätte es doch gar nicht laufen können. Sie veröffentlichen das Buch neu unter deinem Namen, obwohl du noch nicht einmal beweisen kannst, dass du die Urheberin und alleinige Rechteinhaberin bist. Nun kannst du auch getrost den Deal mit Revett abschließen. Es ist doch alles bestens für dich gelaufen. Warum kannst du dich damit nicht zufriedengeben?«

»Trotzdem! Woher konnte sie wissen, dass ich komme?«

»Vielleicht hat ihre Angestellte dich erkannt, als du in der Agentur gewesen bist. Sie hat eins und eins zusammengezählt und wird Judith vorgewarnt haben.«

»Diese Dumpfbacke hatte nicht die Spur einer Ahnung, wer ich bin«, widerspreche ich.

»Können wir jetzt bitte nach Hause fliegen? Es geht mir heute wirklich nicht gut.«

»Ach, Schatz …« Ich schäme mich, dass ich vor lauter Rachegelüsten sein Unwohlsein völlig ignoriert habe. »Du bist noch immer weiß wie die Wand. Ja, lass uns zum Flughafen fahren. Wir nehmen ein Taxi und dann nix wie weg.«

»Ich hab dich so lieb«, sagt er und nimmt meine Hand. Seine fühlt sich eiskalt an, und ich befürchte, dass es ihn mächtig erwischt hat. Mit der festen Absicht, meinen Schatz schnell wieder gesund zu pflegen, lassen wir uns zum Flughafen bringen.

Während Chris sich um die Rückflüge kümmert, hole ich meinen Koffer aus der Gepäckaufbewahrung, als mein Handy klingelt.

Es ist Tom, dem ich in aller Kürze Bericht erstatte.

»Die feige Nuss hat sich verdrückt, aber ich werde sie noch zur Rede stellen. Darauf hast du mein Wort«, verspreche ich, als er mich unterbricht und erklärt, dass er meinen Neuen nicht zum ersten Mal getroffen hat. »Ich weiß, du hast ihn schon in München gesehen, aber bitte glaub mir, damals war es zwischen uns noch völlig harmlos.«

»Das meine ich nicht, Caroline. Es war bei Judith im Büro. Er ist an jenem Abend aufgetaucht, als ich bei ihr war, um mich zu entschuldigen. Als er eintraf, hat sie mich aufgefordert, sofort zu gehen. Wegen ihres abrupten Rauswurfs habe ich auch meine Jacke bei ihr liegenlassen. Ich bin mir absolut sicher, Caroline. Er und sie stecken unter einer Decke!«

»Ich lege jetzt auf, Tom«, stammele ich und bin einer Ohnmacht nahe. Wie in Trance ziehe ich meinen Koffer hinter mir her und gehe in die Abflughalle, in der Chris mich bereits erwartet.

»Wir haben noch zwei Stunden Aufenthalt«, sagt er und steckt die Tickets in die Innentasche seines Sakkos.

»Dann lass uns noch irgendwo einen Kaffee trinken«, schlage ich vor und kämpfe angestrengt mit meiner Atmung. Bei einem doppelten Espresso stelle ich ihm die Frage aller Fragen. »War es Zufall, dass wir uns kennengelernt haben?«

»Ich würde es eher einen Glücksfall nennen«, lacht er und gibt mir einen Kuss.

»Gut, dann frage ich anders. In welcher Beziehung stehst du zu Judith? Ist sie eine deiner zahlreichen Übernachtungsgäste, für die du ein Reservoir an Zahnbürsten im Badezimmer aufbewahrst? – Hat sie dich auf mich angesetzt? Lüg mich nicht an, Chris! Ich weiß, dass ihr euch kennt. Und ich weiß auch, dass du mich an sie verraten hast. Wie konntest du mir das nur antun?« Völlig entgeistert schaut er mich an.

»Scheiße! Nun bin ich wohl aufgeflogen.«

»Ja, scheiße, das kannst du laut sagen!«, heule ich und lasse ihn stehen. Nichts wie raus hier, befiehlt mir mein Instinkt. Ich brauche Frischluft. Als ich ihn hinter mir rufen höre, steige ich in ein Taxi und befehle dem Fahrer, sofort loszufahren.

»Wohin?«

Ohne lange darüber nachzudenken, sage ich: »Zum Bahnhof!«

Untergetaucht

Es geht mir gut. Macht euch keine Sorgen, habe ich den Kindern geschrieben, ohne meinen genauen Aufenthaltsort zu verraten. *Bitte stornier das Umzugsunternehmen*, habe ich Tom gebeten. *Ich lasse die Sachen abholen, sobald ich weiß, wie es weitergeht.* Danach habe ich mein Handy ausgeschaltet.

Es ist Ende November, und ich verbringe bereits die vierte Woche in dieser Einöde, in der mich Nebel und tiefes Grau umgeben. Zweimal am Tag verlasse ich das Strandhaus, das ich auf unbestimmte Zeit gemietet habe, und gehe zum Einkaufen, um mir Unmengen an Süßigkeiten zu besorgen, die ich pfundweise in mich hineinschaufele. Wenn mir kotzübel ist, übergebe ich mich nicht, sondern zwinge mich zu einem langen Strandspaziergang. Ich leide mit voller Hingabe, denn nichts anderes habe ich Idiotin verdient. Wenn ich abends im Bett liege und in meine Kissen weine, schimpfe ich: »Wie konntest du nur annehmen, dass dich dieser junge Typ tatsächlich liebt? Du bist genauso naiv wie Sarah! So viel Dummheit muss bestraft werden!«

Natürlich gelingt es mir in diesem Gefühlschaos nicht, auch nur einen gescheiten Satz zu Papier zu bringen. Aber das sollte mir möglichst schnell wieder gelingen, denn mein Verlag ist brennend an neuen Geschichten interessiert. Und nicht nur der. Auch Amy schreibt mir ständig Mails. Ich lese ihre Nachrichten. Aber auch nur, weil sie ausschließlich Geschäftliches beinhalten. Sie verliert kein Wort über Chris, nachdem ich ihr unmissverständlich klargemacht habe, dass es ausschließlich zu einer Zusammenarbeit zwischen uns kommt, wenn sie diese Bedingung akzeptiert. Sie hält sich dran und bittet mich, die Unterschrift auf dem Vertrag zu leisten, der sie als meine neue Agentin legitimiert. Für die Unterzeichnung muss ich das Haus noch nicht einmal verlassen. Das funktioniert heutzutage alles online. Gerade bestätige ich die Klauseln und drücke auf *Senden*, als es an meiner Tür klopft. Ich kenne den Mann nicht, der um Einlass bittet.

»Ich bin der Eigentümer des Hauses«, sagt er recht schroff, und ich entgegne, dass ich die Mieterin sei. »Das weiß ich. Deshalb bin ich hier. Ich will mit Ihnen reden, denn das Haus soll verkauft werden. Sie können es vorläufig noch weiter nutzen, aber Sie sollten sich auf Besichtigungstermine mit Kaufinteressenten einstellen. Und es wäre schön, wenn Sie künftig etwas mehr Ordnung halten würden. Hier sieht es ja recht wüst aus.« Mit hochgezogenen Brauen sieht er sich um. Mir ist dieser Typ äußerst unsympathisch. Er schaut so verbittert, und ich frage mich, welche Laus ihm wohl über die Leber gelaufen ist.

»Sind Sie wetterfühlig oder warum machen Sie so ein verbiestertes Gesicht? Halloween war doch schon, oder habe ich was verpasst?«

»Tut mir leid, wenn ich etwas unfreundlich rüberkomme …«

»Etwas?«, unterbreche ich ihn. »Sie neigen aber sehr zu Untertreibungen!«

»Ist es so offensichtlich?« Prompt entschuldigt er sich: »Tut mir leid, ich bin derzeit ein wenig neben der Spur. Vermutlich wird es Sie nicht interessieren, aber ich bin gezwungen, dieses

Haus aufzugeben. Meine Frau und ich lassen uns scheiden, und jetzt wird alles versilbert.«

»Willkommen im Club!«, sage ich und biete ihm einen Platz in seinem Haus an.

»Sie leben auch in Trennung?«, fragt er, und ich nicke. »Das erklärt dieses Chaos«, meint er und schaut auf den Küchentisch, auf dem rund zwanzig zerknüllte Papierseiten verstreut liegen. Danach trifft mich sein prüfender Blick. »Sie haben doch wohl nicht vor, eine Dummheit zu begehen?«, erkundigt er sich besorgt.

»Wie kommen Sie denn darauf?«

»Na, in dieser trüben Jahreszeit kommen einige Leute auf die Idee, ihrem Leben ein Ende zu bereiten. Nicht umsonst nennt man den November den Depressionsmonat mit der höchsten Suizidrate.«

»Was hat mich verraten?«, frage ich in gespielt ernstem Ton.

Er zeigt auf das zerknüllte Papier, von dem er annimmt, es handle sich um die missglückten Versuche, einen Abschiedsbrief zu hinterlassen.

»Hören Sie zu! Kein Mann ist es wert, seinetwegen sein Leben wegzuschmeißen. Ich weiß, was Sie gerade durchmachen. Eine Trennung ist nicht leicht, aber der Schmerz geht vorbei! Glauben Sie mir, es wird von Woche zu Woche besser. Schauen Sie mich an! Ich bin der beste Beweis.« Ich lache laut auf. Nach einem Monat wechsle ich das erste Wort mit einem Wildfremden, der mich sogleich zum Lachen bringt.

»Sie können ganz unbesorgt sein. Ich habe gewiss nicht vor, meinem Leben ein Ende zu bereiten. Und bei den Papieren handelt es sich lediglich um Ideen für mein neues Buch, die ich verworfen habe.«

»Sie sind Schriftstellerin?«

»Das ist die korrekte Berufsbezeichnung.«

»Sie haben mir einen Heidenschrecken eingejagt. Jetzt könnte ich einen Schnaps gebrauchen. Haben Sie vielleicht etwas Hochprozentiges da?«

»Über die Alkoholphase bin ich längst hinaus. Ich kann Ihnen aber Gummibärchen oder Schokolade anbieten.«

»Und das hilft?«

»Es hilft genauso wenig wie Schnaps, schont aber die Leber«, kontere ich und hole meine Dose mit Naschkram aus dem Küchenschrank. Bei einem Stück Nussnougat verrät er mir seinen Vornamen.

»Ich heiße Torben.«

»Caroline«, erwidere ich und greife zu den Weingummis.

»Du musst mich für völlig durchgeknallt halten«, mutmaßt er und angelt erneut nach einem Stück Schokolade.

»Zeig mir einen Mann, bei dem keine Schraube locker sitzt«, fordere ich ihn auf.

»Ich habe mit meiner Vermutung völlig falsch gelegen, du bist alles andere als depressiv.«

»Und du willst dieses schöne Haus tatsächlich verkaufen?«

»Ich will nicht. Ich muss! Und das möglichst schnell, obwohl ich im Sommer einen weitaus höheren Kaufpreis erzielen würde. Aber meine Frau besteht auf sofortiger Auszahlung.«

»Was soll es denn kosten?«, frage ich aus reiner Höflichkeit.

»Hast du Interesse?«

»Ich habe schon immer davon geträumt, am Meer zu wohnen. Nenn mir einen akzeptablen Preis, und ich denke ernsthaft darüber nach.«

Er zückt einen Stift aus seinem Jackett und schreibt eine Zahl auf ein Blatt Papier.

»Diesen Preis erzielst du noch nicht einmal im Sommer bei strahlendem Sonnenschein«, schmettere ich seinen Vorschlag ab.

»Ich räume dir einen zehnprozentigen Winterrabatt ein«, bietet er an und schaut mir direkt in die Augen.

Ich halte seinem Blick stand und erwidere, ohne die Miene zu verziehen: »Mach zwanzig draus, und wir haben einen Deal.«

»Boah!«, stößt er aus und schüttelt den Kopf.

»Überleg es dir. Mein Angebot ist genau vierundzwanzig Stunden gültig. Ab jetzt!«, füge ich an und deute auf die Uhr.

»Darüber muss ich nicht nachdenken. Die Summe ist völlig indiskutabel.«

»Na, dann eben nicht!« Ich frage, ob er einen Kaffee mittrinken möchte.

»Fünfzehn! Über fünfzehn Prozent würde ich nachdenken.«

»Vergiss es! Nimm mein Angebot an, oder lass es!«

»Zahlbar innerhalb einer Woche? Sag Ja und wir sind im Geschäft«, antwortet er und lehnt meinen Kaffee ab.

»Darüber muss ich erst mit meinem Mann sprechen.«

»Ja, mach das, und melde dich dann bei mir.« Er legt eine Visitenkarte auf den Tisch und verlässt mit deutlich freundlicherer Miene das Haus, als er es zuvor betreten hat.

Tom fällt aus allen Wolken, als ich ihn anrufe und berichte, was ich vorhabe. »In Nordfriesland? Caroline, ich glaube, du spinnst.«

»Ich habe dich nicht angerufen, weil mich deine Meinung interessiert, sondern um dich zu fragen, ob du mir meinen Anteil binnen einer Woche auszahlen kannst.«

»Lass uns das nicht am Telefon besprechen. Gib mir deine Adresse, und ich komme zu dir.« Widerwillig gebe ich ihm den Straßennamen und die Hausnummer durch.

Als er drei Stunden später bei mir aufschlägt, bin ich schon sehr verwundert. Er muss nach meinem Anruf alles stehen und liegen gelassen und sich sofort auf den Weg gemacht haben.

»Du machst Sachen«, ruft er mir zu und begrüßt mich mit einer Umarmung.

»Komm rein, ich führe dich rum«, schlage ich vor und löse mich aus seinen Armen.

Noch vor Einbruch der Dunkelheit will er einen Spaziergang unternehmen, um sich die Umgebung anzusehen. »Zugegeben, die Lage ist erstklassig. Was die Bausubstanz angeht, vermag ich jetzt noch kein Urteil abzugeben. Aber ich glaube, der Preis ist gerechtfertigt. Wenn es dir wirklich so viel bedeutet, dann kaufen wir es. Du hast ja schon immer von einem Häuschen am Meer geträumt.«

Ich hoffe, mich verhört zu haben. Doch so, wie Tom guckt, scheint es ihm ernst zu sein. Es wird Zeit, ihm mitzuteilen, dass er einen groben Denkfehler macht.

»Nicht wir, Tom. Ich will das Haus kaufen. Ein Wir gibt es nicht mehr!«

»Warum nicht, Caroline. Jetzt wäre doch der richtige Zeitpunkt, dass wir einen Strich unter die jüngste Vergangenheit ziehen. Wir sind quitt. Ich habe einen Fehler begangen, und du hast dich auf gleiche Weise an mir gerächt. Wir beide …«

»Hör auf, Tom!«, unterbreche ich ihn, bevor er sich noch um Kopf und Kragen redet. »Ich habe mich nicht an dir gerächt! Das mit Chris und mir war …«, stottere ich und kämpfe mit den Tränen.

»Du liebst diesen Kerl? – Immer noch? Er hat mit Judith gemeinsame Sache gemacht! Wie kannst du nur …«

»Ich will nicht über ihn reden. Ich kann nicht!«, schluchze ich und gehe vor Tom ins Haus. Ich schnäuze mich und setze einen Kessel Wasser auf, um einen Tee zu kochen. Wo steckt er denn, frage ich mich und gehe hinaus in den Garten.

Tom telefoniert. »Nein, Nelli, sie behauptet zwar, dass es ihr gut ginge, aber ich glaube, deine Mutter spielt nur die Starke. – Ja, macht das. Das würde sie bestimmt freuen.«

»Was würde mich freuen?«

»Die Kinder kommen übers Wochenende und helfen dir beim Umzug. Ja, du bekommst das Geld binnen weniger Tage. Ich spreche gleich morgen mit der Bank. Du kannst dem Eigentümer Bescheid geben, dass er einen Notar-Termin vereinbaren kann.«

»Bleibst du noch auf einen Tee?«, frage ich, und er nickt.

Während wir in der Küche sitzen, schaut er sich skeptisch um. Er meint, es würde viel Arbeit auf mich warten.

»Arbeit klingt gut. Das vertreibt die trüben Gedanken. Wenn ich mich ranhalte, wird es zu Weihnachten fertig, und wir können das Fest alle zusammen hier begehen.«

»Ich helfe dir, wenn du willst.«

»Lieb von dir, Tom, aber das schaffe ich allein.«

Nach einem kurzen Moment der Stille grinst er: »Jetzt stimmt deine Vita. Nora Parker lebt als Single auf einer nordfriesischen Insel, und wenn sie nicht schreibt, unternimmt sie lange Spaziergänge am Strand.«

»Ja«, lache ich. »Jetzt fehlen mir nur noch ein Hund und zwei Katzen.«

Komplott

Schon seit einer geschlagenen Stunde schaue ich aus dem Fenster und warte auf das Eintreffen des Lkws, den Tom für den Umzug angemietet hat. Eigentlich sollten die Kinder schon längst angekommen sein. Mein mütterlicher Instinkt rät mir, bei ihnen anzurufen und zu fragen, ob etwas passiert sei. Bei Jasper läuft die Mailbox, aber bei Nelli erhalte ich ein Freizeichen.

»Wir haben die Fähre um ein Haar verpasst. Keine Sorge, Mom, wir sind gleich da. Du kannst schon Teewasser aufsetzen.«

Beruhigt lege ich auf und decke den Tisch. Als ich wenig später Motorengeräusche höre, laufe ich aus dem Haus.

Ein großer Transporter fährt vor. »Kann ich den Wagen hier stehen lassen?«, fragt Jasper, und ich nicke. Nach einer knappen Begrüßung folgen mir die beiden ins Haus.

»Nicht schlecht«, urteilt Nelli. Auch Jasper ist von meinem neuen Zuhause schwer beeindruckt. »Jetzt wissen wir, wo wir künftig für lau unsere Ferien verbringen können.«

»Immer gern«, ermuntere ich sie und frage, ob wir erst essen oder erst ausladen wollen. Natürlich wollen die beiden erst essen.

»Och Mist, jetzt hab ich gekleckert«, schimpft Nelli und tupft sich mit der Serviette über ihren Pullover. Ich will ihr helfen, aber sie weist mich zurück. »Nicht reiben, Mama, das ist reines Cashmere.«

Bitte? Seit wann kann sich meine Tochter so edlen Zwirn leisten?

»Seitdem ich arbeite und Geld verdiene«, verkündet sie stolz. »Ich habe einen gut bezahlten Praktikumsplatz ergattert, aber mehr darf ich leider nicht darüber erzählen.«

»Sagt wer?«, bohre ich neugierig nach.

»Na, du selbst. Du hast doch ein striktes Redeverbot erteilt und uns aufgetragen, kein Wort über Chris zu verlieren.«

»Was hat er denn mit deinem Job zu tun?«

»Er hat ihn mir besorgt.«

»Aha«, ächze ich und hole tief Luft. »Wo arbeitest du denn und als was? – Etwa in seiner Firma? Ihr arbeitet zusammen? Ist es das, was du mir nicht sagen willst?«, ereifere ich mich.

»Wir arbeiten nicht zusammen. Er hat gekündigt. Amy ist auch aus der Firma ausgestiegen. Jetzt halten nur noch der alte Matthew und ich den Laden aufrecht.«

»Er hat gekündigt?«

»Seinen Job und seinen Mietvertrag. Schon im neuen Jahr ziehen Jasper und ich in sein Haus. Ich habe mit dem Oberarschloch einen sensationell niedrigen Mietzins vereinbart.«

»Dann sind Amy und wir Nachbarn, ist das nicht schrill?«, mischt Jasper sich ein und fragt, ob er noch mehr Soße bekommen könne. »Übrigens, sie hat uns etwas für dich mitgegeben«, fügt er an und erhebt sich vom Stuhl. Er nimmt ein bunt verpacktes Geschenk aus seinem Rucksack und legt es auf den Tisch. Ich werde aufgefordert, es sofort auszupacken.

»Mach du«, bitte ich Nelli, denn meine Hände zittern nach Verkündung dieser Neuigkeit wie Espenlaub.

»Ein Buch«, sagt sie wenig begeistert. »Von Peter Sanders. Sagt dir der Name des Autors was?«

Nun greife ich doch zu und ziehe eine Karte heraus, die zwischen den Seiten klemmt, und lese laut vor:

Liebe Caroline,
mit dir habe ich nun den zweiten Bestsellerautor unter Vertrag. Ich hoffe, es geht dir gut, und wir sehen uns bald wieder. Was hältst du von einem Besuch zu Weihnachten? Ich würde mein berühmtes Indisch Curry für uns kochen. Fühl dich gedrückt. Deine Amy

»Wow, Peter Sanders. Mit ihm hat sich Amy die Crème de la Crème an Bord geholt«, stelle ich anerkennend fest.

»Der Name sagt mir nichts«, gibt Jasper zu.

»Doch!«, widerspricht seine Schwester. »Das muss der Typ vom Plakat sein, der morgen im Inselcafé eine Lesung hält.«

»Ganz sicher nicht«, lache ich. »Sanders ist ein berühmter Krimiautor. Dieser Mann liest bestimmt nicht in der Provinz. Für ihn war Würzburg schon nicht standesgemäß. Ich muss es wissen, denn ich durfte im Sommer für ihn einspringen.«

»Sollten wir hier noch länger faul rumsitzen, wird es mit dem Ausladen heute nichts mehr«, brummt Jasper und geht hinaus zum Wagen.

Nelli will ihm folgen, aber ich rufe sie zurück. »Wie geht es Chris?«

»Er ist noch viel trauriger als du, Mom. Warum hast du ihm nicht die Möglichkeit gegeben, sich dir zu erklären?«

»Das verstehst du nicht, Nelli.«

»Stimmt, das versteht niemand!«

Die Kinder schlafen noch fest, als ich am Morgen aufstehe und das Frühstück für uns zubereite. Es bleibt nur noch wenig Zeit, dann heißt es schon wieder Abschied nehmen.

»Wir sehen uns an Weihnachten«, sage ich, als ich die beiden zum Wagen begleite.

»Du kommst zu uns nach London?«, fragt Jasper.

»Um Amys Pampe zu essen? Nee, ganz sicher nicht. Richte ihr liebe Grüße von mir aus und sag ihr, sollte sie mal richtiges Curry essen wollen, dann soll sie mich besuchen kommen.«

Der Wagen ist erst vor zehn Minuten abgefahren, als mein Handy klingelt und ich Nellis Nummer erkenne.

»Ich hatte doch recht, Mom. Der Name des Autors, der heute im Inselcafé liest, lautet Peter Sanders. Vielleicht hast du ja Lust, deinem Kollegen heute Nachmittag zuzuhören.«

»Mal sehen!«

Warum eigentlich nicht, denke ich wenig später, packe kurzerhand seinen Roman in meine Tasche und mache mich zu Fuß auf den Weg.

Der Ort wirkt wie ausgestorben, das Café ist jedoch gut gefüllt. Ich ergattere noch einen Platz in zweiter Reihe und habe gute Sicht auf den Tisch, an dem der Autor gleich lesen wird. Ich bestelle mir einen Irish Coffee und lasse mich von den Anwesenden darüber belehren, dass Peter Sanders sonst nie öffentlich liest.

»Er soll sehr menschenscheu sein«, weiß meine Sitznachbarin zu berichten.

»Toll, dass sich heute so viele Krimiliebhaber spontan hier eingefunden haben. Begrüßen Sie mit einem tobenden Applaus Mister Peter Sanders!«, fordert uns der Besitzer des Cafés auf, und ich klatsche wie befohlen. Die Reihe vor mir erhebt sich und versperrt mir die Sicht.

»Bitte nehmen Sie doch wieder Platz. Danke für den tollen Empfang«, höre ich eine dunkle Männerstimme sagen. Als sich der große, breitschultrige Mann vor mir endlich wieder hinsetzt, ist ein lautes Scheppern zu hören.

Ich habe vor Schreck mein Glas fallen lassen, denn ich erkenne in dem menschenscheuen Autor keinen Geringeren als Chris.

Er schenkt jedem seiner Zuhörer einen direkten Blick. Als er mich entdeckt, lächelt er, und mir rutscht das Herz in die Hose.

»Entschuldigung! Bitte lassen Sie mich vorbei!«, fordere ich energisch. Unter lautem Raunen werden Stühle gerückt. Endlich kann ich meinen Platz verlassen und stürze in Richtung Ausgang. Ich bin drauf und dran, die Zeche zu prellen, überlege es mir jedoch im letzten Moment noch anders und frage, was ich für einen Irish Coffee und das zerbrochene Glas schuldig bin. Ohne die Antwort abzuwarten, lege ich einen Zwanzigeuroschein auf den Tresen und verlasse panisch das Lokal.

»Das ist ein Witz, oder? Chris kann unmöglich der Erfolgsautor Peter Sanders sein!«

Es kann mir gar nicht schnell genug gehen, nach Hause zu kommen. Ich laufe die letzten Meter und bin noch völlig außer Atem, als ich meinen Laptop hochfahre und den Schriftsteller googele. Meine Suche bringt keine Treffer. Bei den Bildern handelt es sich ausschließlich um seine Buchcover. Ich versuche mein Glück auf Facebook, und siehe da, dort werde ich fündig. Wie vom Donner gerührt starre ich auf den Bildschirm. Es ist wahr. Das Profilbild auf der Autorenseite zeigt tatsächlich Chris' Foto. Woher weiß er, dass ich hier bin? Natürlich! Die Kinder werden gequatscht haben. Sie waren es auch, die alle Hebel in Bewegung gesetzt haben, um mich zu einem Besuch im Inselcafé zu überreden. Sicher haben sie ihm auch meine Adresse verraten. Wie lange es wohl dauert, bis er hier aufschlägt?

Es dauert genau zwei Stunden, dann höre ich Schritte auf dem Kiesweg. Kurz darauf klingelt es an der Tür.

Ich hole erst einmal tief Luft, bis ich mich aufraffe, ihm zu öffnen.

»Du stehst wohl nicht auf Krimis oder warum bist du so schnell abgehauen?«

»Was willst du hier?«, fahre ich ihn an.

»Willst du mich nicht hereinbitten? Ich bin dir eine Erklärung schuldig. Und weil das eine etwas längere Geschichte ist, würde ich es begrüßen, wenn ich sie dir drinnen und nicht hier im eisigen Wind erzählen dürfte.«

»Ich bin an keinen Geschichten, sondern nur an der Wahrheit interessiert!«, sage ich bestimmt und lasse ihn eintreten.

»Die Wahrheit ist, dass ich nicht mit Judith unter einer Decke gesteckt habe, wie du mir fälschlicherweise unterstellst. Dass sie deine Agentin war, habe ich bis zu dem Plagiatsvorwurf gar nicht gewusst. Judith und ich kennen uns aus Studienzeiten. Sie ist eine der wenigen Personen, die weiß, dass ich unter dem Pseudonym Sanders meine Bücher veröffentliche. Seit Jahren setzt sie alles daran, mich als Klienten zu gewinnen. Als du am Wochenende in London gewesen bist und mir dein Manuskript gezeigt hast, bin ich am nächsten Tag zu ihr nach Hamburg geflogen, um ihr einen Deal vorzuschlagen. Unter der Voraussetzung, dass sie deine Geschichte erfolgreich an einen Verlag vermittelt, war ich bereit, sie zu engagieren. Aber sie hat abgelehnt. Mittlerweile wissen wir beide, warum.«

»Warum erfahre ich erst jetzt, dass du Peter Sanders bist? Weshalb hast du es mir verschwiegen?«

»Ich wollte, dass du mich liebhast. Mich, Chris Rowland, UK, nicht den Bestsellerautor.«

Ich lasse seine Worte für einen Moment auf mich wirken, bis mir bewusst wird, welche berühmte Persönlichkeit gerade vor mir steht.

»Warum stehst du nicht zu deinem Erfolg und versteckst dich?«

»In meinem Job sehe ich Tag für Tag, was Popularität aus den Menschen macht. So wie diese Leute möchte ich nicht leben. Das Rampenlicht ist nichts für mich. Das solltest du doch eigentlich verstehen, Nora Parker.«

»Vergleiche uns doch nicht miteinander! Gegen dich bin ich doch nur ein unbedeutendes Licht.«

»Du bist ganz und gar nicht unbedeutend. Im Gegenteil, du bedeutest alles für mich.«

»Du hättest mir schon viel früher reinen Wein einschenken sollen!«, schimpfe ich, obwohl mir gerade ein zentnerschwerer Stein vom Herzen fällt. »Trotzdem hättest du Judith nicht vorwarnen dürfen«, werfe ich ihm vor.

»Es stimmt, Caroline. Ich habe sie an dem besagten Tag angerufen. Aber nicht, um ihr die Peinlichkeit einer Konfrontation zu ersparen, sondern deinetwegen. Ich wollte einen langwierigen Prozess vermeiden. Es hätte Jahre dauern können, bis du zu deinem Recht gekommen wärst. Und bei der Beweislage war es noch nicht einmal sicher, ob dir überhaupt recht gegeben worden wäre.«

»Das hättest du mir besser am Flughafen gesagt! Statt bloß zu rufen: Scheiße! Jetzt bin ich wohl aufgeflogen!«

»Hast du mir eine Möglichkeit gegeben, dir alles zu erklären? Wenn ich mich richtig erinnere, bist du Hals über Kopf in ein Taxi gesprungen und hast mir den Stinkefinger gezeigt. Ich habe wochenlang nicht gewusst, wo du bist.«

»Und dann hast du die Kinder bestochen, dir meine Adresse zu verraten. Zum Dank hast du Nelli einen Job vermittelt und den beiden dein Haus überlassen. Stimmt's?«

»Falsch! Das eine hatte mit dem anderen gar nichts zu tun. Ich habe gern meinen Platz für sie geräumt. Was sollte ich denn noch länger ohne dich in London? Und nicht sie waren es, die mir deinen Aufenthaltsort verraten haben. Tom hat mich angerufen und mir verraten, wo du steckst. Er meinte, du könntest ein wenig Trost gebrauchen. – Und nun?«, fragt er und kommt näher.

Ich lege meine Hände um sein eiskaltes Gesicht und antworte mit einem Lächeln: »Nun sollten wir dringend an unserem Begrüßungsritual arbeiten, Schätzelchen.«

»Du bist mir nicht mehr böse und schickst mich nicht fort? Es wird alles wieder gut mit uns beiden?«

»Nein, Chris, es wird nicht alles wieder gut! – Es wird viel, viel besser.«

Bisher erschienen:

Lila ist der Duft der Wahrheit
Frühstück inklusive
Herzklopfen und kalte Füße
Herzklopfen und kalte Hände
Kalte Milch und Kummerkekse
Warme Milch und Kummerkekse
Apfelkomplott
Wer liebt … vergibt
Lady Marmelade Band 1 + 2 + 3
Ausgeflittert Band 1 + 2
Inkognito
Blindes Vertrauen und fatale Begierde
Urlaub mit dem Ex
Mein neues Leben mit dem Ex
Alle lieben Molly … ich nicht
Alle lieben Molly … ich auch
Liebe ist wie Radfahren
Ledig … Geschieden … Verwitwet
Fatales Schweigen
Nie wieder Toskana
Eisrosen
Doppelhochzeit mit Hindernissen
Die Pflegerin
Verhängnisvolle Ferien
Erben für Anfänger
Die Gesellschafterin
De Schauspielerin
Halbe 25
Ein unvergesslicher Single Sommer

Frauen von Gleis 1
Club der Feinschmecker
Die Treuetesterin

61497123R00161

Made in the USA
Charleston, SC
23 September 2016